Kay Rivers

# Küsse unter Palmen

# 1

Dale Richards hasste es, einkaufen zu gehen. Deshalb raste sie an den Regalen im Supermarkt entlang und achtete nicht auf ihre Umgebung.

»Dale?« Ein Ruf hallte durch den Gang.

Zuerst bemerkte Dale gar nicht, dass sie angesprochen worden war. Doch dann hörte sie ihren Namen erneut. Sie blieb stehen und drehte sich um.

»He, Dale, bist du's wirklich?« Eine Frau mit auffallend roten Haaren blickte sie strahlend an, als ob sie sich nichts Schöneres vorstellen konnte als Dale bei den Konservendosen gegenüberzustehen. Sie streckte Dale die Hand hin. »Mensch, dass ich dich hier treffe! Das ist ja ein toller Zufall!« Sie war ganz begeistert.

»Ja, toll«, sagte Dale. Sie gab ihr die Hand und runzelte innerlich die Stirn. Wer zum Teufel war das?

»Ausgerechnet Thanksgiving treffen wir uns hier«, sagte die Frau. »Erinnerst du dich?«

*An was?*, dachte Dale irritiert. »Ja, sicher«, sagte sie.

»Das war ein Thanksgiving damals, was?« Die Rothaarige wollte sich gar nicht beruhigen.

»Ja«, sagte Dale wieder. Sie zermarterte sich das Gehirn, wer diese Frau, die sie so gut zu kennen schien, sein konnte. Aber ihr fiel nichts ein.

»Wie die Zeit vergeht …« Die Frau war passend zu ihrer

Haarfarbe ebenso auffallend gekleidet. Der verträumte Gesichtsausdruck, mit dem sie Dale jetzt ansah, passte dazu jedoch überhaupt nicht. »Bist du immer noch bei dieser IT-Firma?«

Das war wenigstens ein Anhaltspunkt. Es konnte nicht länger als sechs Jahre her sein, dass Dale diese Frau getroffen hatte. Erst seit diesem Zeitpunkt war sie bei *Matrix International*. »Ja«, sagte sie. »Da bin ich noch.«

Ein strahlendes Lächeln traf Dale. »Ich hatte vergessen, wie groß du bist. Man muss ganz schön hochgucken an dir.«

»Ich schrumpfe sicher, wenn ich älter werde«, erwiderte Dale mechanisch, weil sie immer noch überlegte.

»Ich liebe deinen trockenen Humor! Du bist unvergleichlich!« Ein perlendes Lachen aus perlweißen Zähnen unterstrich diese Aussage.

Dale verlor die Geduld. Sie wollte raus hier. »Danke«, sagte sie. »Freut mich, dass er dir gefällt. Dann wollen wir mal ... Ich muss weiter.«

»Ja, Thanksgiving ...« Kokette Augen zwinkerten, als ob dieses Fest mehr als *eine* Bedeutung hätte. Die glitzernden Ohrringe nickten Beifall dazu.

»Ja, Thanksgiving«, wiederholte Dale und wollte gehen.

»Hast du jetzt eine Familie?«

Dale blieb abrupt stehen und drehte sich um. »Nein«, sagte sie. »Keine Familie.«

»Dann brauchst du ja nicht groß einzukaufen.« Sorgfältig gezupfte Augenbrauen hoben sich leicht. »Das ist doch mal ein Vorteil.«

»Ja ... nein ... ich wollte eigentlich nur ... ein paar Chips«, sagte Dale.

»Chips sind aber sehr ungesund. Trainierst du immer noch?«

*Mein Gott, was habe ich ihr alles erzählt? Und warum? Woher weiß sie das alles? Und wieso weiß ich nichts davon?* »Machst du immer noch ... was du damals gemacht hast?«, fragte sie. Vielleicht erfuhr sie dadurch etwas.

»Oh ja!« Wieder das perlende Lachen. »Immer noch dasselbe. Natürlich nicht so spannend wie das, was du tust«, fügten die im gleichen Farbton wie das Haar rotgefärbten Lippen hinzu.

»Oh, doch, doch, das ist es«, widersprach Dale. *Oh Gott, wie komme ich hier nur raus?*

»Hast du alles? Können wir gehen?« Eine zierliche blonde Frau kam von der anderen Seite des Ganges auf sie zu und blickte Dale fragend an.

*Ich glaube, ich bin im falschen Film!,* dachte Dale. Diese Frau kannte sie auch nicht! Hatten die sich denn alle verschworen heute?

Die blonde Frau lehnte sich etwas näher zu ihr. »Wenn ich gehen soll, brauchen Sie es nur zu sagen«, flüsterte sie sehr leise.

Dale sah sie irritiert an. »Äh ... ja ... ich habe alles«, erwiderte sie zögernd.

»Dann komm«, sagte die Blonde. »Ich muss noch kochen.«

»Äh ... tschüss«, sagte Dale zu der Frau, die sie zuerst angesprochen hatte, und folgte der blonden Frau schnell.

»Tut mir leid«, entschuldigte die sich lächelnd, als sie zwei Gänge weiter endlich die andere Frau aus dem Blick verloren hatten. »Ich hoffe, ich habe Sie nicht in Verlegenheit gebracht. Sie sahen so – entschuldigen Sie, wenn ich das sage – hilflos aus. Und bei einer großen Frau wie Ihnen ist das irgendwie ... merkwürdig.« Sie lachte. »Verzeihung.« Sie hob die Hand. »An Ihrer Stelle würde ich schnell zur Kasse gehen. Könnte sein, dass sie wiederkommt.« Sie verschwand im nächsten Gang.

Dale starrte ihr fassungslos hinterher. Sie brauchte eine Sekunde, dann schüttelte sie den Kopf. Komische Sachen passierten manchmal an Thanksgiving. Sie ging schnell zum Chipsregal und holte zwei Tüten. An der Kasse sah sie sich noch einmal um. Die Frau, die sie zuerst angesprochen hatte, war nicht zu sehen – die andere auch nicht. Sie bezahlte und verließ den Markt.

Es war bereits dunkel, aber der Supermarkt war hell erleuchtet und ebenso die Autos, die vor der großen Glasfront standen.

Als Dale in ihren Wagen steigen wollte, hörte sie ein Geräusch. Es klang dumpf ... irgendwie nicht gut. Sie drehte sich um.

Ein Stück weiter war es nicht mehr so hell. Das Licht nahm dort rapide ab. Aus dieser Richtung kam erneut ein dumpfes Geräusch. Sie wandte sich von ihrem Wagen ab und ging aufmerksam und mit angespanntem Gesichtsausdruck auf die dunkle Seite des Parkplatzes zu.

Plötzlich erschien ein Schatten vor ihr. Sie blieb sofort stehen und versuchte mehr zu erkennen. Blonde Haare. Eindeutig blonde Haare. Aber da war auch noch etwas anderes.

»Lass mich los!«, hörte sie eine weibliche Stimme. Sie klang unterdrückt.

Dale sah eine Bewegung.

»He, he!«, hörte sie. Eine männliche Stimme. Jung.

»Lassen Sie sie los«, forderte sie auf gut Glück ins Dunkel hinein.

»Was ...?« Unterdrücktes Fluchen. Ein junger Kerl trat etwas mehr ins Licht. »Hau ab«, sagte er. »Das geht dich nichts an.«

Hinter ihm erschien ein weiterer junger Kerl mit der blonden Frau, die Dale im Supermarkt ›gerettet‹ hatte. Er hielt sie am Arm fest, und die Blonde versuchte loszukommen.

Die beiden Männer erschienen mehr wie Herumtreiber denn wie Kriminelle, aber gefährlich konnten sie trotzdem sein. Dale spannte ihren Körper an. »Lassen Sie sie los«, wiederholte sie ruhig.

»Mann, Mutter, hau ab«, sagte der erste wieder, der ihr näher war. »Was mischst du dich ein?«

»Wir wollen doch nur ein bisschen spielen«, fügte der andere hinzu, lachte hämisch und griff der blonden Frau ins Haar.

»Ich spiele auch gern«, stieß Dale knapp hervor, wirbelte ansatzlos herum und versetzte dem näherstehenden einen Stoß mit dem Fuß in die Magengrube.

Der Kerl stöhnte auf und klappte zusammen wie ein Taschenmesser.

Der andere starrte Dale an und griff der blonden Frau noch fester ins Haar. Sie stöhnte schmerzlich auf. »Lass mich in Ruhe«, sagte der Junge, »oder ich tue ihr weh.«

Der Kerl auf dem Boden erholte sich wieder und griff nach Dales Knöchel. »Ich hab' sie!«, brüllte er zu dem anderen hinüber.

Dale blickte zum Himmel hinauf und rollte die Augen. »Ich wollte dir nicht weh tun«, seufzte sie, »aber du hast es nicht anders gewollt.« Sie holte mit dem zweiten Fuß aus und trat dem Kriechenden sorgfältig gezielt ans Kinn.

Diesmal klappte er endgültig zusammen. Er tat keinen Mucks mehr. Seine Hand um Dales Knöchel löste sich.

»Und jetzt du«, sagte Dale und ging auf den anderen zu. »Lass sie los.«

Der andere starrte sie an, krallte sich immer noch in das blonde Haar und schien versteinert.

»Hau ab«, sagte Dale, »oder du leistest deinem Freund Gesellschaft.«

Der Junge ließ die Frau los und stürzte sich auf Dale. Dale wich geschickt aus und ließ ihn ins Leere laufen. Er raste wütend weiter, drehte sich dann um und stürzte mit einem schrillen Schrei erneut auf sie los.

»Muss das sein?«, murmelte Dale.

Sie erwartete seine Ankunft, wirbelte auf einem Bein herum und streckte das andere hoch in die Luft. Der Junge knallte darauf und fiel wie vom Blitz getroffen um. »Tja«, sagte Dale. »Leg dich nie mit jemand an, der größer ist als du.« Sie warf noch einen Blick auf die beiden Körper am Boden, dann richtete sie ihre Augen auf die blonde Frau. »Jetzt sind wir quitt, glaube ich«, sagte sie leicht schmunzelnd.

Die blonde Frau kam auf sie zu. »Das ... Wie haben Sie das gemacht?«, fragte sie verdattert.

»Leichtes Training«, sagte Dale. »Nichts Besonderes.« Sie sah die Frau an. »Geht es Ihnen gut?«

»Ja.« Die Frau strich sich durch die Haare. »Ja«, wiederholte sie etwas erstaunt. Sie blickte auf die Jungs am Boden. »Haben Sie ihnen wehgetan?«

Dale lachte. »Vermutlich«, sagte sie. »Aber sie werden sich erholen. Es war nichts Schlimmes.«

»Sind Sie sicher?« Die blonde Frau schien skeptisch.

»Ganz sicher«, sagte Dale. »Kann ich Sie irgendwo hinbringen? Mein Wagen steht da drüben.«

»Ich ... ich habe meinen eigenen hier«, erwiderte die blonde Frau unsicher. »Ich wollte gerade hingehen, da haben die beiden mich aufgehalten. Sie wollten mich einfach nicht weitergehen lassen.«

»Sie wollten *spielen.*« Dale stieß verächtlich die Luft durch die Nase aus. »Man weiß nie, wo das endet. Manchmal ist es nur Belästigung ... manchmal –«

»Ich bin froh, dass Sie gekommen sind«, bemerkte die blonde Frau schaudernd. »Entschuldigen Sie. Ich habe mich noch gar nicht vorgestellt. Kelly. Kelly Bennett.«

»Dale Richards. Sehr erfreut, Ms. Bennett«, entgegnete Dale lächelnd.

Kelly blickte zu ihr hoch. »In solchen Situationen wäre ich manchmal auch gern so groß wie Sie«, seufzte sie.

Dale sah auf sie hinunter. *Wieso?,* dachte sie. *Du bist doch ganz niedlich, so wie du bist.* »Wenn sie angreifen wollen, greifen sie an«, sagte sie schulterzuckend. »Die beiden waren wenigstens nicht auf Drogen, wie es scheint. Dann ist ihnen alles egal, ganz gleich, wie groß man ist.«

»Sind Sie denn auch schon mal angegriffen worden?«, fragte Kelly verblüfft. Anscheinend konnte sie sich das überhaupt nicht vorstellen.

»Ich –« Dale unterbrach sich selbst. »Nicht auf Parkplätzen«, sagte sie. »Wahrscheinlich werfe ich einen zu großen Schatten im Lampenlicht. Obwohl – wenn die der Hafer sticht ...« Sie lachte. »Lassen wir das. Es ist ja gut ausgegangen, und die beiden werden ihre Wunden noch eine Weile pflegen müssen und spüren, wie weh es tut, wenn man sich nicht beherrschen kann.«

Die bislang leblosen Körper am Boden begannen sich zu rühren.

»Ich glaube, wir gehen besser«, sagte Dale und nahm Kelly am Arm. »Wo steht Ihr Wagen?«

»Dort drüben.« Kelly wies in eine schwarze Ecke.

»Warum haben Sie so im Dunkeln geparkt?«

Sie gingen zusammen los.

»Hab' ich gar nicht«, sagte Kelly. »Als ich parkte, war es noch hell. Ich hatte eine Weile in der Gegend zu tun.«

»Die meisten Frauen parken direkt am Eingang«, sagte Dale. »Auf den Frauenparkplätzen. Die sind immer hell erleuchtet.«

»Gut zu wissen«, sagte Kelly. »Ich bin nicht von hier. Ich kenne mich noch nicht so aus.«

»Sind Sie gerade erst hergezogen?«

»Ja.« Kelly blieb stehen. »Das Wetter ist hier so gut.«

Dale lachte. »Abgesehen von den Hurricans!«

Kelly lachte auch. »Die habe ich aus meinen Überlegungen ausgeschlossen. Ich habe noch nie in Florida gelebt. Das Hurrican-Gefühl muss ich erst noch entwickeln.«

»Das tun Sie lieber schnell, denn Sie werden nicht darum herumkommen, den einen oder anderen kennenzulernen«, riet Dale schmunzelnd.

»Tja.« Kelly seufzte. »Das ist mein Wagen.« Sie zeigte auf einen weißen Nissan Sunny, der schon bessere Tage gesehen hatte.

Dale nickte. »Soll ich Sie noch begleiten, bis Sie zu Hause sind?«

»Nein, danke.« Kelly schüttelte den Kopf. »In meinem Auto bin ich sicher genug. Es begleitet mich seit vielen Jahren. Da fühle ich mich schon zu Hause, sobald ich einsteige.« Sie schloss die Tür auf. »Vielen Dank noch mal«, sagte sie. »Ich weiß nicht, wie es ohne Sie ausgegangen wäre.«

»Ebenfalls.« Dale grinste.

»Oh, das ...« Kelly stieg etwas verlegen ein, schloss die Tür und kurbelte das Fenster herunter.

Weil der Supermarkt im Hintergrund leuchtete, lag Dales Gesicht im Schatten, und die schwarzen Haare wirkten noch schwärzer. Nur die blauen Augen strahlten unvermindert auf Kelly.

*So eine Mischung habe ich noch nie gesehen,* dachte Kelly. »Auf Wiedersehen«, sagte sie und warf ein wenig bedauernd einen letzten Blick auf dieses Gesicht.

»Kommen Sie gut nach Hause.« Dale trat einen Schritt zurück.

Kelly ließ den Wagen an, winkte und fuhr los.

Dale blickte ihr nach und ging dann zu ihrem eigenen Wagen zurück. Als sie dort angekommen war, sah sie, dass Kelly sehr vorsichtig vom Parkplatz fuhr. *Eine Formel-1-Rennfahrerin ist sie nicht.* Sie lächelte. *Dafür hat sie andere Qualitäten.*

Dale stieg ein. Immer noch sah sie Kellys Rücklichter sich langsam entfernen. *Und wenn ihr etwas passiert? Wer weiß, wo sie wohnt? Das Auto sieht nicht gerade nach der besten Gegend aus.* Sie ließ ihren Wagen an. Der kraftvolle Motor des großen Jeep-SUVs brummte in Erwartung ihrer Befehle.

Sie trat aufs Gas, und der Wagen schoss mit einem Satz nach vorn. Schnell folgte sie Kellys Spur und sah den Nissan innerhalb kürzester Zeit gemütlich vor sich auf der Straße dahinrollen. Dale achtete darauf, dass immer ein Auto zwischen ihnen war oder sie genügend Abstand hielt, so dass Kelly nicht erkennen konnte, dass ihr jemand folgte – und *wer* ihr folgte.

Kelly bog von der Hauptstraße ab in eine Gegend, die in Miami nicht zu den besten zählte. Sie war aber noch akzeptabel für jemand, der wenig Geld und trotzdem die Hoffnung auf bessere Zeiten nicht aufgegeben hatte. Hier waren Überfälle sicherlich eher selten, schon allein deshalb, weil es nichts zu holen gab. Dennoch waren sie nicht ausgeschlossen, und Dale war froh, dass sie Kelly gefolgt war.

Kelly parkte am Rande der Straße. Dale blieb mit ihrem Wagen stehen und schaltete das Licht aus. Sie wartete, bis Kelly ausgestiegen und in eines der Häuser gegangen war, die sich rechts und links wie ein gleichförmiges Band dahinzogen. Dann ließ sie den Wagen so weit vorrollen, dass sie Kellys Haus von der anderen Straßenseite her im Blick hatte.

Nach einer Weile ging hinter einem der unbeleuchteten Fenster ziemlich weit oben das Licht an. Es konnte Kelly sein oder auch – Es war Kelly. Dale erkannte sie hinter der hell erleuchteten Glasscheibe. Offenbar fühlte sie sich sicher in ihrer Wohnung, denn sie hielt es nicht für nötig, die Gardinen zuzuziehen.

Dale folgte Kellys Bewegungen hinter dem Fenster wie einem faszinierenden Schauspiel. Nach ein oder zwei Minuten seufzte sie und griff nach dem Zündschlüssel, um den Motor anzulassen. Sie war überzeugt, dass Kelly heute nichts mehr passieren konnte.

Sie erstarrte mitten in der Bewegung, als Kelly plötzlich ans Fenster trat und sich auszuziehen begann. Sie ließ ihre Bluse von den Schultern gleiten und stand nur noch im BH da. Sie griff auf ihren Rücken –

In diesem Moment wurde sie sich offenbar des weithin einsehbaren Fensters bewusst und stutzte. Ohne viel Federlesens griff sie nach rechts und links und zog die beiden Gardinenteile in der Mitte zusammen.

Dale sah Kellys Gesicht entschwinden, während der Schlitz zwischen den Stoffbahnen immer schmaler wurde. Als könnte sie noch einen Blick erhaschen, beugte sie sich vor und starrte zu dem zwar immer noch erleuchteten, aber nunmehr undurchdringlich verhüllten Fenster hinauf.

*Schade.*

Sie atmete tief durch. Langsam löste sich ihre Erstarrung. »Du warst zu lange allein, Idiot«, murmelte sie. Entschlossen drehte sie den Zündschlüssel herum und setzte ihren Fuß aufs Gas. Ein letztes Mal blickte sie zu dem Fenster hinauf.

Ihr Fuß wehrte sich dagegen, das Gaspedal durchzudrücken, aber endlich konnte sie ihn doch dazu bewegen, und ihr Wagen rollte an – weit weniger dynamisch, als sie Kelly gefolgt war.

Einige Zeit später parkte sie in der Tiefgarage des Apartmenthauses, in dem sie wohnte. Ihre Gegend war weit nobler als die, aus der sie gerade kam, aber ihr erschien es in diesem Moment nicht so. Es war ein kahler Ort, ein kahles Haus, ein kahler Lift, der sie hinauf in ihr Apartment brachte.

Sie betrat die Diele wie jeden Abend mit einem Gefühl von Heimatlosigkeit und der zumindest tröstenden Gewissheit, hier wenigstens ein Bett zu haben. Früher war das nicht immer so gewesen.

Früher ...

Sie schüttelte die Schuhe von den Füßen. Ein Schlenker zur Bar, ein Getränk floss in ein Glas. Sie ging zu einem kleinen Schränkchen und betrachtete ein schlicht gerahmtes Bild, das darauf stand. Eine Frau in Uniform, lachend, jung, mit strahlenden Augen. Dale griff nach dem Rahmen.

»Was würdest du dazu sagen, hm?«, fragte sie.

Sie nahm das Bild mit hinüber zur Couch und setzte sich.

»Du wusstest immer, was zu tun war. Und hast es mir oft genug gesagt – auch wenn ich nicht immer darauf gehört habe.« Sie betrachtete die Fotografie eine Weile. »Was denkst du? War ich zu lange allein? Ist es Zeit?« Sie schaute auf den lachenden Mund und schluckte. »Du hättest bestimmt gesagt: Ja, es ist Zeit, Dale. Sei vernünftig. Das bringt doch nichts.« Sie ließ das Bild sinken. »Aber ich kann nicht«, flüsterte sie. »Jetzt noch nicht.«

Sie sank auf der Couch zurück und presste das Foto an ihre Brust. »Jetzt noch nicht ...«, wiederholte sie mit erstickter Stimme.

## 2

Kelly blickte sich in der Straße um und suchte nach einer Hausnummer. So fremd sie sich hier fühlte, war ihr die Situation doch mittlerweile sehr vertraut: Die Situation, sich für einen Job vorstellen zu müssen.

Sie schaute auf den Zettel in ihrer Hand. Aha, da war die Nummer. Hier musste sie hin.

Es schien ein Hintereingang zu sein. Kelly versicherte sich noch einmal, dass die Beschreibung stimmte, die sie am Telefon bekommen hatte. Ja, das war so. Sie stieß die nur angelehnte Tür auf und trat in den dunklen Flur ein.

»Ja, Baby, ja, mach's mir!«

Kelly blieb abrupt stehen und versuchte weiter vorn im Gang zu erkennen, woher die Worte kamen. Die Gasse vor dem Eingang war schmutzig und ungepflegt gewesen, vielleicht zogen sich manchmal Leute hier in diesen Flur zurück, weil die Tür immer nur angelehnt war.

Sie atmete tief durch und überlegte. Sollte sie weitergehen und die beiden eventuell mittendrin stören? Oder warten?

»Oh ja ... ja ... ja ...! Komm, du geiles Flittchen!«

*Puh.* Kelly schluckte bei der Ausdrucksweise. Das war nicht ganz der Umgangston, den sie gewohnt war.

Sie hörte ein Geräusch hinter sich, und plötzlich fiel über ihre

Schulter Licht in den Gang vor ihr und zeichnete ihren eigenen Schatten auf den Boden.

»Na, Kleine, willst du dich bewerben?«

Kelly drehte sich mit einem Ruck um.

Ein Mann war genauso wie sie durch die Tür hereingekommen und stand nun vor ihr. Er musterte sie mit einem Blick, über den sie sich lieber keine Gedanken machen wollte.

»Ähm ...« Sie räusperte sich. »Ja. Ich ...« Hinter sich hörte sie weiter Geräusche, Stöhnen, Keuchen – anscheinend war der Austausch von Liebenswürdigkeiten vorbei –, aber der Mann schien das gar nicht wahrzunehmen. Erneut räusperte sie sich. »Wissen Sie zufällig, wo das Büro des Managers ist? Ich habe vor einer halben Stunde mit ihm telefoniert.«

»Ach, du bist das.« Er nickte und ging an ihr vorbei. »Komm mit.«

Kelly drehte sich zwar um, zögerte aber ihm zu folgen, weil sie dann wohl unweigerlich an dem geräuschvoll aktiven Paar vorbeikommen mussten.

Wahrscheinlich blieb ihr jedoch keine andere Wahl. Sie gab sich einen Ruck und ging schnell dem Mann hinterher, der schon um eine Ecke im Gang verschwunden war.

Die Geräusche steigerten sich, sie schien ihnen immer näher zu kommen, sie bereitete sich auf einen unangenehmen Anblick vor.

Hinter der Ecke war jedoch absolut nichts, obwohl in diesem Moment offensichtlich der Höhepunkt der Aktivitäten erreicht war, denn ein noch angestrengteres Stöhnen, gefolgt von einem lauten »Ja!« und einem etwas unterdrückten »Baby ...« beendete die Geräuschkulisse.

Sie ging schnell auf die offene Tür zu, die am Ende des Ganges lag. Obwohl sie den Mann nicht mehr sah, nahm sie an, dass er dort hinein verschwunden war.

In diesem Augenblick ging das Gestöhne erneut los, fast genauso wie am Anfang.

*Junge, Junge,* dachte Kelly. *Der ist aber ausdauernd.* Sie versuchte die Geräusche zu ignorieren und betrat das Büro, in dem tatsächlich der Mann saß, den sie im Gang getroffen hatte. »Haben wir telefoniert?«, fragte sie. »Sie sind der Manager?«

»Ja, bin ich, Süße.« Er grinste sie an und betrachtete sie wieder mit diesem Blick, der ihr den Eindruck vermittelte, sie wäre nackt.

»Wegen des Jobs ...«, setzte Kelly an.

»Wenn ich gewusst hätte, wie du aussiehst, hätte ich dir was anderes angeboten«, sagte der Mann und musterte sie weiter. »Obenherum fehlt zwar ein bisschen was, aber das kann man ja aufpolstern.«

»Wie bitte?« Kelly erwiderte seinen Blick irritiert. »Sie suchen doch eine Rezeptionistin, oder nicht?« Die Geräusche im Hintergrund wurden wieder lauter.

»Ach, dafür finden wir bestimmt jemand, aber du ...«, er stand auf und kam auf sie zu, »du kannst doch viel mehr.« Er grinste noch schmieriger. »Davon bin ich überzeugt.« Er strich mit einem Finger über ihre Wange.

Kelly zuckte zurück. »Da muss ein Missverständnis vorliegen. So einen Job suche ich nicht.«

»Hab dich nicht so. Du brauchst doch Geld, oder nicht?« Er verzog die Mundwinkel.

»So dringend auch wieder nicht«, sagte Kelly.

»Ja, Baby, ja!« Im Hintergrund schien der nächste Höhepunkt zu nahen.

Kelly blickte sich verwirrt um.

»Kümmer dich nicht darum.« Der Manager winkte ab. »Das ist nur das Kino.«

»Ein ... Kino?« Durch den Hintereingang war das nicht zu erkennen gewesen, und Kelly war überrascht.

»Na, komm schon. So 'ne Jungfrau bist du doch auch nicht mehr. Noch nie 'n Porno gesehen?« Er lachte.

*Ein Pornokino. Na super ...* Kelly seufzte innerlich.

»Eigentlich haben wir ja nur 'ne Kartenabreißerin gesucht, aber dafür bist du doch viel zu schade. Es gibt ein paar Jungs, die hätten ab und zu auch gern mal ein bisschen mehr. Und wir machen regelmäßig Live-Shows drüben in unserem Club auf der anderen Seite der Straße. Das bringt wesentlich mehr ein als der Job hier. Interessiert?« Er hob fragend die Augenbrauen.

Kelly versuchte sich zu fassen und schluckte. »Oh nein«, erwiderte sie dann fest. »Das ist nicht mein Fall.« Sie hörte noch einmal hin, und die männliche Stimme stöhnte: »Los, Baby, los!« Kelly lächelte ein wenig. »Definitiv nicht«, fügte sie zum Manager dieses Etablissements gewandt hinzu, drehte sich um und ging rasch durch den dunklen Gang davon.

Als sie draußen vor der Tür stand, atmete sie tief durch. Sie hatte es sich einfacher vorgestellt einen Job zu finden, als sie hergezogen war. Bislang hatten sich alle als Nieten herausgestellt.

Die einen, weil sie sie, wie diesen hier, gar nicht erst annehmen konnte, und andere, weil sie sie nur kurz behalten konnte, bis die jeweiligen Chefs meinten, einen ›Bonus‹ von ihr verlangen zu müssen.

Dieser Manager hier war keine Ausnahme gewesen, sondern eher die Regel. So musste sie, kaum dass sie begonnen hatte zu arbeiten, dann sofort wieder kündigen und stand erneut vor demselben Problem: einen Job zu finden.

Es war wirklich wie verhext. Wenn sie sich für Stellen bewarb, die eher ihrem Geschmack entsprachen, wurde sie abgelehnt, weil sie keinen Collegeabschluss hatte, andere verlangten Berufserfahrung, die sie ebenfalls nicht besaß, wieder andere erklärten ihr, sie wäre zu jung.

Ganz besonders charmant waren die Angebote, bei denen sie zuerst einmal ohne Bezahlung arbeiten und dann erst entschieden werden sollte, ob sie den Job überhaupt bekam.

Und wie oft hatte sie nun schon gehört: Wir rufen Sie an? Dann wusste sie sofort, dass nie ein Anruf kommen würde.

Einmal hätte sie fast ihren Traumjob ergattert, aber da war es an ihrer Hautfarbe gescheitert. Der Personalchef erklärte ihr, sie wäre eigentlich genau die richtige, genau das, was er gesucht hätte, aber sie dürften nur noch Nicht-Weiße einstellen, weil sie zu viele Weiße in der Firma hätten.

Desillusioniert schlenderte sie die Straße entlang. An einem Supermarkt vorbei, wo Hilfskräfte für das Einpacken der Wochenendeinkäufe gesucht wurden. *Nur am Wochenende.* Sie seufzte. *Aber immerhin besser als nichts.*

Sie war schon versucht, den Laden zu betreten, da riss sie sich zusammen. »Du kannst mehr als das. Gib nicht auf.« Sie sprach laut zu sich selbst, straffte ihre Schultern und ging energisch weiter.

Bevor sie um die Ecke bog, warf sie aber noch einmal fast sehnsüchtig einen Blick auf das Schild im Fenster zurück: *Hilfskräfte gesucht*.

Sie atmete tief durch und ging dann endgültig die Straße hinunter zu ihrem Auto.

## 3

Dale, Dale, Dale, Dale!«

Dale blickte irritiert von ihrem Schreibtisch auf.

Eine jubilierende Frau stürzte ins Zimmer, gefolgt von einer gehetzt aussehenden Rezeptionistin.

»Tut mir leid, Ms. Richards. Ich konnte sie nicht aufhalten. Sie wollte Sie unbedingt sprechen.« Die Rezeptionistin warf einen genervten Blick auf die Frau, einen entschuldigenden auf Dale und keuchte.

»Ist schon gut.« Dale winkte ab und stand auf. »Vielen Dank, Mrs. Alvarez.«

Mrs. Alvarez stieß einen erleichterten Seufzer aus und ging, nicht ohne noch einen strafenden Blick auf die Person zu werfen, die sie zu diesem morgendlichen Sprint gezwungen hatte.

Die Frau kam mit einem strahlenden Lächeln auf Dale zu. »Sie wollte mich einfach nicht hereinlassen«, verkündete sie selbstbewusst, »da musste ich doch etwas tun.«

»Die Sicherheitsvorschriften haben ihren Sinn«, erwiderte Dale reserviert. »Deshalb habe ich sie erlassen.«

Die Frau, die vor ihr stand, war die Frau, die sie vergangene Woche im Supermarkt so überschwänglich begrüßt hatte. Dale fühlte ein unbehagliches Kribbeln in der Magengrube, normalerweise ein deutliches Zeichen für Gefahr. Aber was konnte diese Frau ihr schon tun? Sie war kleiner als Dale und sicherlich unbewaffnet.

Dennoch ließ Dale ihre Augen aufmerksam über den Körper der Rothaarigen streifen, ganz automatisch, um abzuchecken, ob sie irgendwo etwas versteckt haben könnte. Eine langjährige

Gewohnheit, der sie sich kaum mehr bewusst war.

»Versuchst du dich an meinen Körper zu erinnern?«, fragte ihre Besucherin süffisant lächelnd. »Und was du damit gemacht hast?«

Dale schreckte auf und konzentrierte sich auf das Gesicht ihres Gegenübers. »Ich ... nein ... entschuldige –« Sie war verwirrt. Wovon sprach diese Frau? Das hörte sich ja fast an, als hätten sie – »Bitte.« Sie wies auf einen Sessel, der vor ihrem Schreibtisch stand. »Setz dich doch. Was kann ich für dich tun?«

Doch die Rothaarige blieb stehen und lächelte sie weiter ironisch an. »Du hast nicht die geringste Ahnung, wer ich bin, nicht wahr?«, fragte sie mit einem amüsierten Blitzen in den Augen.

»Ich ... doch ... natürlich ...« Dale fühlte, wie das unbehagliche Kribbeln in ihrer Magengrube sich noch verstärkte. Sie musterte die Frau wieder. Ein Name, wenigstens ein Name! Aber nichts drängte sich in ihr leeres Hirn, keine Tür tat sich auf, kein Licht am Ende des Tunnels verkündete Erlösung.

»Ich wette, du weißt nicht einmal mehr, wie ich heiße«, sagte die zierliche Frau. Sie lächelte entgegen aller Erwartung zufrieden. Endlich setzte sie sich und schlug die Beine übereinander, elegante Beine in eleganten Strümpfen und Schuhen.

Dale setzte sich auch. Die Peinlichkeit lag wie eine elektrisierte Wolke zwischen ihnen, aus der jederzeit ein Blitz hervorschießen konnte.

»Ich will dich nicht länger auf die Folter spannen.« Ein belustigtes Schmunzeln verzog die nach allen Regeln der Schminkkunst sorgfältig gestylten Lippen. »Ich habe schon im Supermarkt gemerkt, dass du nicht wusstest, wer ich war. Es war süß, wie du dich gewunden hast.« Aufreizende Augen unter schwarzgetuschten Wimpern lächelten Dale kokett an.

*Sie flirtet mit mir!*, dachte Dale. *Was ist da los? Was habe ich getan?*

»Megan«, plauderte die Rothaarige entspannt vor sich hin. »Megan O'Reilly. Sagt dir das was?«

»Selbstverständlich«, behauptete Dale. Was hieß das jetzt? Dass diese Frau Megan O'Reilly war oder dass es irgendetwas mit einer Megan O'Reilly zu tun hatte?

Die andere schmunzelte nun so sehr, dass es fast unverschämt hätte genannt werden können. »Du erinnerst dich immer noch nicht«, sagte sie. »Langsam müsste ich schon ein wenig beleidigt sein. Mein Name ist doch nicht so schwer zu merken.«

Dale atmete auf. Also *sie* war Megan O'Reilly! »Tut mir leid, Megan«, sagte sie. »Mein Gedächtnis ist manchmal nicht das beste.«

»Du musst ja einen enormen Verbrauch an Frauen haben, wenn du dich nicht mal mehr an eine erinnerst, neben der du aufgewacht bist«, erwiderte Megan spitz. »Ganz zu schweigen von allem, was vorher war.«

*Oh Gott!* Dale wusste immer noch nicht, wovon Megan O'Reilly sprach.

Megan lachte leicht. »Du siehst so gequält aus. Ich werde dich erlösen. Erinnerst du dich an die Party bei Nancy Grand? Ist so fünf, sechs Jahre her.«

»Oh.« Dale lehnte sich in ihrem Sessel zurück. Langsam dämmerte ihr etwas. Sie hatte es verdrängt. Aus gutem Grund. Auch jetzt wollte sie nicht daran erinnert werden, aber den Gefallen würde Megan ihr wohl kaum tun.

»An Thanksgiving«, fügte Megan hinzu.

Dale sah sie an. »Ja, Thanksgiving«, wiederholte sie leise. »Ich erinnere mich.« Deshalb hatte Megan im Supermarkt all diese Andeutungen gemacht. Dale seufzte und stand auf. »Es war schön, dich einmal wiederzusehen, Megan, aber jetzt«, sie lächelte entschuldigend, »habe ich zu tun.« Sie streckte Megan verabschiedend die Hand hin. »Danke für deinen Besuch.«

»Oh nein!« Megan lachte. »So leicht wirst du mich nicht los! Jetzt, wo ich dich zufällig wiedergetroffen habe. Das kostet dich mindestens ein Mittagessen. Hast du heute schon was vor?« Ihre Augen blitzten Dale erwartungsvoll an. Ein Nein, so sah es aus, würde sie nicht akzeptieren.

»Ich . . . ich esse eigentlich nie mittags«, erwiderte Dale überrumpelt.

»Dann tust du es heute.« Megan stand auf. »Wir treffen uns im *Avalon*, wie wär's?« Es war offensichtlich eine rhetorische Frage.

»Am Ocean Drive?« Dale verzog ablehnend das Gesicht. »Das

ist ein bisschen weit von hier.«

»Für mittags, meinst du?« Megan lachte. »Du bist doch keine kleine Angestellte, die ihre halbe Stunde Mittagspause nicht um eine Minute überziehen darf. Du bist die Sicherheitschefin, Mitglied der Geschäftsleitung. Da wird es ja wohl einmal gehen, dass du deine Mittagspause verlängerst.«

»Normalerweise mache ich gar keine«, sagte Dale.

»Das ist definitiv ein Fehler. Der Ocean Drive wird dich vielleicht davon abbringen«, behauptete Megan selbstbewusst.

»Das glaube ich kaum.« Dale konnte der weltberühmten Flaniermeile in *South Beach*, kurz *SoBe,* dem südlichen Teil von Miami Beach, nichts abgewinnen. Hier war die Fashion- und Lifestyle-Szene von Miami zu Hause, ein Boutique-Hotel reihte sich ans nächste, es gab trendige Bars, Lounges, Cafés und Restaurants en masse, und über den Türen der Modeboutiquen prangten fast nur Namen aus der internationalen Welt des Designs. Und da auch einige der berühmten Modelagenturen ihren Sitz direkt am Ocean Drive hatten, konnte man sich manchmal des Eindrucks nicht erwehren, sich auf einem lebenden Laufsteg zu befinden.

Obwohl Dale den Anblick schöner Frauen durchaus zu schätzen wusste, war ihr dieses Gehabe zu viel. Es war nicht ihre Welt.

Aber Megans – jedenfalls wiesen alle Äußerlichkeiten darauf hin.

»Tut mir leid, Megan«, sagte Dale, »aber ich habe wirklich keine Zeit.«

»Du schuldest mir was, weil du mich nicht erkannt hast«, sagte Megan mit kokett zur Seite gelegtem Kopf.

Dale seufzte. »Also gut. Aber muss es unbedingt der Ocean Drive sein? Ich hasse diesen Miami-Vice-Chic.«

»Es muss«, sagte Megan. Sie wirkte zufrieden. Sie wusste, sie hatte gewonnen. »Oder wolltest du mich an einen Hot-Dog-Stand einladen? Das brächtest du glatt fertig!« Sie lachte.

In der Tat war das das einzige, was Dale manchmal mittags aß, aber sie sagte nichts zu Megans Vermutung. Sie atmete tief durch. »Wann treffen wir uns?«

»Um eins«, sagte Megan. »Ich gehe vorher noch ein bisschen

einkaufen, ich habe schon gar nichts mehr anzuziehen.«

Dale musterte unauffällig das elegante und offensichtlich teure Kostüm, das Megan trug. Sicherlich nicht das einzige, was sie im Schrank hatte. Aber Dale wusste auch, dass es sinnlos war, mit Frauen wie Megan über Bekleidungsfragen zu diskutieren. »Dann bis eins«, sagte Dale. »Ich werde pünktlich sein.«

»Ich wahrscheinlich nicht!« Megan lachte. »Das bin ich nie. Aber es macht dir sicher nichts aus zu warten – bei den vielen Mädels, die da auf und ab laufen!«

Dale hasste es zu warten. Sie hasste es überhaupt, ihre Zeit zu verschwenden. Aber Megan hatte sie schon zu viel ihrer kostbaren Zeit gekostet, als dass sie das jetzt mit ihr erörtern wollte. »Ich werde mir etwas zu lesen mitbringen«, sagte sie.

Megan schaute sie merkwürdig an. »Dann bis später«, sagte sie. »Wir sehen uns.«

»Ja.« Dale setzte sich, nahm ein Blatt von ihrem Schreibtisch und studierte die darauf enthaltene Liste, verglich sie mit einer anderen.

Sie achtete nicht mehr auf Megan, die mit einem weiteren merkwürdigen Blick den Raum verließ.

## 4

Ja, du lieber Himmel, was ist dir denn passiert? Was machst du da so ganz allein?« Kelly beugte sich hinab und versuchte unter den Wagen zu schauen.

Von unten blickten sie zwei verängstigte Augen zitternd an.

»Du brauchst keine Angst zu haben.« Kelly ließ sich ganz auf die Knie hinunter und legte sich halb neben den Wagen. »Komm her. Ich tue dir nichts.« Sie schob eine Hand vorsichtig am Reifen vorbei.

Der kleine Hund kauerte sich noch mehr zusammen und kroch weiter zurück.

»Hm.« Kelly betrachtete den Kleinen noch einmal und stand dann auf. Sie hatte genug Erfahrung mit Hunden, um zu wissen, dass es keinen Sinn hatte, das verängstigte Tier zu drängen. »Weißt du, mein Problem ist«, sprach Kelly weiter, obwohl sie wusste, dass der kleine Hund sie nicht verstehen konnte, »dass ich mein Auto jetzt brauche.« Sie seufzte. »Was mache ich bloß?«, murmelte sie leise vor sich hin. »Ich kann doch so nicht losfahren, wenn du da unten hockst.«

»He! He! Weg da!« Eine nur schwer zu identifizierende Figur auf Inline Skates raste ganz knapp an ihr vorbei. Die Straße war hier leicht abschüssig, und der Skater hatte eine Geschwindigkeit drauf, die eher an ein Düsenflugzeug erinnerte.

Kelly spürte den Luftzug und wich aus, taumelte leicht gegen ihr Auto zurück. »Trottel.« Sie schaute die Straße hinunter.

Auf einmal schlich sich ein Grinsen in ihr Gesicht. Für sein Flugzeug war die Landebahn wohl zu kurz gewesen. Die Sträucher am Rande eines Gartens wippten noch heftig, da war er anscheinend hineingerast. Gleich darauf hörte Kelly laute Stimmen, fast schon Geschrei.

Im nächsten Augenblick wippten die Sträucher noch heftiger, teilten sich, und der unglückliche Skater kämpfte sich heraus, verfolgt von einer sehr aufgeregten älteren Dame, die ihn mit etwas verprügelte, das wie ein Poolreinigungswerkzeug aussah, eine Art Schwamm an einem langen Stiel.

Wasser schien überall aus dem armen Rollschuhfahrer herauszufließen, in großen Lachen folgte es ihm über die Straße, bis die Frau endlich von ihm abließ und schimpfend in ihren Garten zurückkehrte.

Kelly grinste. »Das kommt davon, wenn man so rast.«

Er klopfte auf seine Kleidung, aus der immer noch Wasser tropfte. »Das war eigentlich –« Er schaute auf. »Ich wollte gar nicht so schnell fahren. Habe ich dich irgendwie verletzt?« Er betrachtete Kelly etwas besorgt.

»Nein.« Kelly schüttelte den Kopf. »Nur erschreckt.«

»Tut mir leid.« Er verzog das Gesicht wie der sprichwörtliche begossene Pudel – und genauso sah er auch aus. Neugierig warf er einen Blick auf Kellys Auto. »Du fährst nicht zufällig gerade in die Stadt?«

Kelly runzelte sehr skeptisch die Stirn. »Falls du mich fragen wolltest, ob ich dich mitnehme, dann wäre die Antwort: Nein.

Durchnässte Sitze brauche ich wirklich nicht.« Der junge Mann setzte zu einer Erwiderung an, aber Kelly unterbrach ihn mit einer Neigung des Kopfes, die unter den Wagen deutete. »Und außerdem gibt es da auch noch ein anderes kleines Problem.«

»Hast du einen Platten?« Der junge Mann musterte die beiden Reifen, die auf dieser Seite zu sehen waren, trat dann zwei Schritte zurück und ging auf die andere Seite. »Ich seh' nichts.«

»Die Reifen sind in Ordnung«, erklärte Kelly, »aber was dahinter sitzt, scheint nicht so ganz in Ordnung zu sein. Du hast nicht vielleicht auf deiner Brachialtour einen kleinen Hund überfahren?«

»Ich? Nein.« Der junge Mann schien geradezu entsetzt. »So etwas würde ich doch nie tun!«

»Wie kannst du das noch steuern, wenn du die Kontrolle verlierst?« Kelly atmete tief durch. »Also selbst wenn ich dich mitnehmen wollte, könnte ich das nicht tun, weil ich den armen kleinen Rex da unten nicht überfahren will.«

»Rex? Ein Schäferhund ist es?« Der junge Mann ließ sich auf ein Knie nieder.

»Sieht mir so aus«, nickte Kelly. »Aber ich bekomme ihn nicht heraus.«

»Lass mich mal.« Ohne mit der Wimper zu zucken, legte er sich ganz auf den Boden und schob sich auf dem Rücken unter das Auto. »Am besten, du gehst auf die andere Seite«, rief er leise von unten herauf. »Falls er abhaut.«

Kelly hob die Augenbrauen, aber sie tat, was er vorgeschlagen hatte. Der kleine Hund kam jedoch nicht heraus.

Kurz darauf erschien der verwuselte Haarschopf des Skaters auf der anderen Seite der Motorhaube, und als er sich ganz erhob, sah Kelly, dass er den kleinen Hund im Arm hielt. »Er scheint nicht verletzt zu sein«, sagte der rollende Raser, während seine Hände vorsichtig über das Fell des kleinen Hundes strichen, »aber total mit den Nerven fertig.«

»Wer weiß, was ihm passiert ist?« Kelly kam langsam zu den beiden herüber. »Ich habe so einen Hund hier in der Nachbarschaft noch nie gesehen. Vielleicht ist er irgendwo weggelaufen.«

»Er ist erst ein paar Wochen alt«, sagte der junge Mann. »Noch ganz jung. In dem Alter sind sie eigentlich noch bei der Mutter.«

»Du kennst dich mit Hunden aus?« Kelly hob vorsichtig die Hand und versuchte den Hund zu streicheln, aber der schaute sie panikerfüllt an und drängte sich an die Brust des Skaters. Anscheinend vertraute er ihm mehr. »Ich tue dir doch nichts«, wiederholte Kelly und ließ ihre Hand sinken. »Keine Angst.«

»Willst du ihn behalten?«, fragte der junge Mann.

»Ich?« Kelly schüttelte traurig den Kopf. »Ich hätte wahnsinnig gern einen Hund, aber in meiner Wohnung darf ich keinen halten. Außerdem –«, sie seufzte, »weiß ich gar nicht, ob ich ihn ernähren könnte. Ich bin immer noch auf Jobsuche, und es sieht nicht gut aus.« Sie schaute sich um. »Wir müssen ihn wohl ins Tierheim bringen. Die können dann ja mal versuchen herauszufinden, ob ihn jemand vermisst.«

»Ins Tierheim?« Der junge Mann sah schon wieder entsetzt aus.

»Er gehört bestimmt jemandem«, sagte Kelly. »Das ist ein Rassehund, die sind teuer. Sicher wird er schon gesucht.«

»Hm.« Der junge Mann wirkte äußerst skeptisch. »Wer weiß, warum er so verängstigt ist. Vielleicht sollten die Leute ihn nicht zurückbekommen.«

»Wie gesagt, solche Hunde sind teuer«, wiederholte Kelly, »und ich glaube nicht, dass es erlaubt ist, so ein kostbares Tier einfach zu behalten. Zumindest müssen wir versuchen, den Besitzer zu finden.«

»Da bin ich anderer Meinung.« Der junge Mann hielt den Hund beschützend im Arm.

»Komm«, sagte Kelly seufzend, aber entschieden. »Ich nehme dich mit in die Stadt. Und dann fahre ich am Tierheim vorbei.«

»Wir müssen ihn abgeben! Das geht so nicht!« Kelly schimpfte.

»Wieso? Guck mal, wir haben doch so viel Spaß!« Badger, der junge Mann, der Kelly fast überfahren hatte, sprang am

Ufer im Wasser auf und ab, und der kleine Hund sprang begeistert um ihn herum. Er hatte seine Angst schnell überwunden, als er merkte, dass Badger und Kelly ihm nichts taten, und freute sich seines jungen Lebens. »Wuff! Wuff!«, klang es hell über die Promenade.

Kelly seufzte. Badger war wie ein kleines Kind, und der Hund, der war ja sowieso eins. Sie hatte das Gefühl, gegen so viel kindliche Begeisterung kam sie nicht an.

Sie hoffte, dass Badger schnell die Lust an dem neuen Spielzeug verlieren und ihr dann erlauben würde, den Hund ins Tierheim zu bringen.

Sie war selbst nicht begeistert von der Idee, aber was sollte man machen, wenn Hundehaltung nicht erlaubt war?

Die beiden kamen auf Kelly zugestürmt und warfen sie fast um. Lachend wehrte sie die Wassertropfen ab, weil Badger sich genauso schüttelte wie der kleine Rex. »Ich habe heute schon geduscht!«, rief sie, aber ihrer Stimme war anzuhören, dass das Lachen ihr ebenfalls gut tat. Sie hatte wahrlich nicht viel zu lachen gehabt in letzter Zeit.

»Ich behalte ihn«, sagte Badger plötzlich. »Ich werde das schon irgendwie hinkriegen.« Er beugte sich zu dem Kleinen hinunter und streichelte ihn. Rex schnappte spielerisch nach seiner Hand und lachte über das ganze Gesicht, als Badger mit ihm zu spielen begann.

»Das kannst du nicht.« Kelly ließ sich fallen – sie hatte immer eine Decke im Wagen, und die hatte sie auf den Sand gelegt – und begann ebenfalls mit dem Hund zu spielen, der sein Glück gar nicht fassen konnte, nun gleich zwei Spielkameraden zu haben.

»Ich kann alles, was ich will.« Badger plusterte sich auf. »Ich bin stark. Wer will mir irgendetwas verbieten?«

»Ach komm, hör auf.« Kelly winkte ab. »Du hast genausowenig einen Job wie ich. Du hast ja noch nicht einmal eine Wohnung.«

»Umso besser.« Badger grinste. »Habe ich auch keinen Vermieter, den ich fragen muss.«

»Jetzt geht es ja noch.« Kelly hob den kleinen, wuscheligen Körper an, hielt ihn im Arm und streichelte ihn. »Aber was willst du machen, wenn er größer ist? Schäferhunde sind keine Dackel, die man überallhin mitnehmen kann.«

»Du machst dir viel zu viele Gedanken.« Mit einem Plumps ließ Badger sich neben ihr fallen. »Warst du immer schon so?«

Kelly zögerte leicht. »Ich glaube, schon«, sagte sie dann. Sie hob den Kopf und schaute sich um. Es war wundervoll hier in Miami. Von so etwas hatte sie in Maine nur träumen können. Schwimmen im warmen Wasser – das ganze Jahr über.

Plötzlich kniff sie die Augen zusammen. Sie saßen am Strand gleich unterhalb des Ocean Drives, und ständig promenierten Leute an ihnen vorbei, die die Restaurants betraten oder aus ihnen herausgekommen waren oder an deren Einkaufstüten mit den teuren Designernamen man sah, wie viel Geld sie ausgegeben hatten.

Badger fühlte sich etwas vernachlässigt, weil sie ihre Aufmerksamkeit von ihm abgewendet hatte. »Ist was?«, fragte er und versuchte ihrem Blick zu folgen.

Kelly schien abwesend: »Hm?«

Badger fragte noch einmal: »Ist da was Interessantes?«

Kelly sah Dale mit der rothaarigen Frau im Restaurant verschwinden. *Wozu musste ich sie eigentlich im Supermarkt vor ihr retten?*, dachte sie. *Anscheinend war das ein Missverständnis.*

Noch lange, nachdem sie nach Hause gekommen war nach jener denkwürdigen Begegnung auf dem Supermarktparkplatz, hatte sie an die Frau mit den blauen Augen gedacht, sich gefragt, wie sie wohl im Privatleben war, was sie machte. Ob sie sich einmal wiedersehen würden.

Das war ja nun geschehen. Zumindest sie hatte Dale gesehen und erkannte, dass all ihre Gedanken umsonst gewesen waren. Dale hatte ihr offensichtlich einiges verschwiegen.

Immerhin hatte sie sie vor diesen Rowdys gerettet. Dafür musste Kelly ihr dankbar sein. Aber mehr ... mehr war da wohl nicht. Dafür hatte sie diese rothaarige Miami-Schönheit.

Sie drehte sich abrupt um. »Ich dachte nur, ich hätte –« Sie unterbrach sich und fuhr dann mit gleichgültig scheinender Stimme fort: »Nein, da ist nichts Interessantes. Gar nichts.«

# 5

Megan, ich kann nicht!« Dale starrte auf den Telefonhörer, als wäre er verantwortlich für alles Übel in der Welt, insbesondere dafür, dass Megan sie seit einer Woche jeden Tag anrief. »Ich habe zu tun. Ich kann nicht jeden Mittag stundenlang aus der Firma verschwinden, nur um mit dir essen zu gehen!«

»Nur?« Megan klang verstimmt, aber gleichzeitig auch ein wenig kokett. »Hat es dir etwa nicht gefallen?«

»Du weißt, was ich meine«, sagte Dale. »Ich arbeite für mein Geld. Ich habe nicht so viel Zeit wie du.«

»Oh, ist es das? Bist du neidisch, weil ich mein Geld nicht mit stupider Schufterei in einem Büro verdienen muss?«

»Ich bin nicht neidisch«, sagte Dale. »Ich arbeite gern. Aber es ist nun einmal nicht meine Gewohnheit, mittags essen zu gehen. Ich habe es getan, weil ... weil du mich darum gebeten hast, aber das kann nicht ewig so weitergehen.«

»Wenn nicht mittags, wie wäre es dann mit abends?«, fragte Megan. »Irgendwann endet doch selbst dein Arbeitstag.« Sie seufzte. »Wahrscheinlich mitten in der Nacht.«

»Wenn ich die versäumten Stunden jeden Mittag nachholen muss, in der Tat«, bemerkte Dale etwas bissig.

»Also gut«, sagte Megan. »Heute Abend?«

»Ich will nicht ausgehen«, sagte Dale. »Ich gehe nicht viel in Gesellschaft.«

»Wir müssen ja nicht ausgehen ...«, meinte Megan gedehnt.

*Du lieber Himmel!* Dale versuchte seit einer Woche, Megan auf zivilisierte Art loszuwerden, aber es hatte zu nichts geführt. Megan hing wie eine Klette an ihr, rief sie jeden Tag an, überwand ihren Widerstand mit weiblicher List und brachte Dale dazu, mit ihr essen zu gehen.

Dale war sich durchaus dessen bewusst, dass Megan darüber hinaus noch mehr wollte, aber da Dale normalerweise nach dem Essen ins Büro zurückkehren musste, war es bislang nicht dazu gekommen.

Abends jedoch ... das bedeutete *Open End*. Da konnte sie

nach dem Essen nicht einfach wieder verschwinden, die Arbeit vorschützen und Megan verabschieden. Abends war es weitaus schwieriger, die Distanz zu wahren.

*Willst du das denn wirklich? Du findest sie doch eigentlich ganz attraktiv.*

Dale seufzte. Attraktiv, ja, das war Megan ... sehr sogar. Rein äußerlich. Aber mehr war da nicht. Mehr war noch nie gewesen.

*Warum stellst du so hohe Ansprüche? Wäre es nicht schön, wieder einmal neben einer Frau aufzuwachen? Wie lang ist das letzte Mal her?*

*Ich kann mich doch nicht mit einer Frau verabreden, nur um mit ihr Sex zu haben!*

*Warum nicht? Als ob du das noch nie getan hättest ...*

»Dale?« Megans Stimme riss sie aus ihren Gedanken.

»Ja ... hm ... wenn du willst, können wir uns zur Happy Hour treffen«, schlug Dale vor.

»Happy Hour ist gut«, erwiderte Megan anzüglich. »Das ist doch mal ein Anfang.«

»Ist es nicht phantastisch?« Megan lachte und klatschte stehend in die Hände, um dem Sänger zu applaudieren.

Sie befanden sich in einer Karaoke-Bar, weil Megan so etwas toll fand. Dale konnte dem nichts abgewinnen. Menschen, die sich zum Vergnügen anderer auf der Bühne lächerlich machten und sich dabei vielleicht noch einbildeten, tatsächlich singen zu können.

Dennoch hatte sie gar nicht erst versucht, Megan von ihrer Idee abzubringen. Die eine Woche, in der Megan ihr jeden Tag auf den Wecker gefallen war, hatte sie gelehrt, dass es aussichtslos war, mit Megan zu diskutieren, wenn sie sich erst einmal etwas in den Kopf gesetzt hatte. Sie setzte ihn immer durch.

Das zumindest war etwas, was Dale an Megan imponierte. Ansonsten ...

»Amüsierst du dich?« Megan hatte aufgehört zu klatschen und sich wieder hingesetzt. Sie sah Dale an.

»Ganz nett«, sagte Dale. »Er hat im Gegensatz zu den anderen wenigstens die Hälfte der Töne getroffen.«

Megan lachte laut auf. »Ich wusste nicht, dass du so musikalisch bist, dass dir jeder falsche Ton auffällt!«

»Jeder vielleicht nicht«, murmelte Dale, »aber viele auf einmal schon.«

»Ich sehe, es gefällt dir hier nicht«, sagte Megan. »Würdest du es vorziehen, wenn wir gehen?« Ihre Hand strich unter dem Tisch über Dales Bein.

*Ich würde es vorziehen, wenn ich gehen könnte und du hierbliebst,* dachte Dale, *aber das steht wohl nicht zur Debatte.* »Ja«, sagte sie, »ich würde lieber gehen.«

Megan stand auf. »Ich bin gespannt auf deine Wohnung«, sagte sie verheißungsvoll lächelnd.

*Damit wäre das dann auch geklärt. Wir gehen zu mir, nicht zu ihr.* Dale seufzte und stand ebenfalls auf. »Du wirst enttäuscht sein«, sagte sie. »Es ist eine richtige Junggesellenbude.«

»Hauptsache, das Bett liegt nicht auf dem Boden«, sagte Megan lachend, während sie mit Dale das Lokal verließ.

Dale sah sie an. »Nein, so schlimm ist es nicht.« *Ist das wirklich richtig, was ich tue? Ich könnte sie jetzt noch nach Hause schicken.*

In diesem Moment drehte Megan sich im Dunkel des Bareingangs um, legte ihren Arm um Dales Nacken, zog sie zu sich herunter und küsste sie.

Dale ließ sie überrascht gewähren.

Megan löste sich von ihr. »Ein Vorgeschmack auf das, was noch kommt«, hauchte sie verführerisch. »Weil du dich an das letzte Mal ja so schlecht erinnern kannst.«

»Ich dachte, du hättest übertrieben, als du deine Wohnung als Junggesellenbude bezeichnetest«, sagte Megan, während sie sich kritisch in Dales kahlem Wohnzimmer umblickte.

»Wie du siehst, habe ich das nicht.« Dale ging zur Anrichte, die sie gleichzeitig als Bar benutzte. »Ich übertreibe nie.« *Ich finde, das Leben ist schon hart genug,* dachte sie. »Möchtest du etwas trinken?« Sie drehte sich halb zu Megan um.

»Warum nicht?« Megan lächelte erwartungsvoll und kam mit schwingenden Hüften auf sie zu.

»Ich habe leider nicht viel da«, sagte Dale, während sie sich vollständig von Megan abwandte. »Ich trinke keinen Alkohol und –«

»Du trinkst keinen Alkohol?« Megan brach in Lachen aus. »Das habe ich aber anders in Erinnerung!«

*Gerade diese Erinnerung versuche ich ja zu verdrängen,* dachte Dale. »Wie du bereits feststellen konntest, ist dein Gedächtnis weit besser als meins«, entgegnete sie beherrscht. »Aber in diesem Falle – ja, damals habe ich noch welchen getrunken. Seither nicht mehr.«

»Hat dich das Erlebnis mit mir so erschüttert?« Megan trat hinter sie, und Dale fühlte ihren warmen Atem an ihrem Nacken.

»Ein Ginger Ale könnte ich dir anbieten«, sagte Dale, während sie Megan nicht ansah. Ihr Rücken wirkte starr.

»Was ist los mit dir, Schätzchen?«, flüsterte Megan leise an ihrem Ohr. »Letztes Mal warst du nicht so abweisend.«

*Letztes Mal war ich betrunken,* dachte Dale, *und außerdem* – Sie drehte sich mit einem Ruck herum. »Das ist schon sehr lange her.« Sie blickte kühl auf Megans zu ihr aufgehobenes Gesicht hinunter.

»Weshalb sind wir dann hier?«, fragte Megan, hob ihre Hand und strich mit weichen Fingern über Dales Wange.

Dale spürte, dass die Berührung etwas in ihr auslöste, trotz der ablehnenden Haltung, mit der ihr kühler Verstand sich dagegen wehrte. Es war eben doch nicht alles mit dem Kopf zu steuern. Ihr Körper meldete seine Bedürfnisse an – besonders, da sie ihm deren Befriedigung so lange vorenthalten hatte.

Sie fühlte ein Kribbeln, das von Megans Fingerspitzen ausging, sich über ihre Wange und dann ihren Hals hinunter verbreitete, weiter in tiefere Regionen, die gleichermaßen kribbelnd antworteten.

»Megan ...«, sagte sie leise.

»Was?« Megans Augen funkelten zufrieden. Sie musterte Dales Gesicht. »Komm«, flüsterte sie, legte ihre Arme um Dales Nacken und zog ihren Kopf zu sich herunter.

Dale ließ es zu, ohne sich zu wehren. Sie spürte, wie Megans Lippen ihre eigenen berührten, wie Megans Zunge leicht über die Oberfläche strich, wie ein Hauch von Erregung langsam immer tiefer wanderte und die Intensität anstieg. Sie wollte nicht mehr darüber nachdenken, ob sie Megan mochte oder nicht, ob die Erinnerung an ihre letzte Begegnung ihr peinlich war. Sie wollte einfach nur erleben, was sie so lange vermisst hatte.

Sie tat das, was sie Megan bisher verweigert hatte: Sie legte ihre Arme um sie und küsste sie heftig, gierig, hungrig nach mehr.

»Wow!« Megan löste sich nach einer Weile um Luft ringend von ihr. »Anscheinend bist du aufgewacht!«

*Du bist der geborene Wecker,* dachte Dale. *Du hörst nicht auf zu klingeln, auch wenn man dich noch so oft abzustellen versucht.* Sie spürte Megans heißen Körper ganz nah an sich gepresst, fühlte, wie ihre Widerstandskraft nachließ, wünschte, Megan würde sich endlich ausziehen und weitermachen.

Doch Megan begann erst einmal Dale auszuziehen. Ihre erfahrenen Finger knöpften Dales Bluse auf, glitten auf nackte Schultern ...

Ein Handy klingelte. Das heißt, es klingelte nicht, es spielte die schrille Melodie einer Polizeisirene. Dadurch wusste Dale, dass es ihr Firmenhandy war, denn ihr privates meldete sich wesentlich zurückhaltender.

*Du hast zu lange gewartet. Jetzt bist du aus der Liste der für Sex in Frage Kommenden endgültig gestrichen.* Sie seufzte.

Megan murmelte: »Lass es doch. Stell es ab«, während sie Dale die Bluse von den Schultern schob.

»Geht nicht.« Dale griff nach den Seitenteilen der Bluse und zog sie wieder hoch, begann sie zuzuknöpfen. »Es gibt ein Sicherheitsproblem in der Firma, ein gravierendes, eines, das sie nicht ohne mich lösen können. Ich muss hin.«

»Das weißt du, ohne abgehoben zu haben?« Megan starrte sie

erstaunt an. Das Telefon jaulte immer noch, lauter und lauter, nervenzerfetzend.

»Sonst würde das Handy nicht klingeln. Nicht dieses«, sagte Dale. Endlich ging sie zu ihrem Telefon hinüber und nahm das Gespräch an. Augenblicklich verstummte der schrille Ton und ließ eine fast noch nervenzerfetzendere Stille zurück. »Ja.« Dale meldete sich und hörte dann zu. Anscheinend musste sie nicht mehr sagen.

Megan beobachtete sie fassungslos.

»Ich bin gleich da«, beendete Dale das Gespräch, drückte auf den Auflegeknopf und steckte das Handy in ihre Hosentasche. Sie warf einen flüchtigen Blick auf Megan. »Tut mir leid, das konnte ich nicht voraussehen.«

Megan gab einen hohlen Ton von sich. »Mir scheint, es kommt dir ganz gelegen. Wie bestellt.«

»Aber nein.« Dale antwortete abwesend und griff nach ihrer Jacke, warf sie über. »Soll ich dich irgendwo absetzen?«

»Nein, danke«, schnappte Megan. »Ich nehme mir ein Taxi!« Sie rauschte zur Tür und hinaus.

Dale zog die Augenbrauen hoch, während sie sich nach ihrem Aktenkoffer umsah und mit einer Hand nach dem Hausschlüssel griff. »Es gibt wichtigere Dinge auf der Welt als dich, Baby, auch wenn du dir das nicht vorstellen kannst«, murmelte sie vor sich hin.

Dann verließ sie ebenfalls rasch die Wohnung.

## 6

Was soll ich nur machen?« Kelly lehnte sich mit über den Kopf gestreckten Armen weit in dem wackligen Küchenstuhl zurück und dehnte sich. »Bald werde ich nicht mehr wissen, wovon ich meine Miete bezahlen soll.«

»Das ist tragisch, Süße, weil ich mir die Wohnung allein nicht leisten kann und dich dann rauswerfen müsste.« Celia Clark sah Kelly mit skeptisch zusammengezogenen Augenbrauen an.

Gleich darauf hellte sich ihr Gesicht jedoch wieder auf. »Einer von den Jobs, für die du dich beworben hast, muss doch an dir hängenbleiben. Du bist schließlich ein kluges Mädchen. So was findet man nicht oft.« Sie grinste Kelly an.

»Nicht klug genug, um ein Stipendium fürs College zu haben.« Kelly seufzte. »Wenn man das nicht selbst bezahlen kann, sollte man wenigstens dafür sorgen, dass es ein anderer für einen tut.«

»Du hattest bestimmt die besten Noten«, behauptete Celia wegwerfend. »Du weißt doch einfach alles. Kannst gut reden – und schreiben ...« Sie rollte mit den Augen und blickte zur Decke. »Alles Dinge, die ich nicht kann.«

»Aber du hast einen Job. Im Gegensatz zu mir.« Kelly seufzte erneut.

Celia grinste noch mehr. »Na ja, Gott sei Dank gibt es noch andere Kriterien.« Sie drückte ihre ohnehin nicht zu verachtende Oberweite selbstbewusst heraus.

»Damit kann ich leider nicht dienen.« Kelly schmunzelte in Celias Richtung und stand auf. »Ich habe tatsächlich schon mit dem Gedanken gespielt, auch so etwas zu machen wie du, aber sie würden mich nicht nehmen – mit meiner Ausstattung.« Ihr Gesicht verzog sich schmerzlich komisch.

»Ach, darüber solltest du dir keine Gedanken machen.« Celia schlug mit der Hand durch die Luft. »Du hast ein süßes Gesicht. Das ist sehr anziehend. Vielleicht solltest du dich als Gesichtsmodel bewerben.«

»Da ist das andere nicht so wichtig, meinst du?« Kelly lachte. Dann wurde sie wieder ernst. »Ich glaube, für diese Art Job bin ich nicht geschaffen, weder Körper noch Gesicht. Ich dachte immer, ich würde mal etwas mit Büchern machen ... oder bei einer Zeitung. In einem Büro mit Postern von *Deep Blue* an den Wänden. Ein ruhiger, geistvoller Job ohne Aufregung.«

»Dann mach das doch«, sagte Celia.

»Weißt du, was Zeitungen bezahlen? Wenn du Anfängerin bist?« Kelly seufzte erneut. »So gut wie gar nichts.« Sie ging zur Tür. »Das kann ich mir einfach nicht leisten. Es wird wohl genauso ein geistloser Job werden, wie ich sie schon hatte. Ich dachte, wenn ich nach Miami ziehe, fange ich neu an. Ganz

Strahlen und Glamour in den Armen der heißen Karibik.« Sie seufzte zum dritten Mal. »Nun ja, heiß ist es hier wenigstens. Das hat sich bewahrheitet.«

»Das ist immer so«, sagte Celia. »Schon immer gewesen. Dazu brauchtest du nicht extra herzukommen.«

»Auf jeden Fall kann ich so bei der Garderobe sparen«, sagte Kelly lachend. »Die Wintermäntel in Maine waren immer ganz schön teuer.«

»Kann ich mir gar nicht vorstellen.« Celia schüttelte sich. »Ich glaube, ich habe noch nie im Leben einen Wintermantel besessen. Wäre ja auch sträflich. Da sieht man ja gar nichts!«

Kelly betrachtete Celias Oberweite und die weit ausgeschnittene Bluse, die sie trug. »Ich verstehe die Wichtigkeit für dich«, sagte sie lächelnd. Sie drehte sich um. »Ich gehe schlafen. Vielleicht hast du recht, und morgen flattert ganz überraschend eine Einladung zu einem Vorstellungsgespräch in meinen Kasten.«

## 7

Was ist passiert?«

Dale betrat den Sicherheitseingang der Firma mit ihrer Codekarte und fixierte den wachhabenden Sicherheitsmann, der dahinter schon auf sie wartete, mit scharfem Blick.

»Jemand muss den Notausgang von außen geöffnet haben«, sagte der unglücklich. »So sind sie reingekommen.«

»Der Notausgang?« Dale runzelte die Stirn.

»Ja, Sie wissen ...«, der Wachmann wurde eifrig, »der muss immer offen sein, wegen Feuer und so.«

»Von innen«, sagte Dale, »nicht von außen. Was ist mit der Sicherheitssperre?«

»Die haben sie anscheinend geknackt. Der Alarm wurde nicht ausgelöst, weder bei uns hier noch bei der Polizei.«

»Na toll«, sagte Dale. »Das ist ja ein schöner Schlamassel.«

»Ich habe Sie sofort angerufen«, fuhr der Sicherheitsmann hastig fort, »als ich meine Runde machte und feststellte, dass die Schreibtische im zweiten Stock aufgebrochen waren.«

»Sonst niemand? Nur mich?«

»Ja. Sie haben doch gesagt –«

»Ist schon gut, Joe, das haben Sie ganz richtig gemacht.« Dale klopfte ihm beruhigend auf die Schulter. »Genau nach Vorschrift.« Sie überlegte einen Augenblick. »Nur im zweiten Stock?«

»Das wissen wir noch nicht. Harry ist noch unterwegs, und nachts sind wir ja nur zu zweit hier.«

»Okay.« Dale legte ihre Hand ans Kinn. »Wir brauchen mehr Leute. Rufen Sie die ganze Mannschaft zusammen. Ich will von jedem einzelnen Bleistift wissen, der fehlt, bevor die Jungs und Mädels in Blau hier antanzen.«

»Alles klar.« Der Wachmann stürzte zur Überwachungsstation und löste einen Knopf aus. Dadurch ergingen automatische Anrufe an alle Mitglieder des Sicherheitsdienstes, Dales gesamte Abteilung.

Dale schaute sich um. Es sah wirklich nicht nach Einbruch aus. Alles schien normal.

Sie warf einen Blick auf die Überwachungsmonitore und runzelte die Stirn. Was war das denn? Sie sah Harry mit gezogener Waffe vorsichtig durch den Gang schleichen – aber da war nicht nur Harry.

»Pass auf!« Der Ausruf entfuhr ihr, obwohl sie wusste, dass Harry sie nicht hören konnte. Sie drückte auf den Knopf für die Kommunikation. »Harry! Vorsicht!«

Harrys Gestalt zuckte hoch, als ob Dales Anruf ihn erschreckt hätte. Gleich darauf sackte er zusammen.

»Verdammt!« Dale hieb auf den Knopf ein, obwohl er gar nichts dafür konnte. »Joe! Auf Harry ist geschossen worden!«

Joe fuhr entsetzt herum. »Was?«

»Schnell! Im zweiten Stock!« Dale raste schon zur Treppe. Der Lift erschien ihr jetzt zu langsam.

Joe, der nicht mehr der Jüngste war, folgte ihr mit dem Fahrstuhl.

In kürzester Zeit war Dale durch das Treppenhaus im zweiten Stock angelangt, immer drei Stufen auf einmal nehmend. Sie zog ihre Waffe und öffnete vorsichtig die Tür zum Gang. Auf den Monitoren hatte sie nichts gesehen als einen Schatten, aber da sie selbst die Treppe genommen hatte und Joe einen der Fahrstühle – die anderen waren durch den Sicherheitsalarm deaktiviert –, musste der Angreifer noch hier oben sein.

*Verdammt!* Sie unterdrückte jeden Laut, aber innerlich fluchte sie über die Nachlässigkeit, die dazu geführt hatte, dass jemand hier hatte eindringen können. Ihre Sicherheitsmaßnahmen waren einfach nicht gut genug gewesen. Auch wenn sie das gedacht hatte. Alles hatte sie tausendmal überprüft. Und trotzdem hatte es nicht gereicht.

Wie Harry zuvor schlich sie geduckt über den Gang, ihre hellen Augen durchdrangen die Dunkelheit trotz der nur schummrigen Notbeleuchtung. Ihre Ohren waren gespitzt. Kein Geräusch entging ihr. Das jahrelange Training hatte ein besseres Messgerät aus ihr gemacht als viele technische Geräte es sein konnten. Sie konnte Mäuse atmen hören, wenn sie das wollte.

Doch in diesem Moment hörte sie nichts. Ihre Blicke huschten über den Gang. Es musste jemand da sein. Sie wusste es. Niemand konnte sich lange vor ihr verstecken. Schon im Einsatz war sie dafür berühmt gewesen.

Ihr eigener Atem erschien ihr immer lauter. Da nichts anderes zu hören war, beherrschte er ihre Sinne wie ein Störsender.

Da! Ein Rascheln! Sie fuhr herum, die entsicherte Smith & Wesson im Anschlag. *Harry!* Schnell suchte ihr Blick erneut den Korridor ab. Dann glitt sie wie ein fast unsichtbarer Schatten zu der zusammengesunkenen Gestalt hinüber und beugte sich zu ihr hinunter, ging in die Hocke. »Harry«, flüsterte sie sehr leise. »Was ist passiert?« Immer noch huschten ihre Augen umher wie ein Suchscheinwerfer, nicht eine Sekunde ruhten sie auf einem einzigen Punkt.

Ein leises Stöhnen kam von Harry. »Ich … weiß nicht.« Wieder stöhnte er. »Es … ging so schnell. Plötzlich bekam ich einen Schlag.«

»Einen Schlag?« Dale tastete ein wenig an Harry herum. Keine Feuchtigkeit. Kein Blut. »Kein Schuss?«

Er schüttelte mühsam den Kopf. »Nein.«

»Da haben Sie Glück gehabt.« Dale stieß erleichtert die Luft aus. »Das hätte schlimmer ausgehen können.«

»Ja.« Harry nickte mühsam. »Da bleiben wohl nur Kopfschmerzen.«

»Hm.« Dale erhob sich. »Haben Sie irgendjemand weglaufen sehen?« Sie streckte Harry die Hand hin, um ihm aufzuhelfen, aber immer noch waren ihre Blicke auf die gesamte Länge des Korridors geheftet.

»Nein.« Er stöhnte leicht, während er sich mit Dales Hilfe aufrappelte. »Ich war ja bewusstlos.«

»Hm.« Wieder machte Dale nur dieses undefinierbare Geräusch. Sie legte den Sicherungshebel an ihrer Pistole um. Wenn der Angreifer nicht auf Harry geschossen hatte, würde er vermutlich auch nicht auf sie schießen. Möglicherweise hatte er noch nicht einmal eine Schusswaffe. Ein Einbrecher alter Schule. Fand man heute nicht mehr oft. Die meisten jungen Kerle wollten nicht auf ein Schießeisen verzichten. »Geht's wieder, Harry?« Sie warf kurz einen Blick auf den Mann neben sich.

»Alles okay, Boss. Tut mir leid.« Er verzog das Gesicht. »Ich hätte ihn erwischen müssen.«

»Er hat sich von hinten an Sie rangeschlichen, da war nicht viel zu machen«, beruhigte Dale ihn. »Sie haben keine Schuld. Kann jedem passieren.«

»Ihnen nicht.« Harrys Gesicht verzog sich noch mehr.

»Seien Sie da nicht so sicher«, antwortete Dale abwesend, denn im Hintergrund hatte sie etwas wahrgenommen, das ihre Aufmerksamkeit erregte. Als ob etwas über den Korridor gehuscht wäre. In diesem Licht konnte es auch nur Einbildung gewesen sein, aber ihre Instinkte sagten ihr, dass es das nicht war. »Bleiben Sie hier«, wies sie Harry an. »Warten Sie auf Joe. Und dann sichern Sie zusammen das Stockwerk. Trennen Sie sich nicht.« Und schon verschmolz sie mit dem schummrigen Licht.

Es gab nur einen Ausgang – das Treppenhaus. Die stillgelegten Fahrstühle boten dem Einbrecher keine Möglichkeit, nach unten zu kommen – es sei denn, er wollte durch den Fahrstuhlschacht klettern.

Ihre vorsichtigen Bewegungen führten sie bis zum Treppenhauseingang, durch den sie hereingekommen war. Die Tür war geschlossen, doch das war kein Hinweis darauf, dass niemand hindurchgegangen sein konnte. Er konnte sogar noch dahinter stehen, um sie abzufangen, wenn sie die Tür öffnete. Aber das Risiko musste sie eingehen.

Sie atmete tief durch und entsicherte ihre Waffe erneut. Auch wenn der Einbrecher bis jetzt nicht geschossen hatte, war das keine Garantie für die Zukunft. Langsam und mit angehaltenem Atem schob sie die Tür auf. Nichts war zu hören als das leise Knarren der Scharniere, die wohl einmal hätten geölt werden müssen.

Dale duckte sich und glitt mit den geschmeidigen Bewegungen einer Raubkatze um die Tür herum ins Treppenhaus. Sie schwenkte die Pistole schnell nach links und rechts, um das gesamte Gebiet abzudecken. Niemand stellte sich ihr in den Weg. Dennoch hatte sie den Eindruck, dass da jemand war.

Auch im Treppenhaus gab es kein Licht, nur kleine Lämpchen, die die Stufen beleuchteten. Der weiße Marmor schimmerte hell.

Sie fühlte die Gegenwart des anderen, wie sie es immer gefühlt hatte, wenn sie auf Patrouille gewesen war. Aber wo war er? Nur ihre Augen bewegend versuchte sie das Terrain zu sondieren. Sie wollte kein unnötiges Geräusch machen.

Offenbar war die Geduld des Einbrechers erschöpft, denn plötzlich hörte sie über sich ein Scharren. Er war nach oben gelaufen, in der Annahme, dass sie nach unten stürzen würde – zum Ausgang. Dort oben jedoch saß er in der Falle.

Dale positionierte sich im toten Winkel des Treppenhauses. »Da oben geht es nur aufs Dach«, teilte sie dem Einbrecher ruhig mit, »da können Sie nicht entkommen.«

Er antwortete nicht.

»Bis jetzt ist nichts Schlimmes passiert«, fuhr Dale fort, »dem Wachmann geht es gut. Wenn Sie jetzt herunterkommen und sich stellen, wird es glimpflich abgehen. Ich werde Sie einfach nur der Polizei übergeben.«

Das Scharren über ihr wurde lauter, dann lösten eilige Schritte es ab. Der Einbrecher lief weiter nach oben.

»Oh Mann ... muss das jetzt sein?«, murmelte Dale. »Ich hatte mein Training heute schon.«

Aber es blieb ihr wohl nichts anderes übrig. Die Pistole weiterhin im Anschlag schlich sie die Treppe hinauf. Sie brauchte sich nicht zu beeilen, vom Dach ging es nirgendwo mehr hin.

Oben angekommen stieß sie die Tür auf und rollte sich schnell über den Boden in die nächste Ecke, um einem eventuellen Angriff auszuweichen – und das war auch gut so, denn ein Schlag traf die Tür, als sie sich langsam wieder schloss.

Dale zog sich hinter den Schornstein zurück. »Es hat doch keinen Sinn. Warum ergeben Sie sich nicht?«, rief sie dem Einbrecher zu. »Ich habe eine Waffe – und ich treffe auch damit.«

Im nächsten Moment knallte ein Schuss. Mörtel rieselte vom Schornstein vor Dales Gesicht. Gut gezielt. Also hatte er doch eine Pistole. Er hatte sie nur zuvor nicht eingesetzt.

Dale überlegte. Es war offensichtlich nur einer, ein zweiter hätte sich längst gezeigt. Damit wurde sie fertig. Sie zog sich weiter hinter den Schornstein zurück und schlich daran entlang auf die andere Seite. Hoffentlich kannte der Einbrecher das Dach nicht so gut wie sie.

Nachdem sie den Fahrstuhlschacht umrundet hatte, sah sie den Einbrecher von hinten. Er trug schwarze Kleidung, war kaum zu erkennen in der Dunkelheit, hinter der die Lichter der Stadt unbeeindruckt glitzerten.

Sie sicherte ihre Waffe und steckte sie ins Holster an der Rückseite ihres Gürtels. Hier war unnötiges Blutvergießen leicht zu vermeiden. Lautlos schlich sie an den Mann heran. Im letzten Moment – kurz bevor sie ihn erreicht hatte – drehte er sich um. Er hatte sich wohl zur Tür zurückziehen wollen, stand nun aber unverhofft Dale gegenüber und richtete die Waffe auf sie.

Dale reagierte völlig automatisch im Bruchteil einer Sekunde, wie sie es tausendmal trainiert hatte. Sie schlug dem Angreifer die Waffe aus der Hand und setzte ihn mit einem gut gezielten Schlag aufs Kinn außer Gefecht.

»Das hättest du dir sparen können, Junge«, seufzte sie mit einem Blick auf die zusammengesunkene Gestalt, griff schnell nach seiner Pistole, entnahm das Magazin und steckte es in die Tasche. Mit fast derselben Bewegung zog sie Handschellen heraus, drehte seine Arme auf den Rücken und fesselte ihn. »Komm, Kleiner, aufstehen.« Sie tätschelte fast zärtlich seine

Wange. »Genug geschlafen.«

Der Mann bewegte sich und schlug die Augen auf. Dale zog ihn mit einem Ruck hoch. Im Hintergrund gellten Polizeisirenen, und sie hob interessiert den Kopf. »Die Kavallerie ist schon da. Abmarsch.«

Der Mann sagte kein Wort. Er starrte Dale nur an und fuhr sich mit der Zunge über die Lippe, sie war aufgeplatzt. Ein kleiner Blutstropfen rann sein Kinn hinab.

Dale führte ihn zum Fahrstuhl, aktivierte den Lift mit ihrem Schlüssel und fuhr zusammen mit ihrem Gefangenen in die Halle hinunter. Auf dem Weg dorthin fragte sie über ihr Handy bei Joe nach, wie der aktuelle Stand war.

»Soweit ich das beurteilen kann, ist nichts gestohlen worden, Boss«, antwortete Joe. »Harry meint das auch.«

Dales Blicke musterten den Mann, der immer noch stumm neben ihr stand. Er versuchte gar nicht, sich zu befreien. Was allerdings auch sinnlos gewesen wäre. Und es sah tatsächlich so aus, als hätte er nichts bei sich. »Sind die anderen schon da?«

»Die meisten«, sagte Joe. »Sie durchsuchen jetzt alles im zweiten Stock noch mal. Möglicherweise haben Harry und ich ja was übersehen.«

Dale nickte. »In Ordnung. Ich bin gleich unten.«

Wie sie vermutet hatte, warteten in der Halle bereits ein paar Uniformierte zusammen mit Harry und Joe.

Ein junger Polizist, fast noch kein Bartwuchs auf den Wangen, trat auf Dale zu und schaute zuerst den Mann, den sie immer noch am Arm hielt, und dann sie ungläubig an. »*Sie* haben das gemacht?«

Dale hob die Augenbrauen. »Ich konnte leider nicht auf Sie warten. Er hat einen meiner Männer niedergeschlagen und schoss auf mich.«

Vom Eingang näherte sich ein Polizeibeamter in Zivil, die glänzende Marke am Gürtel. »Sie sind neu hier, Officer, sonst würde Sie das nicht überraschen.« Er grinste Dale an. »Hallo Dale. Lange nicht gesehen.«

»Hallo Jimbo.« Dale lächelte leicht. »So gern ich dich sehe, aber die Anlässe sind immer kriminell. Deshalb ist es mir ganz recht, wenn wir uns lange nicht sehen.«

»Es gibt auch andere Gründe, sich zu treffen«, erwiderte James Patterson etwas anzüglich.

Dale ging nicht darauf ein. »Meine Leute haben alles durchsucht. Es ist anscheinend nichts gestohlen worden. Wir haben ihn wohl zu früh gestört.«

»Oder er hat nach etwas gesucht, das er nicht finden konnte«, vermutete Jim Patterson.

»Könnte auch sein. Aber ich wüsste nicht, was das gewesen sein sollte.« Dale runzelte die Stirn.

Patterson musterte den gefesselten Mann. »Er war allein?«

»Scheint so.« Dale zuckte die Achseln. »Es sei denn, sein Kumpan hat sich verdrückt, bevor ich gekommen bin.«

»Wenn nichts fehlt, sind wir wohl umsonst angetrabt«, erwiderte Jim. »Dann ist es kein Fall für uns.«

Dale schüttelte den Kopf. »Immerhin hat er sich unerlaubt Zutritt verschafft.« Sie wies mit der Schulter auf die schwarzgekleidete Gestalt. »Und der Schuss auf mich ... Das reicht wohl erst einmal für eine Festnahme.«

Jim bestätigte das. »Aber nicht für viel mehr«, setzte er zweifelnd hinzu. »Du weißt, was der Richter sagen wird.«

»Ich kann's mir vorstellen.« Dale atmete tief durch. »Meine Leute werden sich noch ein bisschen umsehen. Und wenn ihr was bei ihm findet ...«

»Wo?« Jim musterte den Gefangenen skeptisch. »Er hat nichts, worin er etwas hätte verstauen können.«

»Vielleicht kriegt ihr ja was aus ihm raus. Was er hier gewollt hat«, sagte Dale.

»Du würdest wahrscheinlich mehr aus ihm rauskriegen«, grinste Jim.

Dale hob die Augenbrauen. »Ich habe ihn nicht angefasst. Das war reine Selbstverteidigung.«

»Okay.« Jim nickte. »Ab mit ihm, Officer. Und passen Sie gut auf ihn auf.«

Der junge Polizist und sein älterer Kollege nahmen den Gefangenen in die Mitte und brachten ihn zu einem Streifenwagen.

»Ach, hier ...« Dale zog das Magazin und die Pistole des Einbrechers aus der Tasche. »Das habe ich ihm abgenommen. Willst du dir die Stelle ansehen, wo er auf mich geschossen hat?

Die Hülse liegt da bestimmt auch noch rum.«

Jim schüttelte leicht den Kopf. »Das soll die Spurensicherung machen. Die müssen ja auf jeden Fall noch hier durch. Wenn deine Leute nicht schon alle Spuren verwischt haben.«

Dales Nacken wurde steif. »Das tun sie nicht. Das weißt du ganz genau. Ich habe sie ausgebildet.«

»Ich weiß.« Jim lächelte gutmütig. »Du bist die Beste.«

»Das habe ich nicht gesagt.«

»Aber du bist es.« Jim lachte leicht. »Nun nimm doch ein Kompliment auch mal an. Das ändert sich wirklich nie bei dir.«

»Deine Komplimente sind immer zweideutig«, entgegnete Dale brüsk. »Das waren sie früher schon.«

»Dale ... he ... ich bin's. Der alte Jimbo.« Jim Patterson klopfte sich hinweisend auf die Brust. »Du brauchst nicht gleich eine ganze Panzerdivision aufzufahren. Die Zeiten sind für uns beide vorbei.«

»Ja«, sagte Dale. »Schon lange.« Sie schien sich etwas zu entspannen.

»Demnächst ist wieder ein Treffen«, sagte Jim, als ob es ihn gar nicht interessieren würde. Er schnippte ein imaginäres Staubkorn von seiner Marke. »Willst du nicht mitkommen?«

»Wozu?«, fragte Dale.

»Wir könnten über alte Zeiten tratschen«, erwiderte Jim. »Wir und die anderen.«

»Das ist nichts für mich«, sagte Dale, erneut angespannt. »Grüß sie von mir.«

Jim Patterson betrachtete sie aufmerksam. »Ich habe Kathy auch geliebt«, sagte er leise. »Fast genauso wie du. Wir alle haben sie geliebt. Aber davon wird sie nicht wieder lebendig. Nach so vielen Jahren –«

»Du solltest dich besser um deine Arbeit kümmern«, unterbrach Dale ihn hart. »Da auf dem Dach liegt irgendwo noch eine Patronenhülse rum, die ein Beweisstück ist.« Sie wandte sich ruckartig ab und ging zur Treppe.

Jim Patterson schaute ihr mit gerunzelter Stirn nach. »Mein Gott, Dale, quäl dich doch nicht so«, murmelte er vor sich hin und schüttelte mitleidig den Kopf.

# 8

Nicht! Nicht! Bleib hier!« Dale warf sich im Bett herum. »Kathryn! Bleib hier! Geh nicht!«

Schwaden gelben Staubes wogten an ihr vorbei, verengten ihr Blickfeld, nahmen ihr die Sicht. Sie sah Kathryn nicht mehr. Als die Schwaden sich verzogen, war ihr Platz leer.

Ein Stück weiter vorn knallten Schüsse, ein Hubschrauberrotor brummte und ein Panzer begann zu quietschen, als er sich drehte. »Kathryn! Kathy!« Dale schrie es angsterfüllt heraus. »Kat! Kat! Verdammt noch mal, melde dich!«

Sie hieb auf einem Feldtelefon herum. »Wo bist du?« Wieder knallte ein Schuss. Nur einer. Danach – Stille. Auf einmal. Der Kampflärm war verstummt. Nur drohende, beängstigende Stille.

»KATHRYN!« Dales verzweifelter Schrei zerriss die Luft. Sie wachte schweißgebadet auf. Mit einem Ruck saß sie im Bett. Die Kälte des nassen Schweißes kroch ihr den Rücken hinauf. Sie atmete schwer. »Kat«, murmelte sie vollkommen verloren. »Kat . . .«

»Sie waren lange nicht hier.« Dr. Swanson zog die Augenbrauen hoch. »Ich hätte fast nicht erwartet, dass Sie wiederkommen.« Er setzte sich und bot Dale den Platz ihm gegenüber an. »In der Tat hätte ich es gar nicht erwartet.« Sein freundlicher Blick traf Dale. »Was führt Sie zu mir?«

»Na, was wohl?« Dale setzte sich brummelnd.

»Wieder die Träume?«, fragte er.

»Ich . . . ich dachte, sie wären weg.« Dale strich sich mit der Hand über die Stirn. »Waren sie auch. Eine Weile.« Sie sah auf und schaute Dr. Swanson an.

»Und jetzt sind sie wiedergekommen?«

Dale blickte zum Fenster hinaus, das direkt neben ihrem Sessel war. Dr. Swanson und sie saßen vor einer großen Glasfront, die bis zum Boden reichte. Draußen lag ein kleiner Innenhof, ein winziger blühender Garten. Vermutlich eine Beruhigung für die meisten Patienten.

»Ja.« Dale lehnte sich in den Sessel zurück. »Sie sind wiedergekommen. Seit kurzem. Ich weiß nicht, warum.«

»Ist etwas geschehen? Können Sie sich erklären, was die Rückkehr hervorgerufen hat?«

»Nein. Nein, absolut gar nichts ist geschehen. Ich habe keinerlei Erklärung.« Sie blickte Swanson etwas abschätzig an. »Aber die muss ich ja auch nicht haben. Dafür sind Sie da.«

»Das stimmt.« Swanson lehnte sich ebenfalls zurück und wartete.

Dale gab ein hohles Lachen von sich. »Dass die Army das immer noch bezahlt! Nach so vielen Jahren. Sie sind wirklich rührend besorgt um uns!« Ihre Stimme klang sarkastisch.

»Ich denke, das haben Sie verdient«, sagte Swanson ernst. »Sie haben für unser Land gekämpft. Sie haben viel mitgemacht. Weit mehr, als andere Menschen sich auch nur vorstellen können. Das hier ist das mindeste, was die Regierung für Sie tun kann.«

»Es nützt nur nichts.« Dale rieb sich wieder über die Stirn und atmete tief durch. »Es nützt gar nichts.« Sie stand auf. »Entschuldigen Sie, Doc, ich hätte Sie nicht belästigen sollen.« Sie wandte sich zum Gehen.

Swanson blieb sitzen. »Es bringt Kathryn nicht zurück, da haben Sie recht«, sagte er.

Dale erstarrte mitten in der Bewegung und drehte sich zu ihm um. »Warum tun Sie das?«, fragte sie leise. »Solange ihr Name nicht erwähnt wurde –« Sie brach ab.

»Wollen Sie sich nicht wieder setzen?«, fragte Swanson sanft.

»All das Lametta …«, sagte Dale bitter. »*Purple Heart, Silver Star, Medal of Honor* … wofür?«

»Das dürfen Sie mich nicht fragen«, sagte Swanson. »Ich bin Pazifist.« Er wiederholte sanft: »Setzen Sie sich.«

Langsam ging Dale mit schweren Schritten zu ihrem Sessel zurück und setzte sich zögernd hinein. »Wofür?«, wiederholte sie rau flüsternd. »Als Belohnung für den Tod? Ein Stückchen Blech für ein Leben?« Sie legte ihr Gesicht in die Hände, so dass die schwarzen Haare es fast verdeckten.

»Leben ist ein gutes Stichwort«, sagte Dr. Swanson. »Wie geht es denn *Ihrem* Leben?«

»Gut.« Dale atmete tief durch und richtete sich auf. »Wie Sie sehen, fließt immer noch Blut durch meine Adern.«

»Und dafür schämen Sie sich, fühlen sich schuldig.« Es war eine Feststellung, keine Frage. »Dafür, dass Sie leben und Kathryn tot ist.«

Dale schloss die Augen. Sie saß ganz gerade da und atmete nur flach.

»Ihr Leben ist nicht vorbei, Colonel«, sagte Dr. Swanson, »aber der Krieg ist es. Machen Sie Ihren Frieden mit der Vergangenheit. Auch wenn Sie viel erlebt haben, aber Sie sind noch jung. Sie können neu anfangen.«

»Oh, das habe ich doch.« Dale öffnete die Augen wieder. »Ich habe diesen tollen Job, es geht mir gut, ich brauche mir um nichts Sorgen zu machen außer darum, welche Farbe meine Strümpfe heute haben sollen.«

»Und Sie leben immer noch allein?«

Dale lachte geringschätzig auf. »Wenn ich ein Mann wäre, würden Sie das nicht fragen. Als Mann hat man das Recht auf unverbindliche sexuelle Beziehungen. Jeder versteht das.«

Swanson räusperte sich. »Wie viele ... unverbindliche sexuelle Beziehungen hatten Sie denn so in letzter Zeit?«

Das Leder des Sessels knarrte leicht, als Dale ihre Position veränderte. Sie lehnte sich zurück und schlug die Beine übereinander, einen Arm lässig über der Lehne. »Genug«, sagte sie.

Dr. Swanson musterte sie lange. »Erzählen Sie mir etwas über sie – über die Frauen, mit denen Sie schlafen.«

Dale verzog die Mundwinkel. »Ich wusste nicht, dass Sie auf so etwas stehen.«

»Sehen Sie es als eine Auswirkung meines Berufes.« Swanson zuckte die Schultern. »Haben Sitzungen bei einem Therapeuten nicht immer etwas Voyeuristisches?«

»Vermutlich«, sagte Dale. »Was wollen Sie wissen? Wie gut sie waren?« Sie lachte mit einem herausfordernden Blick, der jedoch gleich darauf in den kleinen Garten vor dem Fenster abdriftete.

»Ich würde gern wissen ...«, Swanson zögerte leicht, »*wie* sie waren. Als Menschen, meine ich.«

Dale machte ein hohles Geräusch. »Glauben Sie, darüber redet man, wenn man sich in einer Bar trifft? Nur zu dem einen Zweck?« Wieder fixierte sie seine Augen herausfordernd. »Haben Sie das noch nie gemacht? Da redet man überhaupt nicht viel.«

»Man muss manchmal nicht viel reden, um zu erkennen, was für einen Menschen man vor sich hat«, sagte Swanson.

»Ich habe sie nicht vor mir«, entgegnete Dale hart, »ich habe sie unter mir. Im Dunkeln. Was sollte ich da wohl erkennen?«

Swanson schaute sie ruhig an. »Haben sie irgendetwas gemeinsam?«, fragte er. »Äußerlich beispielsweise?«

»Oh, darauf wollen Sie hinaus.« Dale stieß herablassend die Luft durch die Nase aus. »Nein, sie sehen nicht aus wie Kathy. Keine von ihnen.«

»Wie sehen sie denn aus?« Swanson ließ nicht locker.

»Die letzte war –« Dale brach ab. »Blond«, fuhr sie dann mit einem erstaunten Ton in der Stimme fort, als hätte sie etwas anderes sagen wollen. »Ich musste sie vor ein paar Rowdys auf einem Supermarktparkplatz retten.«

»Also keine Soldatin, die sich selbst beschützen konnte«, schloss Swanson.

»Nein, wohl nicht.« Noch immer klang Dales Stimme merkwürdig. »Sie war sehr erstaunt über das bisschen Karate, das die Jungs zu Boden geschickt hat. Als ob sie mit so etwas noch nie in Berührung gekommen wäre.«

»Das markiert in der Tat einen Unterschied«, sagte Swanson.

»Zu Kathy?« Dales Mundwinkel wurden starr. »Ja. Sie hätte keine Hilfe gebraucht.«

»Also lernen Sie nicht alle Frauen in Bars kennen«, bemerkte Swanson. »Manche auch auf Supermarktparkplätzen.« Er lachte leicht.

Dales Mundwinkel entspannten sich wieder. »Eigentlich eher *im* Supermarkt«, sagte sie. »Da hat *sie* mich nämlich gerettet.« Ein schiefes Lächeln versuchte diese Aussage zu untermalen, wenn es auch ziemlich um seine Existenz kämpfen musste.

Swanson hob fragend die Augenbrauen.

Nun konnte Dale nicht mehr anders als tatsächlich zu lächeln. »Vor einer anderen Frau«, erklärte sie, »die mich von früher kannte.« Sie verzog die Mundwinkel noch mehr. »Auch eine ... unverbindliche sexuelle Begegnung. Nichts Ernstes.«

»Aha.« Swanson nickte. »Aber mit ihr ... war dann nichts? Dafür mit der blonden Frau?«

»Ich – Ja. Was dagegen?« Dale kreuzte die Beine nun in die entgegengesetzte Richtung, von Dr. Swanson abgewandt.

»Nein, gar nicht«, sagte Swanson. »Ich bin froh, dass Sie Ihre körperlichen Bedürfnisse nicht mehr länger verleugnen.«

»Das habe ich noch nie getan.« Dale zog die Augenbrauen zusammen. »Da irren Sie sich.« Sie lächelte etwas spöttisch. »Mit der anderen Frau, Megan, übrigens auch nicht. Und sie ist rothaarig.«

»Sie lassen also nichts anbrennen, hm?«, fragte Swanson. »Wollen Sie mir das damit sagen?«

»Sie haben doch von mir verlangt, dass ich –« Dale starrte ihn etwas unwillig an. »Und das tue ich eben. Sind Sie immer noch nicht zufrieden?«

Dr. Swanson spitzte leicht die Lippen. »Trösten Sie diese ... Begegnungen?«

Dales Augen verengten sich zu Schlitzen. »Wer braucht schon Trost? Dafür ist das Leben nicht gemacht. Nur Narren glauben, dass es so etwas gibt. Und ich bin kein Narr.«

## 9

Siehst du? Hab' ich's dir nicht gesagt? So ein kluges Mädel wie dich können sie einfach nicht übersehen.« Celia strahlte über das ganze Gesicht, als sie Kelly einen Brief entgegenhielt.

Kelly zog die Augenbrauen hoch. »Du öffnest meine Post?«

»Aber nein.« Celia schüttelte den Kopf. »Das kann nur eine Einladung zu einem Vorstellungsgespräch sein. Das fühle ich.«

»Durch das Papier hindurch?« Kelly lachte. Sie nahm den Brief in Empfang und hielt ihn in der Hand.

»Nun mach ihn schon auf.« Celia schien ungeduldiger als Kelly selbst.

»Ich bin nicht so sicher, dass das nicht eine Absage ist«, sagte Kelly mit skeptisch gerunzelter Stirn. »Ich habe schon so viele bekommen.«

»Dann bring's hinter dich. Ist doch besser als hier rumzurätseln. Soll ich –?« Celia streckte die Hand aus.

»Nein, nein, ich mach' schon ...« Kelly riss entschlossen eine Seite des Umschlags auf und zog den Brief heraus. »Tatsächlich.« Sie starrte auf das weiße Papier, als ob sie eine Erscheinung hätte.

»Eine Einladung?« Celia hüpfte fast vor Freude. »Na also. Hab' ich doch recht gehabt.«

»Das heißt noch gar nichts.« Kelly seufzte und steckte den Brief in den Umschlag zurück. »Das ist nur ein Vorstellungsgespräch, sonst nichts.«

»Wenigstens etwas.« Celia schien zufrieden. »Ich hätte es gehasst, mich an eine neue Mitbewohnerin gewöhnen zu müssen. Mit dir ist es wirklich angenehm.«

»Danke.« Kelly lächelte leicht. »Hoffentlich finden die das auch.«

## 10

Kelly schaute sich suchend auf dem Gang um. War sie hier richtig? Ms. Dearing hatte gesagt, es wäre leicht zu finden, aber nun fühlte sie sich ziemlich alleingelassen. *Nicht dass ich wieder in einem Pornokino lande,* dachte sie.

Sie musste sofort über diesen Gedanken lachen. Nein, das hier war kein Pornokino, es war eine respektable Firma mit vielen Stockwerken, vielen Aufzügen und vielen Angestellten. Vielleicht hatte sie doch endlich einmal das lange Ende der Wurst erwischt.

Sie sah eine offenstehende Tür am Ende des Ganges. Es half nichts, sie musste wohl fragen. Entschlossen richtete sie sich auf und ging darauf zu.

Hinter der Tür war jedoch nur ein leerer Schreibtisch, ein leeres Büro. Es sah nicht so aus, als ob es immer leer wäre, eher war derjenige, der an diesem Schreibtisch arbeitete, wohl nur einen Kaffee holen gegangen, denn ein Kalender und etliche Ordner lagen aufgeschlagen auf dem Tisch.

Kelly blinzelte. Sollte sie warten? Die Person musste ja bald zurückkommen.

Da hörte sie plötzlich eine Stimme. Jemand telefonierte. Es kam aus dem Büro nebenan, in das eine Tür aus diesem Büro hineinführte, und diese Tür stand ebenfalls offen.

Nun ja, nicht direkt, sie war leicht angelehnt, aber Kelly entschloss sich, das als offen zu betrachten.

Sie ging darauf zu und versuchte etwas von dem Gespräch mitzubekommen. Wenn es etwas Vertrauliches war, wollte sie nicht stören, dann wartete sie lieber.

»Verdammt noch mal, haben Sie mir nichts Interessanteres zu sagen?«

*Hm.* Kelly fragte sich, ob es wirklich so eine gute Idee war, jemand, der derartig laut fluchen konnte, noch mehr zu reizen. Sie blieb wohl besser draußen.

Andererseits – es ging um ihren Job. Wenn sie nicht einmal das Büro fand, in das Ms. Dearing sie geschickt hatte, was sollte die Personalchefin dann von ihr denken? Vielleicht warteten schon Leute auf Kelly, und es machte bestimmt keinen guten Eindruck, wenn sie stundenlang hier herumstand, nur weil sie sich nicht traute zu fragen, und deshalb zu spät kam.

Eine Weile war nichts zu hören. Vielleicht war das die Gelegenheit ... Sie klopfte an die Tür und drückte sie leicht auf. »Hallo? Entschuldigen Sie, wenn ich störe –«

Ein schwarzer Ledersessel hinter einem großen Schreibtisch war mit der hohen Rückenlehne zu ihr gedreht. Darin musste die Person sitzen, die telefoniert hatte, aber es war nichts von ihr zu sehen.

»Ich hatte Ihnen doch gesagt, Moira –« Der Sessel schwenkte mit dem Klang der ärgerlichen Stimme herum. Unheilschwangere Stille breitete sich aus, während zwei Augenpaare sich überrascht anstarrten.

Kelly stand wie vom Donner gerührt da, doch zu ihrem eigenen Erstaunen fasste sie sich schneller als ihr Gegenüber. »Wie geht es Ihnen, Ms. Richards?«, fragte sie lächelnd.

Dale fühlte, wie sich ein Frosch in ihrem Hals bildete, aber sie wagte nicht zu schlucken. »Gut«, sagte sie. »Ich hoffe, Ihnen auch.«

»Oh ja«, sagte Kelly. »Keine Überfälle mehr seit damals. Wahrscheinlich hat es sich unter den Rowdys herumgesprochen, dass ich unter Ihrem Schutz stehe.«

»Das will ich hoffen.« Dale grinste ein wenig.

»Es tut mir leid«, sagte Kelly. »Ich wollte wirklich nicht stören, aber Ms. Dearing sagte mir –«

»Ach, da sind Sie ja schon.« Dales Sekretärin Moira trat hinter Kelly in den Raum. »Ich hatte Sie gar nicht so schnell erwartet. Das ist Ms. Bennett«, stellte sie mit einer Handbewegung vor.

»Ich weiß«, sagte Dale, »aber –« Sie warf einen fragenden Blick auf Moira.

»Die Akte liegt auf Ihrem Tisch.« Moira ging zum Schreibtisch und hob einen dünnen Ordner an. »Schon seit heute Morgen.«

Dale hob die Augenbrauen. »Ich hatte so viel wegen des Einbruchs zu tun. Ich konnte noch nichts anschauen. Worum geht es?«

»Ms. Bennett möchte bei uns anfangen, und Ms. Dearing hat die Akte herübergeschickt – für die Sicherheitsüberprüfung«, sagte Moira mit einem versteckten Blick auf Kelly.

»Dann sind Sie –«, Kelly schluckte, »die Sicherheitsabteilung?« Sie fühlte sich etwas überfahren von der Situation.

Dale lächelte leicht. »Nicht ganz allein, aber ich leite sie, ja«, bestätigte sie Kellys Vermutung. »Setzen Sie sich doch, Ms. Bennett.« Sie wies auf einen Besucherstuhl vor ihrem Schreibtisch. »Anscheinend möchte Ms. Dearing, dass wir uns unterhalten.« Sie warf einen Blick auf ihre Sekretärin. »Haben Sie mit Ms. Dearing gesprochen, Moira?«

»Ja«, sagte Moira. »Es steht alles in der Akte.« Sie zog sich in ihr Vorzimmer zurück und schloss die Tür hinter sich.

Dale schlug die Akte auf und überflog sie. »Sie wollen also für uns arbeiten?«, fragte sie Kelly und schaute sie an.

»Ja, gern. Der Job würde mich interessieren.« Kelly fühlte die Nervosität zurückkehren, die sich für einen Moment gelegt hatte, als sie dachte, sie hätte Dale Richards nur zufällig hier getroffen und es hätte nichts mit ihrer Einstellung zu tun. »Ms. Dearing sagte, Sie hätten gewisse Sicherheitsbestimmungen, deshalb sollte ich mich hier vorstellen.«

»Ja.« Dale lehnte sich zurück und hielt einen Stift zwischen ihren Fingern, als ob er eine selbstgedrehte Zigarette wäre, bei der sie noch das Zigarettenpapier benetzen müsste. »Ich habe ziemlich strenge Sicherheitsvorschriften erlassen. Ich glaube, es ist immer gut, wenn man weiß, mit wem man es zu tun hat, bevor man ihn einstellt.«

Kelly schluckte. »Da haben Sie sicher recht.«

Erneut warf Dale einen Blick auf die Akte. »Sie haben sehr gut abgeschnitten im Assessment Center.« Sie lächelte.

»Ich weiß.« Kelly fühlte sich unwohl. »Ms. Dearing sagte es mir bereits. Deshalb will sie mich einstellen.« War ein zu gutes Abschneiden bei den Tests vielleicht ein negatives Sicherheitskriterium? fragte sie sich. Oder weshalb sonst hatte die Personalabteilung sie hierhergeschickt?

»Die Aufgabenstellung an der Rezeption ist nicht gerade eine ... intellektuelle Herausforderung«, sagte Dale. »Wäre ein anderer Job nicht besser geeignet für Sie?«

Kelly lachte hohl auf. »Sagen Sie mir einen, und ich nehme ihn.« Sie räusperte sich. »Entschuldigung. Aber ich habe mich schon so oft vorgestellt, und langsam ... langsam geht mir das Geld aus, um ehrlich zu sein. Ich würde jeden Job annehmen.« *Nicht schon wieder*, dachte sie. *Bitte, lass es endlich einmal klappen!* Ihr Herz klopfte bis zum Hals. Sie versuchte einen Scherz zu machen, um die Situation zu entspannen. »Ist das allein schon ein Sicherheitsrisiko?« Ihr Lächeln geriet etwas schief.

»Nein.« Dale schüttelte den Kopf. »Zumindest nicht, wenn Sie mir das hier erklären können«, fuhr sie fort und schob ein Blatt aus dem Ordner zu Kelly hinüber, so dass sie es lesen konnte.

»Oh.« Kelly wurde blass.

»Es gibt doch eine Erklärung dafür, oder nicht?«, fragte Dale.

»Ich ... es ... ich war jung und dumm damals«, entgegnete

Kelly mit zusammengepressten Lippen.

»Sie sehen mir nicht aus wie jemand, der ein Auto klaut«, sagte Dale, »noch nicht einmal als Jugendliche. Oder haben Sie Ihren Nissan nicht bezahlt?« Sie verzog belustigt die Mundwinkel.

»Doch, selbstverständlich«, sagte Kelly. »Ich hätte nicht gedacht, dass mir diese alte Geschichte bis hierher nachlaufen würde. In einen anderen Bundesstaat. Ist das denn üblich?« Sie runzelte die Stirn.

»Wir haben so unsere Quellen«, sagte Dale. »Ich gehe lieber auf Nummer sicher.« Sie musterte Kellys Gesicht.

»Dann kann ich wohl gehen.« Kelly stand auf und drehte sich zur Tür um.

»Einen Moment ...« Dale stand ebenfalls auf.

Kelly blieb stehen, wandte sich aber nicht zu Dale zurück.

»Sie wollen mir keine Erklärung dafür geben?«, fragte Dale.

»Nein.« Kelly drehte ihr Gesicht zu Dale. »Aber ich sehe ein, dass Sie das nicht akzeptieren können. Ich bin ein Sicherheitsrisiko. Deshalb bekomme ich den Job nicht.«

Dales helle Augen musterten sie mit einer merkwürdigen Intensität, fast wie Röntgenstrahlen, die sie zu durchdringen versuchten. »Nein, ich glaube nicht, dass Sie ein Sicherheitsrisiko sind«, sagte sie endlich. »Ich werde Ihre Einstellung befürworten.«

»Da- ... Danke«, stammelte Kelly etwas überrumpelt. »Das heißt ... das heißt, ich habe den Job?«

Dale hob etwas amüsiert die Augenbrauen. »Wenn Sie ihn unbedingt wollen, ja. Aufgrund Ihrer Ergebnisse im Assessment Center würde ich zwar sagen, Sie verschwenden Ihre Talente, aber ich will Sie nicht davon abhalten, wenn es Ihr Wunsch ist.«

»Meine ... Talente.« Kelly atmete aus, als tauchte sie aus einem tiefen See auf. Sie schüttelte leicht den Kopf. »Was nützen einem Talente, wenn man kein Geld hat?«

»So schlimm ist es?«

»Na ja ...« Kelly zuckte die Schultern. »Der Umzug hat fast alle meine Ersparnisse aufgebraucht – und die Miete der letzten Monate, während ich nur selten ein Einkommen hatte. Essen musste ich auch ein bisschen was ... da bleibt nicht viel übrig.«

»Vermutlich haben Sie am meisten am Essen gespart«, bemerkte Dale mit einem Blick auf Kellys äußerst zierliche Figur. Sie nahm den Hörer ihres Telefons ab und drückte eine Taste auf dem Apparat. »Claire?«, sagte sie kurz darauf. »Ich bin's, Dale.« Nach einer kleinen Pause fuhr sie fort: »Gut, gut. Es geht um Ms. Bennett. Du erinnerst dich?« Ihr Gesicht verzog sich zu einem leichten Lächeln, während sie erneut zuhörte. »Ja, das finde ich auch«, sagte sie dann. »Ich lasse dir die Akte heute noch zugehen. Mit meinem Okay.« Sie legte auf. »So, das wäre erledigt«, wandte sie sich wieder an Kelly. »Ms. Dearing macht den Vertrag für Sie fertig.«

»Nochmals ... danke«, entgegnete Kelly zögernd. »Ich hoffe, ich werde Sie nicht enttäuschen.«

»Das glaube ich nicht.« Dale lächelte zurückhaltend. »Aber damit habe ich auch nichts mehr zu tun. Die Personalangelegenheiten unterstehen Claire Dearing. Ich habe meine Aufgabe erfüllt. Wir werden uns wohl kaum oft begegnen, Sie und ich.«

»Ja. Ja. Wohl kaum.« Kelly blieb unentschlossen im Raum stehen.

Dale setzte sich und schaute ein paar Sekunden später etwas irritiert zu ihr hoch. »Ist noch etwas?«

»N-nein.« Kelly räusperte sich. »Entschuldigen Sie. Ich wusste nicht, ob wir fertig sind oder ob wir noch etwas zu besprechen haben.«

Dale schüttelte den Kopf. »Nein, nichts. Sie können gehen. Am besten melden Sie sich gleich bei Ms. Dearing. Sie wartet schon auf Sie.«

»Ja ... dann ...« Kelly ging langsam zur Tür. »Auf Wiedersehen.«

»Wiedersehen«, murmelte Dale mehr in ihre Papiere auf dem Schreibtisch hinein, in die sie sich schon wieder vertieft hatte, als in Kellys Richtung.

Kelly ging hinaus, schloss die Tür hinter sich und atmete tief durch. Das war ja eine überraschende Wiederbegegnung gewesen. Unter höchst unerwarteten Umständen.

Dale Richards. Die Retterin vom Supermarkt. Sicherheitschefin eines großen Unternehmens. Dann passte ja alles. Auch wenn Dales Büro nicht so aussah, als ob sie sich jeden Tag mit irgendwem prügeln müsste, lag es nahe, dass für ihren Job gewisse Techniken nützlich waren. Die sie auf dem Parkplatz gezeigt hatte.

Nichts Besonderes, wie sie gesagt hatte. Es war nur ihr Beruf.

## 11

Na, hast du den Job?«

Als Kelly aus dem Gebäude hinaustrat, empfing Celia sie herumtanzend wie eine vorn etwas übergewichtige Elfe.

»Ja.« Kelly nickte. »Ich habe gerade den Vertrag unterschrieben. Mein erstes Gehalt bekomme ich aber erst in vier Wochen. So lange wirst du dich noch mit einem Teil der Miete gedulden müssen. Im Moment habe ich kein Geld mehr.«

»Macht nichts, macht nichts.« Celia winkte ab. »Ich habe einen neuen Auftrag, da gab es einen Vorschuss. Ich schwimme in Geld.« Sie grinste.

Kelly schaute sie erstaunt an.

»Na ja, wenn ich mich neu eingekleidet habe, wird nicht mehr viel übrigbleiben«, gab Celia zu, »aber im Augenblick habe ich auf jeden Fall genug, um dich zum Essen einzuladen – zur Feier des Tages.«

Kelly lachte. »Das sollte eigentlich ich tun. Schließlich habe ich den Job bekommen.«

»Wir beide«, sagte Celia und hakte sich bei Kelly unter. »Und außerdem brauche ich dich als Schiedsrichter.« Sie zog Kelly mit sich.

»Schiedsrichter?« Kelly runzelte die Stirn.

»Sagt man nicht so?« Celia runzelte ebenfalls die Stirn. »Du weißt, ich verwechsle immer die Wörter. Also was ich meine, ist ... da in dem Lokal, wo ich dich jetzt hinschleppe, ist ein neuer Kellner. Italiener.« Sie pfiff durch die Zähne. »Rassig, sage ich dir. Der glutäugige Scheich in Person. Wie direkt aus dem Kino.«

»Italiener sind im allgemeinen keine Scheichs«, entgegnete

Kelly leicht amüsiert.

»Ach, jetzt leg doch nicht jedes Wort auf die Goldwaage.« Celia kniff sie gespielt ärgerlich in den Arm. »Die Sache mit den Wörtern ist nicht mein Ding, sagte ich doch schon.«

»Also gut.« Kelly lächelte nachsichtig. »Und was ist nun mit deinem italienischen Scheich?«

»Er ist einfach ...«, Celia machte ein saugendes Geräusch, »Zucker!«

»Aha«, sagte Kelly. Nicht dass das etwas Besonderes war. Celia fand jede Woche einen neuen Mann süß.

»Jedenfalls brauche ich deine Beurteilung«, fuhr Celia fort. »Du weißt, ich hatte bisher nicht viel Glück mit Männern.«

Kelly schmunzelte, versuchte aber, es zu verbergen. »Was daran liegt«, bemerkte sie, »dass du dich zuerst in eine Beziehung stürzt und dann darüber nachdenkst, ob es überhaupt passt.«

»Wie soll ich das anders feststellen?«, fragte Celia ganz unschuldig. »Ich meine, ob es ...«, sie grinste und machte eine Geste mit ihren Fingern, »passt.«

»So meinte ich das nicht.« Kelly seufzte. »Das Körperliche ist auch wichtig, aber nicht so wichtig wie das Geistige.«

»Das ... Geistige?« Celia starrte sie an, als müsste sie das Wort erst einmal im Lexikon nachschlagen. »Wie meinst du das?«

»Ich meine«, sagte Kelly, »dass ihr vielleicht ein paar gemeinsame Interessen haben solltet ... oder so. Außerhalb des Bettes.«

»Außerhalb vom Bett?« Celia schien noch mehr verwundert. »Was soll man denn da mit einem Mann anfangen?«

Kelly lachte. »Das musst du mich nicht fragen. Ich bin nicht die richtige, um das zu beantworten.«

»Stimmt«, stellte Celia plötzlich stutzend fest. »Du hattest noch nie einen Freund, seit du bei mir wohnst. Jedenfalls hast du keinen mitgebracht.« Sie warf einen verwirrten Blick auf Kelly. »Du bist doch nicht etwa noch Jungfrau?«

Kelly verzog das Gesicht. »Nein«, sagte sie. »Ich habe meine Unschuld ganz brav auf dem Rücksitz eines alten amerikanischen Autos verloren – wie jedes anständige amerikanische Mädchen.«

Celia atmete erleichtert aus. »Na, da bin ich ja beruhigt!« Sie blieb abrupt stehen. »Da. Da ist er«, flüsterte sie aufgeregt. »Da vorn an dem Tisch mit den Touristen.«

Kelly versuchte den Tisch auszumachen, denn es gab viele davon auf dem Bürgersteig. Und viele der Gäste waren Touristen mit umgehängten Fotoapparaten oder Videokameras.

»Der mit dem Goldkettchen«, gab Celia einen weiteren Hinweis.

Nun erkannte Kelly den Mann. Das Schmuckstück um seinen Hals hätte sie allerdings niemals als Goldkettchen bezeichnet, es war eher eine massive Panzerkette mit einem ebenso massiven großen goldenen Kreuz daran.

Kelly seufzte innerlich. Allein dadurch war der Junge bei ihr schon durchgefallen. Männer, die solchen auffallenden Schmuck trugen und offensichtlich nicht schwul waren, wirkten auf sie eher abschreckend. Und das Kreuz erinnerte sie an die Klosterschule, auf der sie gewesen war und an die sie besser nicht erinnert werden wollte.

»Und? Was hältst du von ihm?« Celias atemlose Stimme drang in ihre Gedanken.

»Er sieht gut aus«, sagte Kelly. »Wie ein Italiener aus dem Bilderbuch.«

»Ein *Latin Lover*.« Celia seufzte tief auf. »Die sollen ja umwerfend sein.«

»Du brauchst mich doch gar nicht«, meinte Kelly schmunzelnd. »Du willst ihn auf jeden Fall.«

»Ja.« Ein hingerissener Stoßseufzer aus Celias Mund bestätigte Kellys Annahme.

»Was sollen wir machen?«, fragte Kelly. »Uns an einen seiner Tische setzen, damit du ihn anschmachten kannst?«

Celia schien die Ironie in Kellys Worten gar nicht zu bemerken. »Ja«, antwortete sie einfach.

Sie setzten sich, und nachdem sie bestellt hatten – was sich etwas schwierig gestaltete, da Celia nicht die Speisekarte beachtete, sondern immer nur den Kellner –, rief Celia ihn alle paar Minuten wieder zu sich an den Tisch, um Extra-Eis für die Getränke zu bringen, Milch, Zucker oder Zahnstocher. Als ihr nichts mehr einfiel, starrte sie ihn einfach nur noch an.

Endlich brachte er das Essen, und seine weißen Zähne blitzten unter dem schmalen, schwarzen Schnurrbart hervor. »Signorina ...«, flüsterte er mit schmelzender Stimme, während er den Teller vor Celia hinstellte und gleichzeitig in ihr Dekolleté starrte.

Er riss sich kurz los und servierte auch Kelly ihr Essen, ebenfalls begleitet von einem hoffnungsvollen Blick auf ihre Schultern, die aber leider bedeckt waren ebenso wie ihr Ausschnitt. Für das Vorstellungsgespräch hatte sie sich für ein eher konservatives Outfit entschieden. Außerdem besaß sie ohnehin kaum so offenherzige Oberteile wie Celia.

»Ich glaube, da musst du dich nicht besonders anstrengen«, schmunzelte Kelly, als ihr südlicher Bewunderer zu einem anderen Tisch gerufen wurde. »Er hat schon angebissen.«

»Meinst du?«

»Celia, bitte, das ist nicht dein –« Kelly brach mitten im Satz ab. Sie sah eine große, gerade Gestalt auf das Lokal zukommen – und sie war in Begleitung.

Kelly versuchte nicht allzu genau hinzusehen. Schließlich ging es sie überhaupt nichts an, was Ms. Richards in ihrer Freizeit tat. Zumindest war es ziemlich eindeutig, dass diese Rothaarige daran beteiligt war. Sie hing an Dales Arm wie eine Klette.

*Wahrscheinlich hatten sie sich nur gestritten,* dachte Kelly. *Ein Streit unter Liebenden. Und jetzt ist alles wieder in Ordnung.* Trotzdem konnte sie den Blick kaum abwenden.

»He, guck mal, wer da ist!«

Im gleichen Moment, als Kelly den Ausruf hörte, hatte sie auch fast schon einen Hund auf dem Schoß. Rex sprang an ihr hoch, und sein Bellen kippte in ein helles, freudiges Quietschen über.

Badger kam hinter ihm angelaufen, lachend und mit einer Leine in der Hand, an der noch ein Halsband hing. Rex hatte sich wohl befreit. »Als er dich sah, war er nicht mehr zu halten«, teilte Badger ihnen beiden mit, wobei seine Augen sich allerdings in der Tiefe zwischen Celias Brüsten verfingen, was ihn augenblicklich verstummen ließ.

»Das sehe ich«, sagte Kelly. Sie seufzte. »Hatte ich dir nicht gesagt, du sollst ihn ins Tierheim bringen?«

»Und ich hatte dir gesagt, ich will ihn behalten«, erwiderte Badger trotzig, der sich kurz von Celias hervorstechenden Eigenschaften losriss – aber nicht für lange. Es sah fast aus, als zöge ein Magnet ihm die Augäpfel aus dem Kopf.

»Du kennst diesen Hund?«, fragte Celia, Badger vollständig ignorierend, aber damit beschäftigt, Rex abzuwehren, der sie gerade entdeckt hatte und fest entschlossen war, sie in das Rudel seiner Freunde einzureihen. »Kannst du ihn mal festhalten? Ich habe nicht viel übrig für Hunde.« Sie verzog das Gesicht.

»Ach, wirklich?« Badger sah enttäuscht aus. Aber offensichtlich kam ihm sofort eine Idee. »Hast du Angst vor Hunden? Dann könnten wir mit Rex trainieren. Er ist ganz harmlos.«

»Er ist ja noch ein Welpe.« Kelly nahm Rex auf den Schoß und knuddelte ihn. Der Hund lenkte sie von ihrer Umgebung ab, was ihr gerade recht kam. Sie schaute zu Badger hoch. »Hast du denn wenigstens versucht herauszufinden, wem er gehört?«

Badger machte ein schmollendes Gesicht. »Mir«, sagte er. »Frag ihn.«

Kelly schürzte die Lippen. Es hatte wohl keinen Sinn. »Na gut«, sagte sie. »Wenn ihr beide zurechtkommt …«

»Kommen wir, kommen wir.« Badger strahlte. »Guck mal, was er kann!« Er schnippte mit den Fingern, und Rex sah sofort zu ihm hin. »Puff!«, machte Badger und zielte mit dem Zeigefinger wie mit einer Pistole auf ihn. Rex fiel um. »Na?« Badger wartete auf den Applaus.

So lange hielt Rex es allerdings nicht aus. Er sprang auf die Beine und zu Badger hinüber, der etwas aus der Tasche zog und es ihm gab.

»Toll«, sagte Kelly, »aber wäre es nicht sinnvoller, du würdest mit den normalen Sachen anfangen? Sitz? Platz? So was in der Art?«

»Du bist langweilig.« Badger verzog das Gesicht wie ein schmollender Gartenzwerg. »Das kann doch jeder Hund.«

»Wenn man es ihm beibringt, ja.« Kelly seufzte. »Komm, setz dich zu uns. Wir haben was zu feiern. Habt ihr beide heute überhaupt schon was gegessen?«

»Rex schon«, sagte Badger. »Für mich war dann nichts mehr übrig. Was gibt es denn zu feiern?«

»Ich habe einen Job«, sagte Kelly. »Und diesmal behalte ich ihn hoffentlich auch.« Sie hob beide Daumen gedrückt in die Höhe.

»He, super!« Badger fiel über sie her wie ein Schwarm Heuschrecken und drückte sie heftig. »Dann bist du ja jetzt reich.« Er setzte sich neben sie. »Ein Steak für mich, bitte.«

Kelly lachte. »Gibst du dem Jungen den kleinen Finger, nimmt er gleich die ganze Hand«, erklärte sie Celia mit einem Blinzeln. »Aber ich glaube, sonst ist er ganz in Ordnung.«

»Wie man's nimmt«, sagte Celia. Es war offensichtlich, dass Badger nicht ihr Typ war. Zweifellos nicht *Latin Lover* genug.

»Hast du einen Platz zum Wohnen gefunden?«, fragte Kelly. »Für dich und Rex?«

»Klar«, sagte Badger. »Am Strand.« Er grinste. »Da ist Platz genug.«

»Ein Glück, dass wir hier nicht in Maine sind«, entgegnete Kelly. »Da würdet ihr irgendwann erfrieren.«

»Hier doch nicht«, sagte Badger. »Wir baden jeden Morgen im Meer. So sauber war ich noch nie.« Sein Grinsen zog sich jetzt von Wange zu Wange.

Kelly schüttelte den Kopf. »So könnte ich nicht leben.«

»Uns gefällt's.« Badger beugte sich vor. »Wie war das mit dem Steak? War die Einladung ernst gemeint?«

»Aber sicher«, sagte Kelly, »nur leider bekomme ich mein erstes Gehalt erst in ein paar Wochen, deshalb muss Celia heute bezahlen. Du musst sie fragen.«

Badger wandte seinen Blick zu Celia.

»Kein Steak«, sagte sie, »aber Pizza kannst du haben.«

»Auch gut«, sagte Badger. »Alles, was den Magen füllt.«

Celia ergriff sofort die Gelegenheit, den Kellner erneut zu rufen, der auch unverzüglich ankam und erst kurz vor ihren Brüsten stoppte. »Bitte, Signorina?« Seine weißen Zähne ließen die Sonne alt aussehen.

»Pizza«, sagte Celia. »Die billigste, die Sie haben.« Sie warf einen Blick auf Badger.

»Aber eine große!«, fügte Badger gutgelaunt hinzu. »Hier muss ein Mann satt werden!«

»Mann.« Celia schaute ihn an, als versuchte sie das Wort mit

Badger in Verbindung zu bringen. »Also gut, eine große«, gab sie nach, »aber dann ist Schluss.«

»Wie Sie befehlen, Signorina.« Der Kellner fuhr seinen ganzen Charme auf, jetzt, wo noch ein zweiter Mann im Rennen war, gegen den er antreten musste. »Kann ich sonst noch etwas für Sie tun?« Er beugte sich vertraulich vor, bis seine Brust fast Celias Dekolleté berührte.

Kelly sah, dass Celia sehr an sich halten musste, ihn nicht gleich hier auf dem Bürgersteig zu vernaschen.

»Nein, im Moment nicht«, hauchte Celia leicht atemlos. »Später vielleicht.«

»Sehr gern, Signorina.« Der Kellner schenkte ihr sein schmelzendstes Lächeln und verschwand.

»Und? Was für ein Job ist es?«, fragte Badger aufgeregt. »Das, was du dir gewünscht hast?«

Kelly verzog das Gesicht. »Nicht direkt. Rezeptionistin.« Sie seufzte. »Aber Geld ist Geld.«

»Du kannst dich bestimmt hocharbeiten«, sagte Badger. »Ich kann mir nicht vorstellen, dass sie dich da vergammeln lassen an der Rezeption.«

»Darüber denke ich im Moment nicht nach«, sagte Kelly. »Ich habe einen Vertrag unterschrieben, die Personalchefin ist nett, die Sicherheitschefin ist nett –«

»Sicherheitschefin?« Badger und Celia starrten sie gleichermaßen erstaunt an.

»Ja, ich –« Kelly zog die Schultern hoch. »Ich hatte dir doch erzählt, Celia, dass ich damals auf dem Parkplatz überfallen worden bin ...«

»Überfallen?«, echote Badger.

Celia runzelte die Stirn. »Und?«

»Na ja, und *sie* war es. Also, sie war diejenige, die mich rausgehauen hat.« Kelly zuckte die Schultern. »Heute habe ich sie wiedergetroffen. Sie ist der CSO[1] des Konzerns. Dale Richards.«

---

[1] Chief Security Officer: Der CSO ist in der Regel der Konzernverantwortliche für den Bereich Sicherheit. [...] Diese Berufskategorie ist im Top-Security-Management-Bereich anzusiedeln und oftmals direkt der Konzernleitung unterstellt. Das Aufgabengebiet eines CSO im Detail ist sehr umfangreich und erfordert ein hohes Maß an Zuverlässigkeit und Verantwortung. (Quelle: Wikipedia)

»Ach, nichts im Kopf als Karriere.« Celia winkte geringschätzig ab. »Bestimmt so'n Mannweib.«

»Nein, gar nicht.« Kelly schüttelte den Kopf. »Ich meine, sie ist ziemlich groß – und stark. Aber sie ist auch ... sehr nett.«

Celia grinste und suchte mit ihrem Blick nach dem Kellner. »*Er* ist auch nett.«

»Nicht auf die Art.« Kelly verzog missbilligend das Gesicht. »Sie ist bestimmt sehr kompetent, aber irgendwie ... irgendwie ist da auch noch etwas anderes. Heute bei unserem Gespräch –« Sie brach ab. »Ich war furchtbar nervös«, fuhr sie lachend fort. »Wahrscheinlich habe ich mir eine Menge eingebildet, aus Angst, den Job nicht zu bekommen. Aber nun habe ich ihn ja.«

»Genau«, sagte Badger, der mit großen Augen der Pizza folgte, die gerade auf einem riesigen Teller gebracht wurde. Anscheinend hatte der Kellner die Familiengröße bestellt. »Das ist das richtige für Papa!«

Rex sprang an ihm hoch und bekam von Badger das erste Stück. »Sollst auch nicht leben wie ein Hund«, sagte er lachend. »Wir beide nicht.« Dann nahm er das nächste Stück selbst in die Hand und biss herzhaft hinein.

## 12

Ms. Bennett.« Dale passierte auf ihrem Weg zum Aufzug mit einem knappen Nicken die Rezeptionstheke.

»Guten Morgen, Ms. Richards.« Kelly lächelte. »Wie geht es Ihnen?«

»Gut. Und Ihnen?« Dale blieb stehen. »Wie gefällt es Ihnen bei uns?«

»Danke der Nachfrage.« Kelly lächelte immer noch. Mittlerweile hatte sie sich angewöhnt, ständig zu lächeln, wenn sie an der Rezeption stand. Es ging schon ganz automatisch. »Alle sind sehr nett zu mir.«

»Freut mich«, sagte Dale. »Aber ich bin überzeugt, Sie selbst sind bestimmt auch sehr nett zu allen anderen.« Ihre Mundwinkel hoben sich leicht. »Selbst zu Fremden.«

»Oh, ich –« Kelly räusperte sich. »Ich mache da keine Unterschiede – hier an der Rezeption, meine ich.«

»Woanders auch nicht«, sagte Dale. »Soweit ich mich erinnere.«

»Da sind wir uns wohl ähnlich«, erwiderte Kelly. Ihr Lächeln erstarb plötzlich. »Oh, Entschuldigung, ich wollte nicht –«

»Schon in Ordnung.« Dale hob die Hand. »Kein Problem. Ich schlage mich allerdings nicht jeden Tag auf Supermarktplätzen deswegen.« Sie lächelte Kelly etwas abwesend an. Ihre Gedanken schienen abzuschweifen. »Schönen Tag noch.« Sie ging weiter zum Aufzug.

»Ich wünsche Ihnen auch einen schönen Tag«, erwiderte Kelly höflich, aber Dale hörte sie gar nicht mehr.

*Sie ist teuflisch attraktiv in einem Business-Anzug,* dachte Kelly. *Wie sie wohl ohne aussieht?* Sie wäre fast rot geworden, als ihr bewusst wurde, was sie da gedacht hatte. *Die Rothaarige wird es wissen.* Sie kehrte auf den Boden der Tatsachen zurück. *Mich geht das nichts an – und wird es auch nie. Sie gehört hier zu den obersten Bossen – und ich?*

Sie seufzte. Einerseits war sie froh, hier zu arbeiten, aber andererseits ... Sie sah Dale mehrmals in der Woche, je nachdem, welche Schicht sie an der Rezeption hatte, aber meistens bemerkte Dale sie gar nicht. Sie schien oft sehr geistesabwesend.

Mittlerweile hatte Kelly einiges über sie erfahren. Dass sie im Krieg gewesen war, die höchsten Auszeichnungen für Tapferkeit und Mut bei gefährlichen Kampfeinsätzen erhalten hatte und einen hohen Rang bekleidete. Colonel Dale Richards. Klang irgendwie beeindruckend.

Merkwürdigerweise wusste jedoch niemand etwas über ihr Privatleben, außer dass sie nicht verheiratet war und ohne Kinder. Kelly sah Dale wieder mit der Rothaarigen vor sich, im Supermarkt, am Ocean Drive, auf dem Weg zum Restaurant, an dem Tag, als Kelly ihren Arbeitsvertrag unterschrieben hatte. Drei Mal – immer mit derselben Frau ... Da musste man keine Hellseherin sein, um sich zusammenzureimen, was das bedeutete.

Sie atmete tief durch. Die Rothaarige sah teuer aus. Sie lebte ganz sicher nicht von einem Rezeptionistinnengehalt und passte viel besser zu einer Frau in der Chefetage als Kelly. Was machte sie sich überhaupt Gedanken? Dale Richards verschwendete sicherlich nicht einen einzigen an sie.

»Bringen Sie mir bitte die Akte von Ms. Bennett?« Dale warf ihrer Sekretärin im Vorbeigehen einen auffordernden Blick zu, bevor sie ihr eigenes Büro betrat.

»Guten Morgen erst einmal«, erwiderte Moira.

»Oh, ja, 'Tschuldigung. Morgen.« Dale ging zu ihrem Schreibtisch weiter.

»Bennett?« Moira war ihr gefolgt und schaute sie fragend an. »Ist das nicht die Rezeptionistin, die wir vor einiger Zeit eingestellt haben?«

»Ja«, sagte Dale. »Genau die.«

»Hat sie was mitgehen lassen?«, fragte Moira. »War die Jugendsache doch nicht so harmlos?«

»Wie?« Dale, die bereits an ihrem Schreibtisch saß, blickte auf. »Wie kommen Sie denn darauf?«

»Na ja . . .« Moira zuckte die Schultern. »Das ist doch meistens der Grund, warum Sie sich irgendwelche Akten kommen lassen. Weil Sie jemand verdächtigen.«

Dale schüttelte den Kopf. »Nein, das ist es nicht. Ich verdächtige sie nicht, ich will nur . . . etwas nachschauen.«

»Die Daten müssten im System sein«, sagte Moira und wies auf den Computer auf Dales Schreibtisch. »Soll ich sie Ihnen raussuchen?«

»Ja, bitte«, sagte Dale. »Möglichst schnell.«

»Was ist denn so eilig?« Moira runzelte die Stirn. »Ich denke, sie hat nichts angestellt.«

»Wie lange sind Sie jetzt bei mir?«, fragte Dale, während sie sich zurücklehnte und Moira ansah.

»Fast drei Jahre«, sagte Moira.

»Und Sie denken trotzdem immer noch nicht, dass ich weiß, was ich tue?« Dales Mundwinkel zuckten.

»Das habe ich nicht gesagt.« Moira verzog die Lippen. »Aber ich muss über alles Bescheid wissen. Das ist meine Aufgabe. Ich dachte, dafür hätten Sie mich eingestellt.« Ihre Augen blitzten ein wenig.

Dale lächelte leicht. »Gut, dass Sie mich daran erinnern«, sagte sie. »Bekomme ich jetzt die Daten?«

Moira zögerte einen winzigen Moment, dann ging sie um Dales Schreibtisch herum, drückte eine Taste am Computer und wartete, bis der Rechner aus dem Ruhezustand erwacht war. Sie rief mit der Maus ein Menü auf, klickte ein paarmal auf verschiedene Zeilen, gab dann etwas auf der Tastatur ein. »Bitte.« Sie wies mit der Hand auf das Ergebnis.

Dale schaute auf den Bildschirm. »Das hätten Sie mir auch gleich sagen können«, bemerkte sie.

»Das habe ich. Schon mehrmals. Aber Sie wollen sich einfach nicht damit beschäftigen.« Moira zog eine Augenbraue hoch.

»Ich kenne die Sicherheitsprogramme«, verteidigte Dale sich.

»Oh ja. In- und auswendig, ich weiß.« Moira lächelte nachsichtig. »Da kann Ihnen niemand das Wasser reichen. Aber wenn Sie mal einen Namen in einer Datenbank suchen sollen, die nichts mit Sicherheit zu tun hat ...« Sie ließ den Rest des Satzes offen.

»Ich bin nicht die Personalabteilung«, grummelte Dale etwas unzufrieden.

»Mir ist es recht«, sagte Moira. »So erhalte ich mir meinen Arbeitsplatz.« Sie hob fragend die Augenbrauen. »War das dann alles? Oder brauchen Sie mich noch?«

»Im Moment nicht.« Dale atmete tief durch. »Danke.«

»Bitte, gern geschehen.« Moira lächelte leicht und ging hinaus ins Vorzimmer.

Dale konzentrierte sich auf die Daten, die sie vor sich auf dem Bildschirm sah. Ja, da stand es. Sie hatte sich nicht geirrt. Sie spitzte überlegend die Lippen und lehnte sich zurück. Zwei Finger legte sie an die Wange, den Daumen unters Kinn und sah sehr nachdenklich aus.

»Du sollst in die Chefetage kommen. Sicherheitsabteilung. Wen hast du umgebracht?« Kellys Kollege Roy grinste sie unverschämt an.

Kelly zuckte zusammen. »Was?« Sie schüttelte verärgert den

Kopf. »Deine Witze sind wirklich bald nicht mehr lustig, Roy.«

»Es ist kein Witz.« Roy stellte sich ganz nah vor sie hin. »Falls du hier rausgeschmissen wirst und einen Platz zum Schlafen brauchst, ich bin immer für dich da.« Er versuchte Kellys Wange zu berühren.

Aber sie wich aus. Sie kannte das schon von ihm. »Danke für das Angebot«, sagte sie spöttisch, »aber du weißt, dass ich das niemals annehmen könnte. Dich dermaßen zu belästigen.« Sie schaute ihn scharf an. »Wer hat dir gesagt, dass ich hochkommen soll?«

»Frau Hochnäsig persönlich«, erwiderte er etwas säuerlich. »Moira *kalte Schulter* Green.«

»Ms. Richards Sekretärin?« Kelly blieb fast das Herz stehen.

»Sag ihr das bloß nicht«, grinste Roy, »sonst reißt sie dir den Kopf ab. Assistentin. Sie ist die Assistentin vom CSO.« Er verzog das Gesicht. »Die beiden passen auch zueinander.«

»Wie meinst du das?« fragte Kelly, während sich in ihrem Kopf alles drehte. Heute waren ihre drei Monate Probezeit um. Danach sollte sie ihren endgültigen Arbeitsvertrag erhalten.

Oder vielleicht nicht? Hatte Dale Richards beschlossen, dass sie doch ein zu großes Sicherheitsrisiko war? Aber vor ein paar Tagen war sie noch so nett gewesen. Hatte sich sogar erkundigt, wie es Kelly in der Firma gefiel. War die Frage vielleicht ganz anders gemeint gewesen, als Kelly gedacht hatte?

Kelly atmete tief durch und seufzte. Manche Leute waren so. Wiegten einen noch mal in Sicherheit, bevor sie einen auflaufen ließen.

»Na, guck sie dir doch an«, beantwortete Roy währenddessen ihre Frage. »Die Chefin ist genauso ein Eisberg. Keiner kommt an sie ran. Verschlossen wie eine Auster.« Er fuhr sich anzüglich über die Lippen. »Obwohl bestimmt schon einige versucht haben sie zu öffnen.«

»Benimm dich!«, fuhr Kelly ihn an. »Sie ist unser Boss.«

»Ach ...« Roy winkte ab. Dann grinste er wieder. »Aber vielleicht solltest du dich beeilen. Ich glaube, sie wartet nicht gern.«

»Oh ... ja.« Kelly war nicht ganz davon überzeugt, dass Roy sie nicht auf den Arm nahm, aber das würde sie nur herausfinden, wenn sie nach oben ging. Sie versuchte ihren immer noch rasenden Herzschlag zu beruhigen. Wahrscheinlich würde Moira Green sie nur fragend anblicken und gar nicht wissen, warum sie gekommen war. Ja, genau. So war es. Es war nur wieder einer der geschmacklosen Scherze von Roy.

Kurz darauf stand sie in der Tür von Moiras Büro. »Ist das richtig, Sie wollten mich sprechen?«

Moira blickte auf. »Ah ja, Ms. Bennett. Nicht ich, Ms. Richards.«

Erneut begann Kellys Herz zu rasen. Wenn Moira sie hätte sprechen wollen, wäre es sicher nur eine Formalität gewesen, aber Dale Richards? Das konnte nur etwas Ernstes sein. Und was konnte eine Sicherheitschefin schon Ernstes mit ihr zu besprechen haben?

Sie versuchte sich innerlich zu wappnen. Eigentlich hätte sich die Personalabteilung darum kümmern müssen, sie zu entlassen, wenn Dale Richards der Meinung war, sie wäre ein Sicherheitsrisiko. Aber vielleicht wollte sie sich das Vergnügen selbst gönnen. Kelly hatte hinter vorgehaltener Hand gehört, dass Ms. Richards sehr hart sein konnte, wenn es um Sicherheitsfragen ging, auch wenn sie selbst diese Erfahrung noch nicht mit ihr gemacht hatte.

*Einmal ist immer das erste Mal.* Sie atmete tief durch und richtete sich auf. Sie musste nicht wie ein Häufchen Elend da reingehen. Sie hatte immer noch ihren Stolz.

»Soll ich Ihnen die Tür zeigen?«, fragte Moira etwas spitz. »Oder finden Sie sie selbst?«

»Ja«, erwiderte Kelly gefasst. Gleich war es vorbei. Sie musste nur noch ein paar Minuten überstehen. Sie ging auf die Tür zu und drückte sie auf. Sie war nur angelehnt gewesen.

Dale saß am Schreibtisch, und was vor ihr lag, sah wie Pläne eines Gebäudes aus. Sie studierte einige Teile davon sehr genau.

Kelly ging auf den Schreibtisch zu, blieb stehen und räusperte sich, als Dale nach einer Weile nicht reagierte.

Dale blickte hoch.

»Ihre Sekretärin ... Assistentin sagte mir, Sie wollten mich sprechen?« Kellys Stimme zitterte leicht, auch wenn sie sie unter Kontrolle zu halten versuchte.

»Ja, stimmt.« Dale schaute sie ernst an.

*Wenn es etwas Positives wäre, würde sie lächeln,* dachte Kelly. *Jetzt ist alles klar.*

Dale stand auf. »Setzen wir uns doch da hin.« Sie wies auf eine Sitzgruppe in der Ecke ihres Büros. »Da spricht es sich besser. Möchten Sie einen Kaffee?«

»Einen ... Kaffee?« Kelly brachte die Worte fast nicht heraus. Einen Kaffee zum Rausschmiss? Ganz was Neues. »Ähm ... nein. Danke.«

»Ich glaube, ich hätte gern einen«, sagte Dale. Sie hob die Stimme und rief durch die offene Tür: »Moira? Könnten Sie uns Kaffee bringen? Und ein paar Kekse?«

»Sofort«, hörte Kelly Moiras Stimme etwas gedämpft.

»Ms. Richards ...« Kelly verschränkte die Hände ineinander, um sie ruhig zu halten. »Ich möchte eigentlich nicht – Können Sie mir nicht einfach sagen, worum es geht?«

»Gleich«, sagte Dale. »Zuerst setzen wir uns.« Sie nötigte Kelly geradezu in einen Sessel. »Sie sehen blass aus«, sagte sie plötzlich. »Geht es Ihnen nicht gut?«

»Äh ... nein. Alles in Ordnung.« Kelly versuchte sich auf irgendeinen Punkt im Raum zu konzentrieren, damit das Drehen in ihrem Kopf nachließ. »Ich habe etwas wenig geschlafen.«

»Frisch verliebt?« fragte Dale lächelnd.

»Nein. Nein, das ist es nicht. Meine Mitbewohnerin ist nur manchmal nachts ein bisschen ... laut.« Warum hatte sie das jetzt gesagt? Es stimmte, aber es war so privat, dass Dale Richards sich bestimmt nicht dafür interessierte.

»Oh«, sagte Dale. »Sie wohnen mit jemand zusammen?«

»Ja.« Kelly seufzte. »Celia ist an sich ganz in Ordnung, wir kommen gut miteinander klar, aber sie hat einen etwas ...«, sie räusperte sich, »speziellen Geschmack in Bezug auf Männer.«

»Ah.« Dale lächelte erneut, aber diesmal viel entspannter. »Männer.«

Moira kam mit dem Kaffee herein und setzte jeweils eine Tasse vor Dale und Kelly auf den Tisch. »Milch, Zucker«, sagte sie und stellte eine Schale und ein Kännchen zwischen Kelly und Dale. »Oder lieber Süßstoff?« Sie warf einen etwas zweifelnden Blick auf den Teller mit den Keksen, bevor sie ihn zu den anderen Sachen stellte.

»Nein.« Kelly schüttelte den Kopf. »Nicht für mich.«

»Süßstoff ist widerlich, oder?« sagte Dale und nahm sich selbst einen großen Löffel Zucker.

»Ich weiß nicht«, sagte Kelly. »Ich habe noch nie welchen benutzt, aber ich trinke meinen Kaffee niemals süß.«

»Tatsächlich?« Dale schien zu überlegen, ob sie sich noch einen zweiten Löffel Zucker gönnen sollte, entschied sich dann aber dagegen. »Ich könnte niemals auf Zucker im Kaffee verzichten.«

»War das im Krieg nicht schwierig?« fragte Kelly. Sie sah, wie Dales Gesicht sich augenblicklich verschloss. »Verzeihung«, fügte sie schnell hinzu. »Das war eine dumme Bemerkung von mir.«

»Nein, gar nicht.« Dale schien etwas steif. »Unser Nachschub in dieser Hinsicht war immer gesichert. Da gab es nie Probleme. Das ist sicherlich kein militärisches Geheimnis.« Sie versuchte erneut zu lächeln, aber das Lächeln geriet sehr dünn.

»Ms. Richards ...« Kelly atmete tief durch. »Ich will nicht unhöflich erscheinen, aber könnten Sie mir nicht sagen, um was es geht? Sie haben mich doch sicher nicht zum Kaffeetrinken hier hochkommen lassen.«

Nun verzogen sich Dales Mundwinkel doch nach oben. »Sie sind mutig«, sagte sie. »Aber das wusste ich ja schon.«

»Ich weiß nicht, ob es mutig ist, wenn man eine unangenehme Angelegenheit einfach nur hinter sich bringen möchte«, entgegnete Kelly etwas matt. »Ich bin froh, wenn es vorbei ist.«

»Vorbei ist?« Dale runzelte die Stirn. »Was?«

»Meine Entlassung«, sagte Kelly. »Darum geht es doch, oder nicht? Ich war von Anfang an ein Sicherheitsrisiko, und das möchten Sie nicht mehr länger tragen.« Sie blickte Dale direkt an. »Ich verstehe das. Ich würde es vielleicht genauso machen.«

Dale lächelte wieder, diesmal jedoch leicht amüsiert. »Das würden Sie nicht. Da bin ich ganz sicher.« Sie schüttelte den Kopf. »Wenn ich gewusst hätte, was für Gedanken Sie sich machen ...« Sie beugte sich vor. »Es geht nicht um Ihre Entlassung, seien Sie ganz beruhigt.«

»N-nicht?« Kelly war so verdattert, dass sie stotterte. Sie hatte fest angenommen zu wissen, was dieses Treffen bedeutete, und nun sollte es das gar nicht sein?

»Nein, es geht ... um Ihren Collegeabschluss«, sagte Dale.

»Collegeabschluss?« Kelly öffnete erstaunt die Augen. »Das muss ein Irrtum sein. Ich habe keinen.«

»Richtig«, sagte Dale. »So steht es in Ihrer Akte. Aber Sie haben mir etwas verschwiegen. Nämlich dass Sie kurz davor waren, ihn zu machen.«

»Knapp vorbei ist auch daneben«, sagte Kelly und hob etwas schief die Mundwinkel. »Ohne Abschluss zählt das College gar nichts.«

»Sie hatten ein Stipendium«, sagte Dale, »aufgrund Ihres hervorragenden Schulabschlusses. Sie waren Jahrgangsbeste.«

»Ja.« Kelly verzog das Gesicht. »Aber das ist alles Schnee von gestern. Ich habe keinen Abschluss, das ist nun einmal eine Tatsache. Alles, was heute noch zählt.«

»Interessiert Sie der Abschluss denn gar nicht mehr?«, fragte Dale. »Haben Sie nie versucht, ihn nachzumachen?« Sie nahm die Kaffeetasse und trank einen Schluck, ließ Kelly dabei aber nicht aus den Augen.

Kelly lachte etwas hohl. »Wovon?«, fragte sie. »Das College kostet Geld. Ein Stipendium habe ich nicht mehr.«

»Wegen der Sache mit dem Auto – habe ich gehört.« Dale schaute sie fragend an.

Kellys Gesicht wurde undurchdringlich. »Wie auch immer Sie das erfahren haben ... ja, es stimmt. Das Stipendium wurde mir aufgrund dessen entzogen, und ich wurde vom College verwiesen, kurz vor meinem Abschluss.« Sie verzog etwas resigniert die Lippen. »Sie sind sicher, dass Sie mich nicht entlassen wollen?«

Dale lächelte. »Ganz sicher. Ich habe einen anderen Vorschlag für Sie: Machen Sie den Abschluss nach.«

»Ich sagte doch –«

Dale unterbrach Kellys Antwort. »Dass Sie kein Geld haben«, setzte sie fort. »Aber wie Sie wissen, gibt es Abendcolleges, nach der Arbeit.«

»Es reicht trotzdem nicht«, sagte Kelly. »Mein Gehalt gibt das nicht her.«

»Und wenn die Firma Ihnen einen Kredit gewähren würde?«, fragte Dale. »Wir haben ein Förderungsprogramm hier. Für begabte Mitarbeiter. Und bei Ihnen wäre es ja nur das letzte Jahr.«

»Dazu würden sie bei meinem alten College nachfragen«, wandte Kelly ein, »und dann nehmen sie mich gar nicht mehr auf. Nicht mal ein Abendcollege.« Sie seufzte. »Außerdem ... wie soll ich das je zurückzahlen? Als Rezeptionistin verdiene ich gerade so viel, dass es für meine Ausgaben reicht. Es bleibt nichts übrig.«

Dale hob die Augenbrauen. »Die Idee ist eigentlich die, dass Sie danach in einem besser bezahlten Job arbeiten können. Dann bleibt etwas übrig.«

Kelly blieb für einen Moment stumm. »Ein besser bezahlter Job?«, fragte sie. »Wo?«

»Nun ja ...«, sagte Dale. »Im allgemeinen verlangt *Matrix International*, dass Sie zumindest einen Teil des Kredites bei uns abarbeiten.«

»Ich muss mich also an die Firma binden?«, fragte Kelly.

»Der Kreditvertrag enthält so eine Klausel, ja«, bestätigte Dale. »Fänden Sie das so schlimm?«

»Nein.« Kelly schüttelte den Kopf. »Ich wollte es nur wissen. Aber«, fuhr sie fort, »das löst immer noch nicht das Problem, dass kein College mich aufnehmen wird.«

»Wenn Sie wollen, können Sie morgen anfangen«, sagte Dale.

»W-was?« Kelly starrte sie fassungslos an.

Dale stellte ihre Kaffeetasse ab. »Einer meiner Offiziere in dem Regiment, das ich befehligt habe, war Captain Briggs. Er war immer schon ein Bücherwurm, und jetzt leitet er ein College.« Sie lächelte leicht.

Kelly runzelte die Stirn. »Sie haben es ihm als sein kommandierender Offizier befohlen?«

»Nein.« Dale schüttelte den Kopf. »Das kann ich in Friedenszeiten überhaupt nicht. Ich habe ihm die Situation erklärt, und er war der Meinung, dass Sie noch eine Chance verdient haben.«

»Er kennt mich doch gar nicht«, bemerkte Kelly verwundert.

»Er hat sich bezüglich Ihrer Leistungen erkundigt – in der Schule und im College. Und er war erstaunt, dass sie Sie dort nicht festgebunden haben, um Sie zu behalten.« Dale schmunzelte ein wenig.

Kelly verzog das Gesicht. »Ich kann Ihnen versichern, das wollten sie auf keinen Fall. Im Gegenteil.«

Dale hob auffordernd die Hände. »Also? Was soll ich ihm sagen?«

»Kann ich ...« Kelly schluckte. »Kann ich wenigstens noch eine Nacht darüber schlafen? Das kommt jetzt alles etwas plötzlich.«

»Wie Sie wollen«, sagte Dale. »Kein Problem. Gehen Sie doch einfach einmal abends zu Captain Briggs«, sie verzog etwas selbstironisch die Mundwinkel, »ich kann mich immer noch nicht daran gewöhnen ... *Mr.* Briggs natürlich – und schauen Sie sich alles an.« Sie stand auf und ging zu ihrem Schreibtisch hinüber. »Hier ist die Adresse.« Sie nahm ein Blatt vom Tisch und wartete darauf, dass Kelly zu ihr kommen würde.

Kelly war nicht in der Lage, sofort zu reagieren. Erst mit Verzögerung stand sie auf. »Sie –« Ihr Blick musterte Dale. »Warum tun Sie das alles für mich?«

»*Matrix International* ist am Wohlergehen aller seiner Mitarbeiter interessiert – und daran, ihre Ressourcen bestmöglich zu nutzen«, sagte Dale. »Zweifellos sind Ihre Ressourcen an der Rezeption verschwendet.«

»Es ist also nur im Interesse der Firma?«, fragte Kelly.

»Genau.« Dale nickte. »Es ist gar nicht so leicht, gute Mitarbeiter zu finden.« Sie reichte Kelly den Zettel. »Ms. Dearing hat Ihren neuen Arbeitsvertrag schon fertig, sagte sie mir. Falls Sie sich dazu entschließen, das Kreditangebot anzunehmen, müsste nur noch der Kreditvertrag hinzugefügt werden.« Sie betrachtete Kelly kurz und drehte sich dann weg, um etwas auf ihrem Schreibtisch zu überprüfen. »Sie können dann direkt zu Ms. Dearing gehen und beide Verträge unterschreiben – sobald Sie sich entschieden haben.«

»Ich ... Ms. Richards ...«

Dale blickte auf. »Ja?«

»Ich ... ich weiß nicht, wie ich Ihnen danken soll«, sagte Kelly.

Sie hatte das Gefühl, gleich würden ihr Tränen in die Augen steigen. Deshalb drehte sie sich schnell um und verließ das Zimmer.

## 13

Musst du denn immer nur büffeln?«, fragte Celia etwas schmollend. »Geh doch mal aus.«

Kelly blickte zur Tür, in der Celia stand, fertig für ihren Raubzug in der Nacht. Das kurze, tief ausgeschnittene Glitzerkleid, das ihren Körper nur notdürftig bedeckte, hätte man in einer Hand zusammendrücken können, so wenig Stoff war es.

»Amüsier dich nur«, erwiderte sie lächelnd. »Ich habe demnächst Prüfungen, ich muss mich vorbereiten.«

»Du musst Bücher echt lieben«, bemerkte Celia verständnislos.

»Ja, tue ich.« Kelly schmunzelte. »Aber ich weiß, dass nicht jeder so empfindet.«

»Ich bestimmt nicht.« Celia machte ein abschätziges Geräusch. »Du kannst mich höchstens damit jagen.«

»Aber noch lieber lässt du dich von einem *Latin Lover* jagen. Also jag schon los.« Kelly lachte ein wenig. »Du trippelst ja schon rum vor lauter Ungeduld.«

»Eins sag ich dir«, kündigte Celia an. »Wenn du mit diesen blöden Prüfungen fertig bist, lädst du mich ein, und wir gehen aus.«

Kellys Mundwinkel verzogen sich gutmütig. »Versprochen«, sagte sie. »Aber wenn du jetzt nicht gehst, komme ich doch nicht zum Lernen.«

»Lernen. Lernen! Als ob es sonst nichts im Leben gäbe!« Celia ging kopfschüttelnd zur Tür.

Kelly seufzte, als Celia die Tür hinter sich zufallen ließ und Kelly endlich allein war. Da sie tagsüber arbeitete und abends zum College ging, konnte sie praktisch nur nachts und am Wochenende lernen. Deshalb war es ihr ganz recht, wenn Celia dann meistens nicht da war.

Sie streckte sich. Eigentlich fielen ihr schon die Augen zu. Es war Samstag, und sie hatte den ganzen Tag nur über den Büchern gesessen. Auch Freitag auf Samstag hatte sie nur wenig Schlaf bekommen, weil sie erst bis weit in die Nacht gearbeitet und Celia dann einen ihrer lautstarken Liebhaber mitgebracht hatte.

Sie legte den Kopf zurück und schloss die Augen. Vielleicht hatte Celia gar nicht so unrecht. Es würde sowieso nichts mehr in ihren Kopf reingehen, ein bisschen Tanzen wäre ganz entspannend.

Schon vor einiger Zeit hatte sie sich vorgenommen, einmal wieder in das Frauenlokal zu gehen, in dem sie das eine oder andere Mal gewesen war, bevor sie mit dem College angefangen hatte. Aber dann war das College immer dazwischengekommen.

Sie schaute noch einmal auf ihre Bücher. Es war elf Uhr nachts. Wenn sie jetzt tanzen ging und danach direkt nach Hause, würde sie sogar früher ins Bett kommen als die letzten Tage. Keine so schlechte Idee.

Dale stand in der Ecke des Raumes und beobachtete die Menschen um sich herum. Dr. Swanson hatte ihr das Versprechen abgenommen, dass sie unter Leute gehen würde, und das tat sie nun. Jimmy hatte sie wieder einmal zu einem Veteranentreffen eingeladen. *Bin ich das, eine Veteranin?,* dachte sie. *Das klingt, als ob ich achtzig wäre. So alt fühle ich mich nicht.*

»Hier.« Jim Patterson kam mit zwei Gläsern auf sie zu. »Alle sind froh, dass du da bist.« Er lachte. »Die alte Kompanie ist jetzt wieder vollständig.«

»Nicht ganz«, sagte Dale.

»Bitte ...« Jim schaute sie prüfend an. »Denk für eine Minute nicht daran. Nur für eine Minute.«

»Ich kann nicht«, sagte Dale. Sie stellte ihr Glas auf einem Tischchen neben sich ab. »Tut mir leid, Jimbo. Ich habe alle begrüßt, alle wissen, dass ich noch lebe, aber mehr geht im Moment nicht.« Sie nickte ihm zu und verließ hochaufgerichtet mit geraden militärischen Schritten den Raum.

*Wie bei einer Parade,* dachte Jim Patterson, während er ihr hinterherschaute. *Die geborene Soldatin.*

Als Dale das Gebäude verlassen hatte, ließ ihre militärische Haltung nach. Sie konnte sich ein wenig entspannen. All die alten Kampfgefährtinnen und -gefährten wiederzusehen war anstrengend gewesen. Sie alle hatten nicht nur schöne Erinnerungen, aber sie schienen nur über diese zu sprechen. Als ob der Krieg ein verlängerter Urlaub gewesen wäre. Alles andere hatten sie aus ihrem Gedächtnis gestrichen.

Aber Dale konnte nicht aus ihrem Gedächtnis streichen, was geschehen war. Dass sie dafür verantwortlich war. Sie hatte Kathy in den Einsatz geschickt, der ihr den Tod gebracht hatte. Sie fühlte sich etwas schwindelig. Immer wieder quälten die Erinnerungen sie. Sie war der kommandierende Offizier gewesen, sie hatte den Befehl erteilt, sie hatte Kathy als Führerin der Patrouille ausgewählt.

Sie hatten gewusst, dass jeder ihrer Einsätze gefährlich war, aber mit der Zeit gewöhnte man sich daran. Kathy hatte nur gelacht. Sie hatte so gern gelacht ...

Dale setzte sich in ihr Auto und starrte vor sich hin. Die Bilder überfielen sie, die Geräusche. Es war, als wäre sie wieder dort. Sie war selbst mit einem Hubschrauber ins feindliche Feuer hineingeflogen, um Kathy herauszuholen, aber es war zu spät gewesen. Sie hatte nur ihren Leichnam bergen können.

Beide hatten sie dafür einen Orden bekommen, Kathy posthum und Dale – für ihre überragende Tapferkeit im Angesicht des Feindes. Sie hatte mehrere ihrer Leute gerettet, aber die einzige, auf die es ankam ... die hatte sie nicht retten können.

»Verdammtes Veteranentreffen!« Sie hieb wütend mit der Faust aufs Lenkrad. Sie hatte schon gewusst, warum sie da nicht hingehen wollte. Es war immer noch zu schmerzlich – und vermutlich würde das auch in Zukunft so sein. Es würde immer so bleiben.

Sie sah ihre Wohnung vor sich, das Bild von Kathy, das sie stets anlachte, wenn sie nach Hause kam. Aber ein Bild war nur ein Bild. Heute konnte sie das nicht ertragen. Sie wollte nicht allein sein. Sie wollte einmal an etwas anderes denken. So wie früher, wenn sie mit Kathy ausgegangen war, tanzen, essen, mitten in der Nacht im Meer baden. Seit Jahren hatte sie das nicht mehr getan. Es gab niemanden, den sie hätte dabeihaben wollen. Und allein wäre es immer nur auf Gedanken an Kathy hinausgelaufen.

Sie startete den Wagen und fuhr zögernd los. Sie würde einfach nur herumfahren, bis sie bereit war, nach Hause zu gehen.

Kelly und die dunkelhaarige Frau tanzten ganz langsam. Sie tanzten sehr eng. Die Dunkelhaarige zog Kelly noch näher zu sich heran, streichelte sie und küsste ihren Hals.

Kelly versuchte sich etwas wegzudrehen, aber in einer so engen Position war das kaum möglich. »Beth ...«, flüsterte Kelly. »Lässt du mir etwas Luft, bitte?«

Die andere schien sie nicht zu hören, sie war fast wie in Trance.

*Es war ein Fehler, mit ihr zu tanzen,* dachte Kelly. *Das wusste ich doch von Anfang an.* Sie hatte sich erst nach längerem zu diesem Tanz überreden lassen, weil sie sofort bemerkt hatte, dass Beth etwas von ihr wollte, das Kelly nicht wollte.

Beth' Hände wanderten jetzt, nicht zum ersten Mal, an Kellys Rücken hinunter, versuchten ihren Po zu erreichen.

Kelly griff nach Beth' Handgelenken und schob sie wieder nach oben. Das veranlasste Beth aber nur dazu, noch weiter nach oben zu wandern und Kellys Brüste zu streicheln.

Kelly hörte, dass die Musik sich dem Ende zuneigte, und versuchte nur noch, diesen Tanz einigermaßen unbeschadet zu überstehen.

»Süße ...«, flüsterte Beth hingerissen, als das Lied ausklang und sie stehenblieben. Ihre Lippen wanderten von Kellys Hals zu Kellys Mund.

»Ich sterbe vor Durst«, sagte Kelly schnell. »Holst du mir etwas zu trinken? Bist du so gut?«

»Ich tue alles für dich«, hauchte Beth. »Alles, was du willst.«

»Das ist nicht nötig«, sagte Kelly und wandte den Kopf zur Seite, um einem erneuten Kussversuch auszuweichen. »Nur etwas zu trinken, bitte.«

»Sofort«, sagte Beth, konnte ihren Blick aber kaum von Kelly lösen und hielt ihre Hand so lange fest wie sie konnte, bevor sie sich endlich in Richtung Bar begab.

Kelly ging schnell zum Ausgang. Sie musste gehen. Anders würde sie Beth nicht loswerden. Und sie hatte keine Lust, sie mit nach Hause zu nehmen. Es war ohnehin Zeit. Sie musste einiges an Schlaf nachholen. Lange hatte sie ja sowieso nicht bleiben wollen.

Als sie fast schon am Ausgang war, stutzte sie und blieb stehen. »Oh, Ms. Richards ...«, sagte sie verlegen.

»Ms. Bennett ...« Dale neigte leicht den Kopf und verzog angedeutet die Lippen, blieb aber mit verschränkten Armen an der Wand neben der Tür lehnen wie zuvor.

Kelly lächelte. »Ich hätte Sie beinahe nicht erkannt. Ich habe Sie noch nie in Jeans gesehen.«

»Oh, ja ...« Dale stieß sich von der Wand ab. »Freizeitkleidung. Bei der Arbeit trage ich das natürlich nicht.«

»Ich auch nicht«, sagte Kelly. »Sind Bars nicht eine wunderbar demokratische Einrichtung?« Sie lachte ein wenig. Dales Auftauchen hatte sie zwar im ersten Moment überrascht, aber nun merkte sie, wie ihr Herz aus anderen Gründen höherschlug.

»Ja, vermutlich«, sagte Dale.

Kelly spürte, dass Dale von ihrem heiteren Ton irritiert war. Aber Kelly wollte dadurch nur ihre Aufgeregtheit verbergen. »Ich wollte gerade gehen«, sagte sie. »Sind Sie eben erst gekommen?«

»Ja«, sagte Dale. »Ich bin gekommen, während Sie tanzten.«

»Oh, das ...« Kelly schaute sich schnell um, ob Beth schon mit den Getränken zurück war, aber glücklicherweise herrschte an der Bar ziemliches Gedränge. Das würde wohl noch eine Weile dauern. »Ich kenne sie eigentlich gar nicht.«

Dale lächelte leicht. »Sie müssen mir nichts erklären.«

»Nein. Nein, natürlich nicht. Entschuldigen Sie. Ich bin nur etwas –« Kelly wusste nicht mehr, was sie sagen sollte.

»Verwirrt?« fragte Dale.

»Ja. Nein. Eigentlich ... ich habe –« Kelly brach ab. *Ich habe dich mit der Rothaarigen gesehen, was willst du eigentlich mit der?,* hätte sie sagen können. Aber das wäre wohl nicht das richtige gewesen. Sie räusperte sich. »Ich glaube, ich muss jetzt wirklich gehen«, sagte sie und drehte sich noch einmal zur Bar um. *Oje.* Sie sah Beth auf sich zusteuern. *Zu spät.*

Beth erreichte sie, gab Kelly ein Glas, das sie automatisch nahm, und warf einen bösen Blick auf Dale. »Tanzen wir gleich weiter?«, fragte sie Kelly, während sie Dale weiter anstarrte.

»Ich – Nein«, sagte Kelly. »Ich glaube nicht. Ich muss nach Hause.«

»Zu ihr?«, fragte Beth, nun mit einem bösen Blick auf Kelly. »Das hättest du mir gleich sagen können.« Sie musterte Dale erneut. »Hat sie nur Ausgang bis Mitternacht, bevor ihr Kindermädchen sie wieder einsammelt?«

In Dales Gesicht rührte sich kein Muskel. »Ich habe Lieutenant Bennett nur zufällig getroffen«, sagte sie.

»Lieutenant?« Beth starrte entgeistert auf Kelly.

»Wir waren zusammen in der Army«, sagte Dale. »Bei der Luftkavallerie.«

»Luftkavallerie?« Beth blieb fast der Mund offenstehen.

»Wollten Sie nicht gehen, Lieutenant?«, fragte Dale mit einem ruhigen Blick auf Kelly.

»Ja ... äh ...« Kelly war viel zu verdattert, um zu widersprechen. Sie reichte Beth das Glas zurück, drehte sich um und ging durch die Tür.

»Ich glaube, ich verabschiede mich dann auch«, sagte Dale, nachdem Kelly verschwunden war, und Beth stand mit den beiden Gläsern in der Hand da, während Dale Kelly folgte.

»Ich habe Ihren Rückzug gesichert«, sagte Dale leicht lächelnd, als sie Kelly sah, die draußen auf sie gewartet hatte.

»Dachte ich mir schon«, sagte Kelly. »Sie waren bei der Kavallerie?«

Dale lächelte erneut. »Ja. Aber wir haben keine Pferde mehr. Nur noch zu repräsentativen Zwecken.«

»Ich dachte, es gibt überhaupt keine Kavallerie mehr«, bemerkte Kelly erstaunt. »Obwohl ...«, sie lächelte Dale an, »zu Ihnen passt es natürlich. Sie tauchen immer wie die Kavallerie zur Rettung in letzter Minute auf.«

»Na, so schlimm war es glaube ich nicht«, erwiderte Dale schmunzelnd. »Sie wären auch allein mit ihr fertig geworden.«

»Aber nicht so leicht wie mit Ihrer Hilfe«, sagte Kelly. »Danke.« Ein verlegenes Schweigen senkte sich über beide. Kelly gab sich innerlich einen Ruck. *Das hat ja keinen Sinn,* dachte sie. »Dann bis Montag«, fuhr sie fort. »In der Firma.«

Dale schien etwas überrumpelt von der schnellen Verabschiedung. »Äh ... ja«, sagte sie. Dann räusperte sie sich. »Da wir uns nun schon einmal zufällig getroffen haben und ...« Sie blickte in den sternenklaren Nachthimmel hinauf. »... und das Wetter so schön ist ... wie wäre es mit einem kleinen Spaziergang?«

Kelly zögerte überrascht. »Gern«, sagte sie dann. Sie schaute ebenfalls in den Nachthimmel hinauf, an dem die Sterne funkelten. »Obwohl das Wetter hier ja immer gut ist ... im Gegensatz zu da, wo ich herkomme.« Sie lachte leicht. »Hier müsste man praktisch jede Nacht spazieren gehen.«

»Niemand hält Sie davon ab«, sagte Dale. »Zum Strand?«

Kelly musterte Dales unergründliches Gesicht, in dem kein Muskel zuckte. »Ja«, sagte sie dann. »Warum nicht?«

»Ist es da denn wirklich immer so kalt, wo Sie herkommen?«, fragte Dale. »In ...?«

»Maine«, ergänzte Kelly. »Ich komme aus Maine.«

»Ja, richtig.« Dale nickte. »Entschuldigung. Ich merke mir manchmal nicht alles.«

»Sie haben ja auch viel um die Ohren«, bemerkte Kelly verständnisvoll. »Verglichen mit Miami ist es in Maine immer ziemlich kalt, selbst im Sommer. Das stimmt.«

»Wie geht es mit dem College voran?«, fragte Dale, während sie am Strand entlangschlenderten.

»Gut.« Kelly nickte. »Eigentlich habe ich das ja alles schon mal gemacht. Aber man vergisst auch einiges.«

»Es fällt Ihnen bestimmt nicht schwer, sich wieder daran zu erinnern«, vermutete Dale lächelnd.

Kelly verzog zweifelnd das Gesicht. »Das College hier legt auf ganz andere Dinge wert als mein altes College«, erklärte sie. »Es ist erstaunlich, wie groß die Unterschiede da von Staat zu Staat sind. Ich muss ganz schön büffeln. Jedes Wochenende, jede Nacht –«

Dale wandte den Blick zu ihr.

»Heute auch.« Kelly lachte. »Ich habe bis elf über den Büchern gesessen, dann konnte ich einfach nicht mehr. Ich dachte, tanzen gehen ist eine gute Entspannung. War es zuerst auch, aber dann –«

»Habe ich gesehen«, sagte Dale. »Als ich Sie beide tanzen sah ...«

»Das hat wahrscheinlich einen völlig falschen Eindruck vermittelt«, sagte Kelly etwas verlegen.

Dales Mundwinkel zuckten. »Ja, ein bisschen«, bestätigte sie.

Kelly räusperte sich. »Sind Sie ... sind Sie öfter in dem Lokal?«

»Seit Jahren nicht«, sagte Dale.

Kelly bemerkte, dass ihre Stimme plötzlich anders klang als zuvor. »Entschuldigung«, sagte sie. »War das eine indiskrete Frage?«

»Nein.« Dale schüttelte den Kopf. »Es war eine naheliegende Frage, würde ich sagen. Und Sie?« Sie schaute Kelly fragend an.

»Nicht mehr, seit ich mit dem Abendcollege angefangen habe«, erklärte Kelly. »Keine Zeit.«

Es schien, als ob Dale noch etwas fragen wollte, aber dann ließ sie es. »Erzählen Sie mir von Maine«, forderte sie Kelly auf. »Sind Sie da aufgewachsen, Ms. Bennett?«

»Ich würde mich freuen, wenn Sie Kelly zu mir sagen. Wenn Sie mich mit meinem Nachnamen ansprechen, komme ich mir so alt vor.« Kelly lachte leicht.

Dale warf einen verstohlenen Seitenblick auf sie. »Gut«, sagte sie dann. »Aber nur, wenn Sie mich Dale nennen.«

»Einverstanden.« Kelly lächelte und blieb stehen.

Dale schaute sie an, ihr Oberkörper schien sich zu ihr zu neigen wie eine Ähre im Wind, dann richtete sie sich plötzlich wieder auf und schaute über das Wasser. »Das Meer ist unruhig heute«, sagte sie.

»Ach ja?« Kelly runzelte die Stirn. Die Wellen plätscherten sanft und wenig aufgeregt an den Strand. Sie konnte nichts Unruhiges daran finden.

»Ja«, behauptete Dale. »Wir sollten ein wenig höher ans Ufer gehen.«

»Wenn Sie meinen«, sagte Kelly. Sie folgte Dale hinauf.

»Sie haben meine Frage noch nicht beantwortet ... Kelly«,

nahm Dale das Gespräch wieder auf. »Ihre Familie lebt immer noch in Maine?«

Kelly zögerte. »Nein«, sagte sie dann. »Ich habe keine. Ich bin als Waise von Nonnen großgezogen worden. Und dann allein hier hinuntergekommen.«

»Ganz allein?«, fragte Dale.

Kelly lächelte leicht. »Ja.«

»Manchmal ist es ja so«, Dale räusperte sich, »dass man an einen bestimmten Ort zieht, weil dort schon jemand ist, den man kennt.«

»Eigentlich bin ich hierher gezogen, weil mich hier *niemand* kennt«, sagte Kelly.

Dale lächelte nun auch. »Was wieder einmal beweist, wie mutig Sie sind.«

»Nein«, erwiderte Kelly kurz angebunden. »In diesem Fall nicht.«

Eine Weile gingen sie stumm nebeneinander her. »Sie wollen aber hierbleiben, wenn Sie mit dem Studium fertig sind?«, fragte Dale dann.

Kelly lachte leise auf. »Das muss ich wohl. Ich habe mich vertraglich dazu verpflichtet.« Sie machte eine kleine Pause. »Aber es ist auch gut so«, fuhr sie dann fort. »Ich fühle mich hier sehr wohl.«

»Ja, es ...« Dale blieb stehen und schaute in den Himmel. »Es kann hier sehr schön sein.«

»Sie leben schon immer hier?«, fragte Kelly.

Dale schüttelte den Kopf. »Ich bin durch die Army hier gelandet. Ursprünglich stamme ich aus Texas.«

»Da ist es auch warm«, bemerkte Kelly.

»Hm.« Dale schien nicht besonders an dem Thema interessiert zu sein. Sie schaute immer noch in den Himmel. »Es ist wirklich schön«, murmelte sie erstaunt. Ihr Blick wanderte zum Meer. »Ich habe das schon lange nicht mehr bemerkt.«

»Ist es nicht immer so, wenn man lange an einem Ort wohnt?«, sagte Kelly. »Selbst die schönsten Dinge werden Gewohnheit. Es fällt einem erst wieder auf, wenn ein Fremder einen darauf aufmerksam macht.« Sie lachte. »In gewisser Weise bin ich immer noch eine Fremde. Ich wundere mich jeden Tag über das warme Meer.«

»Sie haben recht«, sagte Dale und schaute sie jetzt wieder an. Ihre Augenwinkel kräuselten sich, aber es dauerte eine Weile, bis das Lächeln angekommen war. »Manchmal ist es gut, sich fremd zu sein.«

»Ich glaube, das Meer ist jetzt wieder ruhig«, sagte Kelly. »Ich möchte noch ein paar Muscheln sammeln, das liebe ich.« Sie lief zum Wasser hinunter.

Dale schaute ihr nach, als ob sie ihr nicht folgen wollte, aber dann tat sie es doch. »Was Schönes gefunden?«

Kelly hob eine Muschel im Mondlicht an. »Wundervoll, nicht wahr? Ich denke immer, das ist das schönste Haus, das man haben kann.«

Dale schmunzelte. »Es ist ja auch bewohnt.«

Ein kleiner Krebs streckte seine Scheren aus.

»Keine Angst«, sagte Kelly. »Ich nehme dir dein Haus nicht weg. Ich werde eins suchen, das unbewohnt ist.« Sie setzte die Muschel mit dem Krebs wieder ab, und er zog sich zurück, so dass die Muschel wieder nur wie eine Muschel aussah.

Dale beobachtete Kelly beim Muschelsammeln, bückte sich selbst das eine oder andere Mal, fand aber nichts Interessantes und schlenderte nur neben Kelly her. »Tun Sie das öfter?«, fragte sie nach einer Weile.

Kelly blieb stehen und betrachtete die Muscheln in ihrer Hand. »In Maine habe ich es viel getan«, sagte sie. »Schon als Kind. Ich hatte eine riesige Sammlung auf dem Fensterbrett in meinem Zimmer. Hier …« Sie schaute den Strand entlang. »Hier hatte ich bisher wenig Zeit dazu.«

»Sie sollten sich die Zeit einfach nehmen«, sagte Dale. »Wenn es Ihnen so viel Spaß macht.«

Kelly lachte. »Das sagen ausgerechnet Sie? Ihretwegen habe ich jetzt ja noch weniger Zeit als vorher. Das College frisst den ganzen Rest auf, der noch da war.«

»Tut mir leid«, sagte Dale. »Wenn ich das gewusst hätte, hätte ich Ihnen den Vorschlag selbstverständlich nicht gemacht.« Sie schaute Kelly ernst an, aber auf einmal kräuselten sich ihre Augenwinkel wieder.

»Sie nehmen mich auf den Arm«, sagte Kelly lächelnd.

»Ein bisschen«, sagte Dale. »Ich wusste nicht, dass Muschelsammeln so eine ausfüllende Beschäftigung sein kann.«

»Sie sollten es mal versuchen«, schlug Kelly vor. »Es ist sehr entspannend. Man denkt an nichts anderes mehr als an die Muster, die Farben, die Formen, den Sand und das Meer.«

Dale hob die Augenbrauen. »An nichts?«

Kelly nickte. »Bei mir zumindest funktioniert es so. Ich habe richtige Muschelburgen am Strand gebaut als Kind und die dann gegen Eindringlinge verteidigt. Ich wollte da drin nur allein sein.«

Dale erwiderte nichts darauf.

»Haben Sie als Kind nicht auch so was gemacht?«, fragte Kelly.

»In Texas gibt es keine Muscheln.« Dale antwortete abwesend, als ob sie an etwas anderes denken würde.

»Ach so«, sagte Kelly. Sie betrachtete Dales Gesicht, das sie nicht ansah, sondern in die Luft starrte. »Ich glaube, jetzt habe ich genug«, fuhr sie fort. »Die Fensterbank in meinem Zimmer hier ist nicht so groß.« Sie machte einen Schritt zur Seite, um umzudrehen, ihr Fuß knickte weg, und schon lag sie im Sand.

Dale war wie der Blitz bei ihr. »Was ist passiert?«, fragte sie überrascht.

»Ich weiß nicht. Mein Fuß ...« Kelly schaute sich irritiert um.

»Kommen Sie.« Dale streckte ihr die Hand hin.

Kelly nahm sie, und Dale zog sie mit so viel Schwung hoch, dass Kelly an ihrer Brust landete. Beide erstarrten sie im selben Augenblick.

Kelly fühlte, wie Dales Brust sich hob und senkte. Ihr Kopf gab nach und hätte sich gern an diese Brust gebettet, aber im letzten Moment hielt sie ihn davon ab. Sie schaute zu Dale hoch. So in ihrem Arm erschien sie Kelly noch größer als bisher schon.

Dale blickte auf sie hinunter, und Kelly hörte ihr Herz rasen. Dales Gesicht senkte sich, für den Hauch einer Sekunde schien es so, als wollte sie Kelly küssen.

Aber kurz bevor ihre Lippen sich berührten, richtete Dale sich auf. »Alles in Ordnung?«, fragte sie, trat einen Schritt zurück und löste sich von Kelly.

Kelly räusperte sich. »Hm.« Sie nickte. Die Worte waren ihr irgendwie verloren gegangen. Sie hatte immer noch das Gefühl, ihr wild pochendes Herz würde gleich aus der Brust springen. Dales Nähe, die Wärme ihres Körpers – das alles spürte sie. Und die Sehnsucht, die diese Nähe in ihr entfacht hatte. Sie musste sich erst einmal wieder beruhigen.

»Tut mir leid«, sagte Dale. »So etwas sollte nicht passieren.«

»Es ist ja nichts passiert«, erwiderte Kelly. Bezog sich Dale mit ihrer Bemerkung auf den umgeknickten Fuß oder auf den Kuss, der keiner gewesen war? Sie entschied sich dafür, die harmlose Variante zu wählen, um die Peinlichkeit zu beenden. »Ich bin nur umgeknickt.«

»Ja«, sagte Dale. Sie ließ ihren Blick die Promenade abtasten. »Haben Sie hier irgendwo in der Nähe geparkt?«

Kelly schüttelte den Kopf. »Ich bin ohne Auto da. Ich fahre nicht, wenn ich Alkohol trinke.«

»Sehr lobenswert«, sagte Dale. »Kann ich Sie dann nach Hause bringen? Mein Wagen steht da oben.«

Kelly zögerte einen Moment. Was für ein Angebot war das? Ihr Verhältnis hatte sich nicht geändert. Dale war immer noch der Boss und Kelly die kleine Rezeptionistin. War sie der Typ Boss, der das gern einmal ausnutzte?

*Nein, dann hätte sie mich geküsst,* dachte Kelly. *Dann lägen wir wahrscheinlich beide schon hier im Sand.* Sie musste lächeln. Die Vorstellung gefiel ihr. »Danke«, sagte sie. »Das wäre nett.«

Eine Weile später hielt der große Jeep vor Kellys Haus. Dale stellte den Motor ab. »Danke für den schönen Spaziergang«, sagte sie. »Das habe ich schon ewig nicht mehr gemacht.« Sie wandte ihr Gesicht zu Kelly.

»Danke ... für alles«, erwiderte Kelly. »Ohne Sie müsste ich jetzt wahrscheinlich am Strand schlafen, ganz zu schweigen vom College.«

»Aber nein.« Dale schüttelte den Kopf. »Sie hätten schon eine Möglichkeit gefunden.«

»Da bin ich nicht so sicher«, sagte Kelly.

»Ich schon.« Dale lächelte sie zuversichtlich an.

Kelly hatte plötzlich das Gefühl, dieses Lächeln drang in sie ein, erfüllte sie ganz, zog sie zu Dale hin. Als wäre sie eine Marionette, bei der jemand anderer die Fäden bewegte, hob ihre Hand sich ganz von allein und berührte Dales Wange.

Dale erstarrte.

»Dale ...«, flüsterte Kelly. Sie spürte, wie die Sehnsucht größer wurde.

Dale drehte sich langsam wie ein Roboter zu ihr. Ihre Augen tasteten Kellys Gesicht ab, wie sie zuvor die Promenade abgetastet hatten. Auf der Suche nach etwas. Sie beugte sich hinunter, Kelly ließ ihre Hand fallen und lehnte sich zurück, und diesmal berührten Dales Lippen ihre.

Kelly schloss die Augen und fühlte, wie Dales Arm sich um sie legte, sie näher heranzog. Dales Lippen waren sanft, nicht fordernd, wie Kelly es eigentlich erwartet hatte. Dale wirkte immer so kraftvoll, dass Kelly ihr diese Sanftheit gar nicht zugetraut hätte. Sie legte eine Hand in Dales Nacken.

Der Kuss währte so lange, dass Kelly schon dachte, er würde gar nicht mehr aufhören – und sie wünschte es sich. Ihr Körper sehnte sich nach mehr als nur nach Küssen. »Willst du mit hochkommen, auf einen Kaffee?«, hauchte sie, als Dale sich langsam zurückzog, sie nur noch mit ihren Lippen streichelte.

Dale glitt schnell auf ihren Sitz zurück. »Nein, ich – ich kann nicht«, antwortete sie, ohne Kelly anzusehen. »Es hat nichts mit dir zu tun«, fügte sie leise hinzu.

»Oh ... ich ... entschuldige.« Die Peinlichkeit schoss heiß durch Kellys Körper, sie richtete sich auf und vermied es Dale anzusehen, indem sie auf die Fußmatte schaute. Ihre Hand legte sich auf den Türgriff. »Danke fürs Nachhausebringen. Bis Montag dann.« Sie stieß die Tür auf und stieg schnell aus.

Rasch lief sie zum Eingang, schloss auf und schlüpfte hinein, raste die Treppe hinauf. In der Wohnung stürzte sie in ihr Zimmer und warf sich keuchend aufs Bett.

»Was habe ich nur getan?«, flüsterte sie in die Luft. »Was habe ich nur getan?«

Dale Richards hatte sie zurückgewiesen, sie würde ihr nie mehr in die Augen sehen können. Und Montag? Was würde Montag sein?

»Oh mein Gott ...«, flüsterte sie und schlug die Hände vors

Gesicht. »Ich habe mich ihr an den Hals geworfen, sie wollte gar nichts von mir. Sie wird mich hassen.« Sie atmete tief durch. »Nein, schlimmer noch. Sie wird mich verachten. Sie wird denken, dass ich ... dass ich – oh nein!«

Sie nahm die Hände herunter und riss die Augen auf. Das war das Ende. Dale würde sich durch ihren Anblick an der Rezeption gestört fühlen, wenn sie hereinkam. Im besten Fall würde sie sie in irgendein muffiges Loch versetzen lassen, im schlimmsten – Job ade, College ade. Zum zweiten Mal.

»Wieso konnte ich mich nicht beherrschen?« Sie stand auf und ging ins Bad, ließ den Wasserhahn laufen und spritzte sich das Wasser ins Gesicht. *Das hätte ich vorher tun sollen,* dachte sie. *Um mich abzukühlen.*

Sie lehnte sich gegen die Badezimmerwand zurück. Plötzlich schlug sie mit der Hand dagegen, dass es klatschte. »Sie ist der Boss, verdammt, sie ist *mein* Boss! Ich kann doch nicht einfach meinen Boss küssen. Was habe ich mir nur dabei gedacht?«

*Nichts,* fuhr sie gleich darauf in Gedanken fort. *Ich habe gar nicht gedacht. Ich hatte nur ... ich wollte ...*

Was auch immer sie gewollt hatte, am Montag würde sie die Quittung dafür bekommen, davon war sie überzeugt.

## 14

Ms. Bennett? Kommen Sie bitte mit?« Es klang weniger wie eine Frage als wie ein Befehl. Dale rauschte an der Rezeption vorbei, ohne stehenzubleiben und ohne einen Blick darauf zu werfen.

»He, was hast du denn jetzt wieder angestellt?«, fragte Roy feixend. »Bist du Madame auf die Füße getreten?«

Kelly warf ihm einen verärgerten Blick zu und glitt hastig hinter dem Tresen hervor, um Dale zum Aufzug zu folgen. Als sie bei ihr ankam, öffneten sich die Türen.

»Guten Morgen, Ms. Richards«, sagte eine Angestellte, die heraustrat.

Dale antwortete nicht, ging hinein und drückte auf den Knopf. Es gab nur einen für die oberste Etage, dies war der Aufzug für die Chefs.

Kelly schlüpfte hinter Dale hinein, als sich die Türen schon schlossen. Sie sah Dales Gesicht an, dass sie nicht gut gelaunt war. Aber warum sollte sie auch? Wahrscheinlich hatte sie sich das ganze Wochenende über Kelly geärgert, und jetzt war sie kurz davor zu explodieren. Kelly konnte froh sein, wenn es nur mit einer Entlassung abging.

*Sie würde mich schlagen, wenn sie könnte,* dachte Kelly. *Und sie könnte natürlich auch. Sie ist viel stärker als ich. Und bei der Kavallerie.* Wie immer, wenn eine Situation so richtig aussichtslos erschien, fühlte sie jedoch den Widerstand in sich. Sie würde sich nicht unterkriegen lassen. Was sein musste, musste eben sein, aber danach würde es irgendwie weitergehen. Ihr Kopf sperrte die Angst aus und wurde immer kühler, distanzierter. Nichts, was jetzt noch geschah, würde an sie herankommen. Sie würde sich dem Kampf stellen, selbst wenn der Gegner so übermächtig war wie Dale Richards.

Moira stand auf, als Dale mit Kelly im Schlepptau das Vorzimmer betrat, und öffnete den Mund.

»Nicht jetzt, Moira.« Dale schoss fast an ihr vorbei in ihr eigenes Büro.

Moira hob die Augenbrauen und setzte sich wieder.

»Mach die Tür zu.« Dale drehte sich um und schaute Kelly an.

Kelly schloss die Tür und wandte sich dann zu Dale zurück. »Du brauchst nichts zu sagen«, bemerkte sie kühl. »Ich bin entlassen.«

Dales bislang strenge, militärische Haltung wurde durch ein leises Lachen gemildert. »Ich sollte dich nicht mehr in mein Büro kommen lassen. Du denkst jedesmal, dafür gibt es nur einen Grund.«

Kelly hob die Augenbrauen. »Ich weiß, ich habe mich unmöglich benommen, und ich entschuldige mich dafür. Aber das wird wohl kaum reichen.«

»Kaum reichen? Wofür?« Dale setzte sich hinter ihren Schreibtisch.

»Wenn ich an der Rezeption arbeite, wirst du ständig gezwungen, mich anzusehen, wenn du kommst oder gehst«, sagte Kelly. »Und das willst du nicht. Also muss ich da verschwinden. Ich verstehe das.«

»Du hast viele gute Eigenschaften, Kelly«, sagte Dale, »aber eine davon ist eher kontraproduktiv: Du bist viel zu verständnisvoll.« Ihre Mundwinkel zuckten. »Dennoch hast du in einem recht: Du solltest von der Rezeption verschwinden. Darüber habe ich nachgedacht.«

»Und?«, fragte Kelly. »Was ist dabei herausgekommen? Was für eine andere Möglichkeit gibt es denn als Entlassung? Bringen wir es doch hinter uns.«

Dales Mundwinkel hoben sich nun sichtbar. »Ich war mein halbes Leben in der Army«, sagte sie, »aber so eine Kämpferin wie dich habe ich selten gesehen. Du stehst mit dem Rücken zur Wand, aber du gibst nicht auf. Du kämpfst wie eine Löwin.«

»Was bleibt mir anderes übrig?« Kelly zuckte die Schultern. »Am besten, ich gehe sofort. Hat Ms. Dearing meine Papiere schon zur Abholung bei sich liegen?« Sie wandte sich zur Tür.

»Stillgestanden«, befahl Dale.

Kelly drehte sich um. »Ich war nicht wirklich dein Lieutenant, hast du das vergessen?«

»Daran würde ich mich bestimmt erinnern«, sagte Dale und stand auf. »Du denkst also tatsächlich, ich will dich entlassen?«

»Was sonst?«, fragte Kelly.

»Wie wäre es mit ...«, Dales Augenbrauen hoben sich, »befördern?«

Kelly war für einen Moment sprachlos. »Befördern? Wohin?« fragte sie dann. »In ein Büro im Keller ohne Fenster?«

»Ist mein Ruf wirklich so schlecht?«, murmelte Dale. »Zieh die Krallen ein«, sagte sie laut. »Wir sind uns am Wochenende etwas ... hm ... näher gekommen, aber das war genauso meine Schuld wie deine. Wenn man das so sagen will. Auf jeden Fall hat es nichts mit deinem oder meinem Job zu tun, mit unserer beruflichen Beziehung. Verstanden?«

Nur einer von Kellys Mundwinkeln hob sich an. »Ja, Sir«, sagte sie und führte eine Hand salutierend zur Stirn.

Dale schüttelte den Kopf. »Die korrekte Anrede für weibliche Offiziere wie mich ist Ma'am, nicht Sir.« Sie sah Kelly ernst an. »Lass uns bitte vernünftig reden. Ich trage dir nichts nach und du mir hoffentlich auch nicht. Wir streichen das Ganze einfach aus unserem Gedächtnis. Es war ein unglücklicher Zufall, dass wir uns im *Pearl* getroffen haben. Tun wir so, als ob es nicht geschehen wäre. Dieses Gespräch und alles, was zwischen uns ist, ist rein geschäftlich. Es tut mir leid, falls ich einen anderen Eindruck erweckt haben sollte.«

Kelly sagte nichts. Sie fühlte für einen Moment wieder Dales Lippen auf ihren, die sanfte, so süße Berührung. Geschäftlich war das sicher nicht gewesen. Aber wenn Dale es so haben wollte ... Immer noch besser, als wenn sie Kelly beschimpft oder attackiert hätte.

»Bitte, setz dich«, sagte Dale und setzte sich selbst auch. »Ich habe mit Claire Dearing schon mehrmals darüber gesprochen, was wir mit dir machen, wenn du mit dem College fertig bist. Mittlerweile sind wir aber der Ansicht, dass wir nicht so lange warten wollen. Es herrscht ein akuter Mangel an Führungskräften, und eigentlich hast du das letzte Jahr ja schon einmal absolviert. Einer Beförderung steht also nichts im Wege.«

»Ohne Abschluss?«, fragte Kelly verdutzt.

»Den wirst du machen, davon sind wir überzeugt.« Dale schaute sie fragend an. »Bist du bereit, schon jetzt mehr Verantwortung zu übernehmen?«

Kelly sank etwas in dem Stuhl vor Dales Schreibtisch zusammen. Die Spannung verließ sie langsam, und sie fühlte sich auf einmal sehr müde. »Entschuldigung«, sagte sie. »Ich habe wirklich gedacht –«

»Ich habe dir eine Frage gestellt«, unterbrach Dale sie, »und ich erwarte eine Antwort.« Sie klang jetzt wirklich wie ein Offizier, der mit einem Untergebenen sprach.

»Ich – Ja, natürlich.« Kelly richtete sich wieder auf. »Das ist ... ich meine, das wollte ich ja schon immer.«

»Und du bist auch fähig dazu«, sagte Dale, »da sind Claire und ich uns einig. Du brauchst ein bisschen Einarbeitungszeit, aber das kriegen wir hin.«

Kelly nickte. »Wenn das ... wenn das geht«, erwiderte sie verunsichert. Sie fühlte sich ziemlich überfahren.

»Das geht«, sagte Dale fest. »Melde dich bei Claire Dearing. Sie wird dir deine Aufgaben erklären und dich einweisen.«

»Ich ...« Kelly hob den Blick und schaute Dale an. »Es tut mir leid, dass ich so ... scharf war vorhin. Es wird nicht wieder vorkommen. Ich war nur –«

»Ich weiß«, sagte Dale. »Ehrlich gesagt ...«, sie beugte sich mit verschränkten Händen auf ihrem Schreibtisch vor, »war ich vorhin wohl auch nicht sehr nett, das gebe ich zu. Ich hätte gleich sagen sollen, worum es geht, aber du warst so aufgebracht –«

Kelly verzog das Gesicht. »Du sahst aus, als wolltest du mich erschießen.«

»Tatsächlich?« Dale runzelte die Stirn. »Ist mir gar nicht aufgefallen. Das hatte aber nichts mit dir zu tun. Mir sind nur ein paar Dinge im Kopf herumgegangen.«

Kelly atmete tief durch. »Auf jeden Fall bin ich jetzt sehr erleichtert«, sagte sie. »Es stimmt nämlich, was ich gesagt habe: Ich fühle mich hier sehr wohl. Auch wenn ich meine neuen Aufgaben noch nicht kenne, bin ich davon überzeugt, dass sich das auch dann nicht ändern wird. Ich liebe Herausforderungen.« Sie lächelte wieder.

»Gut«, sagte Dale und griff nach einer Akte, die auf ihrem Schreibtisch lag. »Das ist auf jeden Fall eine gute Voraussetzung.« Sie wollte die Akte aufschlagen, zögerte dann jedoch und schaute Kelly an. »Und nimm bitte nichts persönlich, was ich gesagt habe. Es hatte wirklich nichts mit dir zu tun. Ich wollte dich nicht verletzen.«

*Das ist auf keinen Fall geschäftlich,* dachte Kelly. *Das bezieht sich auf Samstag.* Sie schluckte. »Ich weiß nicht, wovon Sie sprechen, Ms. Richards«, sagte sie. »Das muss ich wohl vergessen haben.« Sie stand auf. »Ich gehe dann zu Ms. Dearing.« Auf dem Weg zur Tür drehte sie sich noch einmal um. »Und übrigens, um Ihre Frage zu beantworten: Ja, Ihr Ruf ist wirklich so schlecht.«

Sie schmunzelte etwas und ging dann hinaus.

# 15

Warum haben Sie mir das nicht gesagt?«, wütete Dale und schlug mit der Faust auf den Tisch. »Dann hätte ich die Sicherheitsmaßnahmen verschärft! Wenn so etwas Wertvolles im Haus ist, kann man doch nicht einfach alle Türen offenstehen lassen! – Bildlich gesprochen.«

»Ich dachte, Ihre Sicherheitsmaßnahmen wären in jeder Situation gut genug ... Colonel«, antwortete Lewis Hollingsby mit einem überlegenen Lächeln. »Haben Sie uns das nicht immer versprochen? Oder hat die Armyausbildung dafür nicht gereicht?«

Dale versuchte sich zu beruhigen. Schon jetzt tat ihr ihr Ausbruch leid, aber sie konnte es nicht mehr rückgängig machen. »Wir wissen alle, Lewis«, wandte sie sich mit einem geradezu zuvorkommenden Lächeln an ihren Widersacher, »dass Sie nie in der Army waren und allem, was mit der Army zu tun hat, äußerst ablehnend gegenüberstehen, also ist es auch nicht nötig, mich mit meinem Rang anzusprechen. Ich bin nicht mehr im aktiven Dienst, nur noch in der Reserve.« Sie lehnte sich zurück. »Das hätte eine schöne Blamage werden können«, fuhr sie fort, »wenn sie gefunden hätten, was sie gesucht haben.«

»Womit bewiesen ist, dass Ihre Sicherheitsmaßnahmen doch gut genug waren«, ergänzte Bill McGyver, der als Präsident während der Geschäftsleitungssitzung am Kopfende des überlangen Tisches im Konferenzraum saß, und nickte Dale bestätigend zu.

»Nein.« Dale schüttelte den Kopf. »Dann hätte niemand hereinkommen können. Schon gar nicht, ohne Alarm auszulösen. Es muss ein Leck geben, und das werde ich finden.«

»Warum dauert das so lange?«, fragte Lewis Hollingsby mit einem hinterhältigen Blick.

»Weil ich bislang nicht wusste, worum es ging«, entgegnete Dale ruhig, »und die Polizei auch nicht. Jetzt können wir uns auf eventuelle Interessenten konzentrieren. Das schränkt den Kreis der Verdächtigen ein. Ich bin zuversichtlich, dass das bald zu einem Ergebnis führen wird.«

»Na, wenn *Sie* zuversichtlich sind, was kann uns da noch passieren?«, murmelte Lewis Hollingsby abschätzig.

»Ich denke, das Thema können wir beenden.« Bill McGyver warf einen Blick auf Hollingsby, der ihn verstummen ließ. »Nächster Punkt der Tagesordnung: Personalfragen. Claire?« Er schaute Claire Dearing auffordernd an.

Die Personalchefin atmete tief durch. »Immer noch ein deutlicher Mangel an Führungskräften«, sagte sie. »Besonders im mittleren Management. Ich weiß nicht, wo ich die Leute hernehmen soll. Aber zumindest eine Stelle konnte ich jetzt neu besetzen.« Sie lächelte leicht und warf einen Blick zu Dale. »Allerdings ist das nicht mehr als ein Silberstreifen am Horizont. Kompetentes Personal ist einfach Mangelware. Am liebsten würde ich selbst ein Trainingscenter einrichten, damit die Leute so ausgebildet werden, dass wir sie auch brauchen können.«

»Ist das ein ernsthafter Vorschlag?«, fragte Bill McGyver. »Bringen Sie das als Antrag ein?«

»Das habe ich schon«, sagte Claire Dearing. »Mehrmals.«

Bill McGyver blätterte in seinen Unterlagen. »Stimmt«, sagte er. »Warum stand das nie auf der Tagesordnung? Ich höre davon heute zum ersten Mal.«

Claire warf einen Blick zum Finanzchef. »Budgetprobleme«, sagte sie. »Soviel ich weiß.«

Der Finanzchef warf ihr einen unfreundlichen Blick zu. »Die Kosten-Nutzenanalyse ergibt da kein positives Ergebnis«, sagte er. »Räume, Infrastruktur, Lehrpersonal – das kostet nur und bringt nichts ein.«

Bill McGyver verschränkte die Hände vor sich auf dem Tisch. »Haben Sie mal ausgerechnet, was wichtige nicht besetzte Stellen kosten? Vor allen Dingen, was unsere Reputation bei den Kunden angeht.« Er hob die Augenbrauen und ließ seine Worte auf den Finanzchef wirken. Der schien keine Antwort zu haben. »Ich würde sagen«, fuhr Bill McGyver fort, »wir ziehen Claires Vorschlag in Erwägung und rechnen das mal unter dem Aspekt *Investitionen in die Zukunft* durch.«

Claires Mundwinkel zuckten heftig, als ob sie Mühe hatte, sie zu beherrschen, während die Miene des Finanzchefs eindeutig Unmut zeigte. »Wenn ich den Auftrag von oben kriege, mache ich das«, versprach er ziemlich widerwillig.

»Ich werde den CEO informieren«, sagte Bill. »Ich denke, den Auftrag haben Sie morgen auf dem Tisch. Und dann hätte ich gern, dass Sie und Claire das gemeinsam ausarbeiten.«

Diesmal zeigten sowohl Claires als auch die Miene des Finanzchefs keine große Begeisterung. »Ich möchte die Finanzabteilung nicht damit belasten«, sagte Claire. »Ich habe das schon durchgerechnet, das muss nur noch vom CEO genehmigt werden.«

»Sie kennen den CEO«, sagte Bill. »Er will das vom Finanzchef bestätigt haben. Da führt kein Weg dran vorbei. Sie werden das schon schaffen.« Er nickte beiden aufmunternd zu.

Claire verzog das Gesicht und schaute zu Dale. Dale zuckte die Schultern.

»Das hat mir gerade noch gefehlt!«, schimpfte Claire, als sie mit Dale zusammen nach der Sitzung den Konferenzraum verließ. »Ich und Preston!«

»Man sollte nicht meinen, dass ihr mal miteinander geschlafen habt«, entgegnete Dale leicht lächelnd.

»Eben deshalb!«, fuhr Claire auf. »Ich *kann* nicht mehr und ich *will* nicht mehr mit ihm! Noch nicht mal geschäftlich.«

»Das wird sich aber schlecht vermeiden lassen«, sagte Dale, »wo ihr beide in verantwortlichen Positionen in derselben Firma arbeitet.«

»Bei dir und mir geht es doch auch«, sagte Claire.

Dale hob die Augenbrauen. »Das ist wohl kaum dasselbe. Wir hatten keine ... Affäre.«

»Ich dachte auch nicht, dass das mit Preston eine Affäre wäre«, erwiderte Claire wütend. »Ich dachte, es wäre –« Sie schüttelte den Kopf. »Ein Jahr lang hat er mich belogen, der Schuft. Wollte seine Frau verlassen, die Scheidung liefe schon ... Pah! Und zum Schluss ... ist er zu ihr zurückgekrochen wie ein geprügelter Hund.«

»Du hättest vielleicht seine Frau fragen sollen«, sagte Dale.

»Würdest du das tun?« Claire starrte sie an.

»Ich habe das Problem nicht«, sagte Dale. »Aber wahrscheinlich nicht, du hast recht.«

»Was ist eigentlich mit der kleinen Bennett?«

»Was?« Dale zuckte zusammen.

»Wieso wolltest du, dass sie so schnell befördert wird?«, fragte Claire.

»Wir haben doch darüber gesprochen«, sagte Dale. »Du warst auch der Meinung –«

»– dass sie Potential hat«, stimmte Claire zu. »Aber auf den Collegeabschluss hätte ich trotzdem noch gewartet. So ist das eine ziemlich aufwendige Prozedur.«

»Du bist es doch, die ständig über zu wenig geeignete Bewerber für das mittlere Management jammert«, sagte Dale.

»Ich jammere nicht, ich stelle nur fest«, sagte Claire. »Und ich bin ja auch froh, dass ich die Stelle besetzen konnte. Aber so holterdipolter hätte das jetzt wirklich nicht sein müssen. Am Freitag weiß ich noch von nichts, und Montag früh rufst zu mich an und sagst mir, ich soll alles fertigmachen.«

»Ich habe am Wochenende darüber nachgedacht«, sagte Dale. »Und ich bin zu dem Schluss gekommen, es wäre das beste.«

»Warum nimmst du sie nicht in deine Abteilung«, fragte Claire, »wenn dir so viel an ihr liegt? Du hast schließlich auch noch eine Stelle zu besetzen.«

»Sie ist keine Sicherheitskraft«, sagte Dale. »Sie ist mehr der . . . intellektuelle Typ.«

»Na gut«, sagte Claire. »Wenn das mit dem Trainingscenter durchkommt, habe ich genau die richtige Aufgabe für sie. Bis dahin ist sie eingearbeitet und kann selbständig ein Projekt übernehmen.«

Dale lächelte. »Ich glaube, das wird ihr gefallen.«

»Woher kennst du sie eigentlich so gut?«, fragte Claire etwas misstrauisch. »Du weißt, ich kann diese Vetternwirtschaft nicht leiden. Wenn du sie nur protegierst, weil du mit ihr schläfst –«

»Nein.« Dale unterbrach sie und blieb stehen. »So ist es nicht. Ich gebe dir mein Wort.«

»Okay.« Claire nickte. »Einem Offiziersehrenwort habe ich nicht viel entgegenzusetzen.« Sie lächelte. »Aber du magst sie, hm?« Als Dale nicht antwortete, fuhr sie fort: »Ich mag sie auch. Sie hat etwas sehr Sympathisches. Ich glaube, sie ist ein großer Gewinn für uns.«

Dale atmete tief durch. »Das glaube ich auch«, sagte sie.

»Und Claire ...«

Claire schaute sie fragend an.

»Ich protegiere sie nicht. Sie ist wirklich gut. Sie hat es verdient.«

Claire lächelte. »Wenn ich das nicht auch glauben würde, hätte ich sie gar nicht erst eingestellt«, sagte sie.

## 16

Kelly? Kommen Sie mal?« Claire Dearing steckte den Kopf zur Tür von Kellys Büro hinein.

»Ja, sofort.« Kelly stand auf und ging in Claires Büro hinüber.

»Das Trainingscenter ist durch«, sagte Claire, und ihr Lachen lief fast von einem Ohr zum anderen. »Obwohl der liebe Preston sich mit Händen und Füßen gewehrt hat. Aber jetzt kommen erst die richtigen Probleme auf uns zu. Sie kennen ja die Basis-Anforderungen, die wir festgelegt haben. Können Sie sich darum kümmern?«

»Ja, natürlich«, sagte Kelly. »Das wichtigste wird wohl die Ausstattung der Räume sein.«

»Genau.« Claire nickte. »Ach, und schließen Sie sich mit Ms. Richards kurz, sie ist für die Sicherheitsausbildung verantwortlich. Eventuell kann man da was zusammenlegen. Das wird die Budgetheinis freuen.«

»Ms. Richards?« Kelly schluckte.

»Ja, Sie kennen sich doch schon von der Sicherheitsüberprüfung«, sagte Claire. »Ist das ein Problem?«

*Nicht aufgrund der Sicherheitsüberprüfung,* dachte Kelly. »Nein«, sagte sie. »Kein Problem.«

»Kann ich Ms. Richards sprechen, bitte?«, fragte sie kurz darauf Moira am Telefon.

»Sie ist gerade in einer Sitzung«, erwiderte Moira. »Kann ich ihr etwas ausrichten?«

Kelly zögerte. Es wäre so einfach gewesen ... »Nein«, sagte

sie. »Ich glaube, ich muss mit ihr selbst sprechen. Es geht um das neue Trainingscenter. Ms. Dearing meinte, Ms. Richards wäre vielleicht daran interessiert, einen Teil der Sicherheitsausbildung dorthin zu verlegen.«

»Dann gebe ich Ihnen einen Termin«, sagte Moira. Sie schien kurz den Kalender zu überprüfen. »Heute Nachmittag um zwei?«

*So schnell schon?* Kelly fühlte sich überfahren, aber ganz sicher war es in Claires Sinne und natürlich im Sinne der Firma, wenn sie möglichst bald mit Dale sprach und den Trainingsbedarf für ihre Abteilung abklärte. Sie räusperte sich. »Ja. Ja, das wäre mir sehr recht. Ich komme dann um zwei rüber.« Sie legte auf.

Für einen langen Augenblick saß sie da und starrte in die Luft, dann entrang sich ein Seufzer ihrer Kehle und sie fuhr sich durch die Haare.

Sie hatte Dale seit fast zwei Monaten nicht gesehen, jedenfalls nicht wirklich, höchstens einmal von weitem, wenn sie beide in verschiedene Richtungen liefen. Begegnet waren sie sich nie, nicht einmal zufällig im Aufzug.

Was allerdings auch nicht so sehr verwunderlich war, denn Kelly fuhr mit dem Aufzug für die normalen Angestellten, Dale mit dem für die Bosse. Es schien, als hätten ihre Leben sich seit ihrem letzten Gespräch total getrennt – obwohl sie natürlich nie miteinander verbunden gewesen waren.

Warum musste sie dann wieder an diesen Kuss denken? Da war – wenn auch nur kurz – eine Verbindung dagewesen. Nicht nur eine Verbindung ihrer Lippen, es war ein Gefühl von Wärme gewesen, das den ganzen Körper durchzog, aber trotzdem nicht nur körperlich war.

Ach, was bildete sie sich da ein? Dale hatte bei ihrem nächsten Gespräch dann ziemlich deutlich darauf hingewiesen, dass sie kein Interesse hatte, nie gehabt hatte. Sie hatte sich wohl nur kurz zu etwas hinreißen lassen, das sie eigentlich nicht wollte.

Was für eine vertrackte Situation. Aber wie hatte Dale so schön gesagt? Ihre Beziehung war rein beruflich. Und darum ging es bei diesem Gespräch heute. Um nichts anderes.

»Ms. Bennett für Sie, Ms. Richards«, verkündete Moira fast fröhlich, während sie den Kopf zur Tür von Dales Büro hineinsteckte. »Sie ist Ihr Termin für zwei.«

*Merkwürdige Formulierung,* dachte Kelly. *Hört sich eher an wie eine Verabredung.*

Dale antwortete, aber es war nicht zu verstehen. Moira schob die Tür auf und trat zur Seite. »Sie erwartet Sie.«

Kelly betrat zögernd den Raum. »Hallo«, sagte sie und warf einen etwas entschuldigenden Blick auf Dale, die am Schreibtisch saß. »Ich hoffe, Moira hat mich jetzt nicht irgendwie dazwischengequetscht. So dringend war es eigentlich nicht.«

»Um was geht es?«, fragte Dale und schaute sie ziemlich unbeteiligt an.

»Um das Trainingscenter.« Kelly trat zu Dales Schreibtisch vor, der wie ein Burggraben zwischen Dale und ihr jede weitere Annäherung zu verbieten schien. »Claire meinte, du hättest vielleicht Interesse.«

Dale runzelte die Stirn. »Interesse? Woran?«

»Wegen der Sicherheitsausbildung«, erklärte Kelly. Sie stand immer noch. Dale hatte ihr keinen Platz angeboten, und Kelly fragte sich, ob das bedeuten sollte, dass Dale diesen Termin so kurz wie möglich halten wollte. »Vielleicht wäre es kostengünstiger, Teile der Ausbildung im Trainingscenter ablaufen zu lassen.«

»Der größte Teil der Ausbildung ist körperliches Training«, sagte Dale und stand auf, als wollte sie Kelly zeigen, wie gut ihr Körper trainiert war. »Selbstverteidigung, Angriffstechniken, Fitness, Krafttraining und Beweglichkeit.«

»Ich weiß«, sagte Kelly und lächelte leicht. Bei dieser Beschreibung musste sie wieder an den Vorfall auf dem Supermarktparkplatz denken, bei dem Dale all das eingesetzt hatte. »Aber es gibt doch sicher auch einen theoretischen Teil, oder ... nicht?« Sie blickte etwas unsicher fragend. In der Tat wusste sie nichts über das Konzept von Dales Sicherheitsausbildung. Niemand wusste etwas darüber außer denjenigen, die die Ausbildung absolviert hatten.

»Waffentechnik«, sagte Dale, »ist zum Teil auch theoretisch. Und die Vorschriften und Bestimmungen, die ich erlassen habe, damit die Sicherheit des Gebäudes gewährleistet ist. Außerdem gehört auch die IT-Sicherheit dazu. Das fängt schon damit an, dass man sein Passwort nicht für jeden, der vorbeikommt, sichtbar an den PC klebt.« Sie seufzte.

»Das wäre doch auf jeden Fall ein Punkt«, sagte Kelly. »Eine standardisierte IT-Sicherheitsausbildung im Trainingscenter. Könnte ich mir gut vorstellen.«

Dale musterte sie einen langen Augenblick. »Bislang lag das in den Händen der Abteilungsleiter. Bei der Einführung der Mitarbeiter. Aber ich bin auch der Meinung, dass das standardisiert werden sollte. Es ist bisher vor allem daran gescheitert, dass ich keine Zeit habe, so einen Standard festzulegen. Ich verstehe nicht genug von IT, ich müsste mich da erst einarbeiten.«

»Ich bin in der Beziehung ziemlich fit vom College«, sagte Kelly. »Vielleicht könnte ich ja –« Sie brach ab. »Oh, entschuldige, das ist dein Bereich, ich wollte mich nicht in deine Zuständigkeit einmischen.«

Dales Mundwinkel hoben sich leicht. »Tust du nicht«, sagte sie. »Ich wäre froh, wenn du mir da Vorschläge machen könntest. Sofern Claire damit einverstanden ist, dich mir zu diesem Zweck quasi auszuleihen.«

Kelly spürte, wie Dales Anziehungskraft auf sie wirkte. Je länger sie mit ihr im selben Raum war, desto mehr kehrten die Gefühle zurück, die sie zwischenzeitlich schon für verschwunden gehalten hatte. Sie versuchte gegen die Empfindungen anzugehen. »Ich denke ...«, sie räusperte sich, »ich denke, Claire wird nichts dagegen haben. Die Bereiche überschneiden sich ja auch.«

»Richtig«, sagte Dale. Sie lächelte zurückhaltend. »Ich höre nur Gutes von dir. Du scheinst dich bei Claire sehr wohlzufühlen.«

Kelly spürte für einen Moment ein verlegenes Ziehen. Claire sprach mit Dale über sie? »Sie ist eine sehr angenehme Chefin«, antwortete sie. »Sie macht es einem leicht, sich wohlzufühlen.«

»Ja«, sagte Dale. »Das stimmt.« Sie schaute Kelly an, als ob sie noch etwas hinzufügen wollte, dann jedoch machte sie einen Schritt zu ihrer Sitzecke hin und forderte Kelly mit einem Blick auf ihr zu folgen. »Kaffee?«

Kellys Mundwinkel zuckten. »Nein, danke. Ich hatte schon viel zu viel Kaffee heute.«

»Gut.« Dale nickte. »Dann erzähl mir doch mal, wie du dir das mit dem Trainingscenter vorstellst.« Sie setzte sich in einen großen, bequemen Sessel und wies mit der Hand auf den Sessel, der ihrem gegenüberstand.

Kelly legte den Ordner, den sie die ganze Zeit im Arm gehalten hatte, vor sich auf den Tisch, als sie sich setzte. »Es ist Claires Projekt. Ich helfe ihr nur dabei.«

Dale lächelte leicht. »Claire sagt, ohne dich hätte sie das Projekt überhaupt nicht starten können.«

Kelly runzelte die Stirn. »Wie es scheint, habt ihr nichts anderes zu tun, als über mich zu reden.« Im nächsten Moment biss sie sich auf die Zunge. »Ich muss mich schon wieder entschuldigen. Ich wollte nicht respektlos sein.« Sie blickte zur Seite.

Dale lehnte sich in ihrem Sessel zurück und schlug die Beine übereinander. »Weißt du«, sagte sie, »du warst zwar nie mein Lieutenant, aber du erinnerst mich an einen, den ich mal hatte.«

»Wieso?« Kelly hob die Augenbrauen.

»Sie war sehr begabt, aber sie konnte es überhaupt nicht leiden, wenn man ihr Dinge verschwieg.«

»Das kann wohl niemand leiden.« Kelly verzog leicht die Mundwinkel.

»Die einen mehr, die anderen weniger.« Dale schaute Kelly ernst an. »Claire und ich sind sehr oft bei Vorstandssitzungen zusammen. Da kommt es vor, dass wir über die verschiedensten Dinge sprechen. Über Sicherheitsfragen ebenso wie über Personalfragen. Das ist nichts Besonderes.«

»Bitte vergiss es.« Kelly wirkte verlegen. »Ich glaube, ich mache mal wieder aus einer Mücke einen Elefanten.«

»Nein, du hast recht. Du solltest es auf jeden Fall wissen. Deshalb habe ich es ja auch erwähnt.« Dale verschränkte die Arme. »Was die IT-Sicherheitsausbildung betrifft ... da habe ich schon einige Vorschriften erlassen, doch sie werden oft nicht umgesetzt. Ich kann ja nicht überall zugleich sein. Die meisten Leute sind sich anscheinend der Wichtigkeit nicht bewusst.«

Kelly nickte. »Das ist auf jeden Fall mangelnde Ausbildung. Man kann für vieles teure technische Lösungen anschaffen, aber das größte Sicherheitsrisiko bleibt immer der Mensch.«

Dale hob leicht erstaunt die Augenbrauen. »Vielleicht sollte ich beantragen, dass du in die Sicherheitsabteilung versetzt wirst.«

Kelly schüttelte den Kopf. »Das ist doch nur gesunder Menschenverstand.«

»Woran es den meisten mangelt.« Dale lächelte auf eine Art, die Kelly unsicher machte.

Kelly räusperte sich. »Ich könnte ein Ausbildungsmodul entwerfen, in dem auf die Sicherheitsrisiken bezüglich der Benutzung von Computern am Arbeitsplatz hingewiesen wird.«

Dale seufzte. »Hinweise reichen wohl kaum. Leider kann man so etwas nicht so trainieren wie körperliche Fähigkeiten, wo man die Abläufe so oft wiederholt, bis sie die Muskeln fast ganz von allein ausführen.«

»Doch, ich denke schon«, erwiderte Kelly. »Wiederholung ist bei jeder Art von Ausbildung ein ganz entscheidender Punkt. Ich lese Dinge fürs College auch nicht nur einmal.«

Dale lächelte erneut leise. »Obwohl das bestimmt meistens reichen würde.«

Kelly zuckte die Schultern. »Davon bin ich nicht so überzeugt.«

»Ich nehme an, du kennst die Vorschriften, die ich erlassen habe«, sagte Dale. »Wie wäre es, wenn du einen Entwurf für die entsprechende Ausbildung machen und mir den dann vorlegen würdest? Dann kann ich besser beurteilen, ob es das ist, was ich möchte.«

»In Ordnung.« Kelly nickte. Sie schien unschlüssig, was sie tun sollte. Dann räusperte sie sich. »Dale?« Da Dale sie nur fragend anschaute, fuhr sie fort: »Ich möchte gern … nicht, dass du denkst, dass ich …«

Dale unterbrach sie mit einer Handbewegung. »Darüber haben wir doch schon gesprochen. Das ist erledigt.«

»Ich will nur nicht, dass du denkst –«

»Ich denke gar nichts.« Dale unterbrach sie erneut. »Wir haben glaube ich sonst nichts mehr zu besprechen im Moment.«

Sie stand auf und schaute wieder genauso unbeteiligt wie am Anfang auf Kelly hinunter. »Oder?«

»Nein, ich glaube nicht.« Kelly griff nach ihrem Ordner und stand auf. »Dann ... gehe ich wohl besser und fange mit dem Entwurf an.«

Dale nickte. »Melde dich bei mir, wenn du soweit bist.«

»Hm.« Kelly nickte bestätigend und ging zur Tür. Dort drehte sie sich noch einmal um und warf einen Blick auf Dale zurück, die aufrecht dastand und sie ansah. Als Dale Kellys Blick bemerkte, wandte sie sich ab und ging zu ihrem Schreibtisch. Kelly öffnete die Tür und trat hinaus in Moiras Vorzimmer.

Moira saß an ihrem Schreibtisch und blickte auf. »Brauchen Sie einen neuen Termin?«

Kelly schüttelte den Kopf. »Noch nicht. Ich melde mich dann.«

»Alles klar.« Moira griff nach dem Telefon und wählte eine Nummer. »Mr. McGyver für Ms. Richards, bitte.« Sie hörte kurz zu. »Ist gut, ich warte.«

Als Kelly sich den Gang hinunter entfernte, hörte sie hinter sich Moiras immer leiser werdende Stimme: »Einen Moment, bitte, Mr. McGyver, ich verbinde. – Ms. Richards, Mr. McGyver für Sie auf Leitung eins.«

*Business as usual,* dachte Kelly. *Warum war ich nur so aufgeregt? Ich war nur einer ihrer vielen Termine.*

Sie hatte Dale sagen wollen, dass sie keine Vorteile für ihre berufliche Karriere von Dale erwartete, nur weil sie sich an jenem Abend ein wenig näher gekommen waren. Und kurz hatte sie während ihres Gesprächs den Eindruck gehabt, dass ihre Beziehung vielleicht doch nicht nur beruflich war. Am Ende hatte sich dieser Eindruck jedoch wieder völlig in Luft aufgelöst. Dale war viel zu beschäftigt, um sich mit kleinen Angestellten wie Kelly abzugeben.

Während Kelly am Anfang gedacht hatte, dass Claire und Dale aus Interesse über sie sprachen, Dales Interesse, kam es ihr jetzt so vor, als ob sie nur eine auf einer langen Liste war, die abgehakt wurde. Sie sah Dale richtig vor sich, mit gerunzelter Stirn: »Wer? Kelly Bennett? Ach, den Namen hatte ich schon fast vergessen, wer war das noch mal?«

Warum sollte sie einer solchen Begegnung auch viel Bedeutung beimessen? Wo sie die Rothaarige hatte? Und bestimmt noch viele andere wie sie. So ein gut trainierter Körper wie Dales konnte bestimmt eine ganze Menge Frauen glücklich machen.

Die Erinnerung an Dales Körper ließ Kellys Wangen plötzlich warm werden. Sie hatten nicht mehr miteinander geteilt als einen Kuss, und trotzdem erinnerte sie sich an diesen kräftigen Arm, der sie zuerst sanft berührt und dann herangezogen hatte, bis sie Dales Brüste auf ihren spürte, diese erstaunliche Weichheit, trotz der athletischen Figur.

*Was für ein Unsinn.* Kelly versuchte sich zusammenzureißen. *Es war nur ein Kuss. Ich interpretiere da viel zu viel hinein. Dale tut das offensichtlich nicht. Sie will nicht mehr daran erinnert werden.*

Sie musste sich jetzt auf die Arbeit konzentrieren. Die Zusammenarbeit mit Dale würde sich auf ein paar wenige Treffen beschränken, so wenige wie möglich wahrscheinlich, wenn es nach Dale ging.

Es gab schließlich auch noch andere Leute, mit denen sie wegen des Trainingscenters sprechen musste, nicht nur Dale.

## 17

Moira runzelte ein wenig die Stirn und schaute Dale fragend an. »Ist irgendwas, Boss?«

»Hm, was?« Dale starrte auf Moira, als wäre sie gerade aus der Luft aufgetaucht. »Nein. Nein, gar nichts.«

»Sie sehen so nachdenklich aus«, sagte Moira. »Schlechte Nachrichten von Mr. McGyver?«

»Bill? Nein.« Dale schüttelte den Kopf. »Mit ihm läuft es prima. Nur dieser merkwürdige Einbruch ist immer noch nicht aufgeklärt. Das macht uns allen Sorge.«

»Ach, deshalb«, erwiderte Moira. »Ja, komische Sache. Dass da immer noch nichts bei den Ermittlungen rausgekommen ist . . . Vor allen Dingen auch Ihren eigenen.«

»Ja.« Dale verzog unzufrieden das Gesicht. »Ich habe das Gefühl, da ist etwas, aber ich sehe es einfach nicht. Als ob ich fast darüber stolpern würde und es trotzdem nicht erkennen könnte.«

»Vielleicht war es wirklich nur ein kleiner Ganove, der sich übernommen hat«, sagte Moira.

Sie wollte Dale beruhigen. Sie kannte ihre Chefin und wusste, dass sie sich in etwas verbeißen konnte wie ein Terrier. Und das verbesserte ihre Laune nicht. Was dann wiederum Moira zu spüren bekam, auch wenn sie damit umgehen konnte. Im Gegensatz zu den meisten anderen in der Firma wusste Moira, dass Dale nur in Ausnahmefällen biss und sonst nur bellte. Das brauchte sie, um sich abzureagieren.

»Nein.« Dale schüttelte erneut den Kopf. »Er ist absolut nicht der Typ, der so etwas auf eigene Faust macht. Sein ganzes Strafregister zeigt das. Er handelt immer nur im Auftrag. Er ist ein Dieb, aber kein Denker. Da steckt jemand anderer dahinter.«

»Ach, übrigens ...«, fiel Moira ein. »Ms. O'Reilly hat angerufen, während Sie im Gespräch waren. Sie sollen sie zurückrufen.«

»Was?« Dale sah äußerst erstaunt aus. »Davon träumt sie ja wohl.«

»Wahrscheinlich«, sagte Moira. Ihre Lippen zuckten. »Aber ausrichten musste ich es ja.«

»Wenn sie noch einmal anruft, sagen Sie ihr, ich bin beschäftigt«, befahl Dale scharf.

»Das tue ich jedes Mal«, antwortete Moira, »aber sie glaubt es nicht. Noch nicht mal, wenn es wahr ist.«

»Soll sie doch.« Dale konzentrierte sich wieder auf den Bericht auf ihrem Schreibtisch. »Interessiert mich nicht.«

»Ich glaube, das weiß sie«, sagte Moira im Hinausgehen. »Deshalb ruft sie so oft an.«

Dale blickte ihr hinterher und musste leise schmunzeln. Schade, dass Moira damals Urlaub gehabt hatte, als Megan das erste Mal hier erschienen war. Sie hätte Megan bestimmt nicht zu Dale hereingelassen. Mrs. Alvarez war da etwas überfordert gewesen.

Sie lehnte sich zurück und verschränkte die Hände hinter dem

Kopf. Die ganze Zeit, während sie mit Bill telefoniert hatte, hatte sie an Kelly gedacht.

Sie hatte Kelly ab und zu beobachtet, weil es zu auffällig gewesen wäre, Claire ständig nach ihr zu fragen. Kelly war oft so in die Arbeit versunken oder in das Gespräch mit Kollegen, dass sie Dale, die von weitem zuschaute, gar nicht bemerkt hatte.

Jeder, der Kelly auf dem Gang oder sonst irgendwo traf, grüßte sie freundlich, freute sich, sie zu sehen. Alle mochten sie.

War ja auch kein Wunder, dachte Dale. Kelly war zu allen liebenswürdig und nett, sie half, wann immer sie gebraucht wurde, und niemals schien sie auf jemand böse zu sein oder sich mit ihm zu streiten. Sie hatte ein ausgesprochen liebenswertes Naturell.

Liebenswert. Ja, das war sie. Dale atmete tief durch. Viel zu nett eigentlich für diese Welt. Viel zu nett für sie, Dale.

Aber das stand ja auch überhaupt nicht zur Debatte. Sie hatte Claire ihr Wort gegeben, und das würde sie niemals brechen.

»Moira? Verbinden Sie mich doch bitte mit Ms. Dearing«, rief sie zur Tür hinaus. »Und wenn sie nicht da ist, soll ihre Sekretärin ihr ausrichten, mich zurückzurufen.«

»Mach ich.« Moiras Stimme fing sich im Türrahmen und drang nur gedämpft zu Dale herein.

Dales Gesichtsausdruck wurde erneut nachdenklich. Dieser verdammte Einbruch. Es kratzte an ihrer Ehre, dass sie darüber immer noch nichts herausgefunden hatte. Sie und Jimbo unterhielten sich fast täglich darüber und kamen doch nicht weiter.

Es war eindeutig eine Profiarbeit. Keine Spuren gewaltsamen Eindringens, nicht einmal ein zerkratztes Schloss. Und dann diese aufgebrochenen Schreibtische. Das passte nicht zusammen. So arbeiteten nur Amateure. Als ob die Absicht gewesen wäre, vom tatsächlichen Ziel des Einbruchs abzulenken. Schreibtische statt Safe.

Mittlerweile war Dale der Ansicht, dass noch ein zweiter Mann im Haus gewesen sein musste. Während der eine die Schreibtische aufgebrochen hatte, um eine falsche Spur zu legen, hatte der zweite nach dem Safe gesucht, dem eigentlichen Ziel. Denn im Safe waren die Pläne für eine bahnbrechende Erfindung. Oder sie hätten dort sein sollen.

Dale biss die Zähne zusammen. Und niemand hatte ihr etwas davon gesagt. Obwohl sie für die Sicherheit zuständig war. Das war nur Lewis Hollingsby zu verdanken. Seit dem ersten Tag wollte er ihr an den Karren fahren. Statt ihr von den Plänen zu erzählen, hatte er sie in seinem privaten Safe verwahrt. Bei sich zu Hause. Gut, dass das die Einbrecher nicht gewusst hatten. Denn Hollingsbys Haus hätten sie mit einer Haarnadel geknackt. Dort waren die Sicherheitsvorkehrungen gleich null.

Nun waren die Pläne wieder dort, wo sie bis kurz vor dem Einbruch gewesen waren: in der Firma. Und diesmal wusste Dale davon und hatte entsprechende Maßnahmen treffen können. Hollingsby konnte sie jedenfalls nicht mehr so einfach mit nach Hause nehmen.

Das löste aber das grundsätzliche Problem nicht: Wie waren die Einbrecher hereingekommen, ohne dass es irgendjemand bemerkt hatte oder Alarm ausgelöst wurde? Und konnten sie es wieder tun?

## 18

Arbeitest du an deinem Sixpack?«

Dale sah über der Stange mit den Gewichten, die sie hielt, ein Gesicht auftauchen. Sie stemmte die Stange erneut hoch. »Was tust du hier?«

Megan wirkte nicht so, als wäre sie zum Trainieren gekommen. Ihre hochhackigen Schuhe deuteten jedenfalls nicht darauf hin. Sie beugte sich zu Dale hinunter. »Ich suche dich. Woanders bist du ja anscheinend nicht zu erreichen.«

»Ich habe viel zu tun«, sagte Dale.

»O ja.« Megan ließ sich neben ihr elegant auf einer anderen Trainingsbank nieder. »Das erklärt mir deine Sekretärin immer wieder.«

»Und deshalb tauchst du jetzt hier auf?« Dale legte die Stange auf dem Ständer über ihrem Kopf ab.

Megan zuckte die Schultern. »Ich habe es bei dir zu Hause versucht, aber dein Apartmenthaus ist ja besser bewacht als Fort Knox. Hast du das so eingerichtet?« Sie lächelte leicht.

»Nein.« Dale richtete sich auf. »Das war schon so, als ich dort einzog.«

Megan verzog angelegentlich die Lippen. »Sexy«, sagte sie, während ihr Blick über Dales Brüste unter dem Muskelshirt glitt.

»Ich bin total verschwitzt.« Dale erhob sich von der Hantelbank und ging zur Beinpresse hinüber.

Megans Lippen verzogen sich noch mehr. »So mag ich dich am liebsten.« Sie folgte Dale und legte ihre Hand auf Dales Bauch. »Hmm«, machte sie. »Wirklich Sixpack.«

»Lass das.« Dale schob ihre Hand weg und justierte die Gewichte. »Sag, was du zu sagen hast, und dann geh. Ich brauche keine Zuschauer bei meinem Workout.«

»Würde sich aber lohnen«, sagte Megan. Erneut glitt ihr Blick über Dales perfekt trainierte Gestalt. »Sehr sogar.«

»Megan ...« Dale verdrehte die Augen. »Ich habe jetzt wirklich keine Zeit für dich.«

»Wann dann?«, fragte Megan. »Ich bin flexibel.«

Dale setzte sich in die Trainingsmaschine und warf kurz einen Blick auf Megan. »Das weiß ich.«

»Und?« Megan stellte sich so nah neben Dale, dass ihre Hüfte Dales Schulter berührte. »Du musst deine Kraft doch auch mal sinnvoll einsetzen. Wozu trainierst du sonst?«

»Um vorbereitet zu sein. Für den Notfall«, sagte Dale. Die kräftigen Muskeln ihrer Beine schoben das Gewicht von sich weg und zeigten dabei jeden einzeln angespannten Strang unter der Haut.

»Ich *bin* ein Notfall.« Megan beugte sich über sie, so dass ihre Brust Dales Gesicht streifte. »Denkst du nicht?«

Dale ließ das Gewicht zurücksinken. »In gewisser Weise bist du das.« Sie verharrte einen Moment. »Bitte, Megan, hör auf«, fuhr sie dann fort. »Ich kann das jetzt wirklich nicht brauchen.«

»Ich weiß genau, was du brauchst.« Megans Gesicht schwebte nah über Dales, und im nächsten Moment glitt ihre Hand zwischen Dales Beine.

Dale zuckte zusammen. »Megan … du kompromittierst mich. Lass das.«

»Ich kompromittiere dich?« Megan lachte leise auf. »Dann halt mich doch auf. Das sollte mit deinen Muskeln kein Problem sein.«

»Ich schlage keine Frauen«, entgegnete Dale. »Normalerweise.« Ihre Hände griffen wie Stahlklammern nach Megans Armen. »Aber ich könnte darüber nachdenken.«

Dales harter Griff schien Megan nicht zu stören. »Du bist wahnsinnig stark«, flüsterte sie, während sie Dales Augen mit ihren eigenen festhielt. »Ich will, dass du mir zeigst, wie stark du bist. Nachher.«

»Das hier ist ein Privatclub«, erwiderte Dale leise, aber bedrohlich. »Ich weiß nicht, wie du hier reingekommen bist, aber ich könnte dich rauswerfen lassen.« Sie ließ Megans Arme los und stieß sie leicht von sich weg.

Megans Mundwinkel verzogen sich amüsiert. »Könntest du nicht. Jedenfalls nicht so leicht. Ich habe auch eine Mitgliedskarte.«

Dales Blick zeigte Erstaunen. »Du trainierst doch nicht.« Sie musterte Megans weiblich wohlgeformte, aber zweifellos nicht übermäßig muskulöse Arme und Beine. »Ich habe dich noch nie hier gesehen.«

»Nun ja, ich bin noch nicht lange Mitglied«, gab Megan zu, »aber ich bin es. Der einfachste Weg, ohne große Diskussionen hier hereinzukommen.«

Dale hob die Augenbrauen. »Du weißt, wie hoch der Jahresbeitrag ist? Lohnt sich das denn überhaupt, wenn du gar nicht trainierst?«

»Geld spielt keine Rolle«, behauptete Megan wegwerfend. Ihr Gesichtsausdruck wurde süßlich. »Manches ist den hohen Einsatz eben wert.« Sie beugte sich erneut zu Dale.

Dale stand auf und verließ das Trainingsgerät. »Anscheinend kann ich heute nicht zu Ende trainieren. Dann gehe ich jetzt duschen.« Sie wandte sich ab.

»Ich begleite dich«, sagte Megan. »Dann können wir uns noch ein bisschen unterhalten.«

»Ganz – sicher – nicht«, erwiderte Dale sehr akzentuiert und drehte sich zu Megan zurück. »Du bleibst hier oder du verlässt den Club. Das überlasse ich dir. Aber die Dusche ist *off limits* für dich.«

Megan trat trotzdem auf sie zu. »Du bist nicht mehr beim Militär – und ich war es noch nie.« Der letzte Schritt brachte sie ganz nah an Dale heran. »Also gibt es kein *off limits*. Für uns beide nicht.« Sie lehnte sich vor, so dass ihre Brüste Dale berührten.

Dale machte einen Schritt zurück, und Megan fiel fast um, weil sie ihr Gewicht so weit nach vorn verlagert hatte. »Ich warne dich«, sagte Dale. »Es gibt gesetzliche Mittel gegen Leute, die andere Leute stalken.«

»Stalken?« Megan lachte hell auf. »Du nennst das Stalking? Nur weil ich dir . . . nahe sein will? Weil ich . . . nun ja . . .«, sie strich mit einer Hand über Dales Arm, »weil ich dummerweise eine ganze Menge für dich übrig habe? Bist du wirklich so grausam?« Ihre Augen, die sie zu Dale aufschlug, hätten himmelblau und unschuldig sein müssen, um ihrem Gesichtsausdruck zu entsprechen, aber sie waren weder das eine noch das andere.

»Du kannst ja auf mich warten«, sagte Dale. »Dann gehen wir zusammen essen. Aber mehr nicht. Hast du das verstanden?« Sie durchbohrte Megan fast mit ihrem Blick.

»Verstanden, Sir, Colonel Richards, Sir«, erwiderte Megan gespielt militärisch mit einer Handbewegung zur Stirn, die wohl zackig aussehen sollte. Aber das lag nicht in Megans Natur. Es sah mehr aus, als winkte sie nach einem Taxi.

»Die richtige Anrede ist – Ach, was soll's?« Dale winkte ab und ging mit langen Schritten zur Dusche davon.

## 19

Verdammt, Jimbo, wir müssen diese Sache aufklären!« Dale schien äußerst gereizt.

»Was denkst du, was ich die ganze Zeit versuche?« Jim Patterson schaute sie an. »Aber wir haben einfach keine Anhaltspunkte. Wir haben diesen kleinen Einbrecher, aber das ist alles. Und er beharrt auf seiner Geschichte, dass er nur die Gelegenheit genutzt hat, als er die Tür offenstehen sah.«

»Das ist unmöglich!« Dale hieb mit der Faust auf den Tisch. »Eine offene Tür hätte sofort den Alarm ausgelöst. Wir haben alles überprüft. Alle Kabel waren völlig in Ordnung, alle Verbindungen, alle Kontakte, alle Stecker, alle Sicherungen, alle was weiß ich was. Wir haben jede Stecknadel untersucht.«

»Und wir auch.« Jim seufzte. »Mehrmals. Irgendwie passt das alles nicht zusammen. Es muss ein Insiderjob sein. Jemand von drin hat dem Burschen aufgemacht.«

»Dann müsste es jemand aus meiner Abteilung sein«, sagte Dale. »Niemand sonst hat die Berechtigung, nachts die Türen zu öffnen, aus welchem Grund auch immer. Und nicht mal alle meiner Leute dürfen das. Für diejenigen, die diese Berechtigung haben, lege ich meine Hand ins Feuer. Sie sind handverlesen. Von mir.«

»Ich weiß.« Jim verschränkte die Arme und lehnte sich gegen Dales Schreibtisch. »Ich hätte nie gedacht, dass ich das mal sagen würde, aber ich bin am Ende mit meinem Latein.« Er warf einen vorsichtigen Blick auf die Frau, die mit grimmigem Gesichtsausdruck hinter dem Tisch saß. »Außer natürlich . . .« Er räusperte sich. »Am einfachsten wäre es für die Wachleute gewesen. Und Wachleute verdienen nicht gerade ein Vermögen da in der Nacht, allein und ohne jemand, der sie kontrolliert.«

»Joe und Harry?« Dale starrte ihn an. »Bist du nicht ganz bei Trost?«

»Vielleicht einer von beiden?«, fragte Jim. »Ich meine, sie waren nicht immer zusammen. Oder habe ich das falsch verstanden?«

»Nein, hast du nicht.« Dale stand auf und begann im Zimmer herumzulaufen. »Joe war in meiner Einheit. Am Anfang, als ich noch Lieutenant war. Ich kenne ihn schon ewig. Nach seiner Pensionierung hat er hier angefangen. Auf meine Empfehlung hin.«

»Und Harry?«, fragte Jim Patterson.

Dale drehte sich abrupt auf dem Absatz um. »Das kann ich mir nicht vorstellen. Er ist der zuverlässigste Wachmann, den wir je hatten. Kommt sogar, wenn er krank ist und Fieber hat. Er hat noch nicht einen einzigen Tag gefehlt.«

Jim runzelte die Stirn. »Hm. Manchmal deutet das darauf hin, dass jemand etwas zu verbergen hat. Will nicht, dass jemand anderer sein Geheimnis entdeckt. Deshalb ist er immer da.«

Dale zog die Augenbrauen zusammen und überlegte. »Nein«, sagte sie dann. »Keiner von beiden. Nie im Leben. Ich habe so viele Leute unter meinem Kommando gehabt. Ich weiß genau, auf wen ich mich verlassen kann.«

»Dann ...«, Jim zuckte die Schultern, »müssen wir weitersuchen. Obwohl – nach so langer Zeit sind die Aussichten gering. Vielleicht sollten wir es einfach als ungelösten Fall zu den Akten legen. Es war schließlich nur ein Einbruch. Und nichts wurde gestohlen.«

»Für mich gibt es keine ungelösten Fälle«, sagte Dale. »Aber ich bin ja auch nicht bei der Polizei.« Sie warf einen strafenden Blick auf ihren alten Freund.

»Also hör mal, Dale ...« Jim hob die Hände. »Du weißt, dass ich viel länger an diesem Fall drangeblieben bin, als es jeder andere getan hätte. Normalerweise wandert so etwas gleich ins Archiv.«

»Ich weiß.« Dale setzte sich. »Wenn es wirklich nur ein kleiner Einbruch gewesen wäre ... in einem Lagerhaus, wo gerade mal ein altes Schloss vor der Tür hängt ... dann hätte ich das alles längst vergessen. Aber sie haben eine Superhightech-Sicherheitsanlage überwunden. Das geht mir einfach nicht aus dem Kopf. Es muss irgendwo ein Loch sein. Und durch dieses Loch könnte jeder hereinkommen – zu jeder Zeit. Ohne dass es jemand merkt. Das darf unter gar keinen Umständen passieren.«

Jim hob die Augenbrauen. »Ich sage es dir noch einmal: Das größte Sicherheitsrisiko sind die Leute. Schau lieber noch mal nach, ob du da nicht irgendwas übersehen hast.«

Dales Augenbrauen zogen sich zusammen wie Wolken vor einem Gewittersturm.

»Ja, ja, schon gut.« Jim machte eine beschwichtigende Handbewegung. »Du übersiehst nichts. Du kontrollierst alles tausendmal. Ich weiß, du bist die Beste. Aber irgendwann ist immer das erste Mal. Vielleicht hat sich eine Art Schläfer eingeschlichen. Völlig harmlos. So lange, bis er aufgeweckt wird.«

»Du hast recht.« Dale atmete tief durch. »Es ist mein Problem, nicht das der Polizei. Leg die Angelegenheit ruhig zu den Akten. Für euch hat das keine Bedeutung.«

Jim stützte sich auf dem Schreibtisch ab und blickte Dale an. »Nun komm schon, Johnny Rebel, du kannst nicht die ganze Welt allein aus den Angeln heben.«

»Okay.« Dale lehnte sich zurück. »Aber meinen Teil sollte ich wenigstens beschützen können.«

Es klopfte an der Tür, und kurz darauf öffnete sie sich. Moira steckte den Kopf herein. »Eine Minute, Boss? Ms. Bennett ist gerade hier.«

Dale richtete sich auf. »Ja?«

Moira drückte die Tür ganz auf und sprach in die andere Richtung. »Gehen Sie nur rein. Eine Minute hat sie.«

Kelly kam mit gesenktem Blick herein. Sie hatte eine ganze Menge Papiere im Arm und schien etwas darin zu suchen. »Kannst du mir sagen, Dale –« Sie blickte auf. »Oh, Entschuldigung, Ms. Richards, ich wollte nicht stören. Moira sagte nicht, dass Sie eine Besprechung haben.« Sie musterte Jim Pattersons Gestalt flüchtig. »Ich kann auch später wiederkommen.«

»Nein, nein, kein Problem.« Dale schaute sie auffordernd an. »Um was geht es?«

»Eigentlich nur um die Berechtigungen hier.« Kelly legte etwas vor Dale auf den Schreibtisch. »Ich glaube, das muss von Ihnen genehmigt werden.«

Dales Blick schweifte schnell über die Unterlagen. »Ja, richtig«, sagte sie. Sie runzelte die Stirn. »Aber das Trainingscenter arbeitet doch sicherlich nicht um fünf Uhr morgens?«

Kelly lächelte. »Das Trainingscenter nicht, aber ich vielleicht.«

»Bis abends um zehn?« Wieder studierte Dale die Informationen auf dem Blatt.

»Tagsüber ist immer so viel los«, sagte Kelly. »Aber wenn es nicht geht …«

»Nein, es geht schon.« Dale nahm einen Stift und unterschrieb das Blatt. »Ist nur ungewöhnlich.« Sie schaute auf und reichte Kelly die Unterlagen zurück. »Die meisten Leute sind froh, wenn sie um fünf nach Hause gehen können.«

»Ich auch«, sagte Kelly. »Aber im Moment gibt es so viel Arbeit – da dauert es einfach immer länger.«

Dales Mundwinkel zuckten. »Achten Sie darauf, dass Sie genügend Schlaf bekommen bei diesen Arbeitszeiten.«

Kelly schaute sie eine Sekunde zu lang an. »Oh, das tue ich«, sagte sie dann. »Ich schlafe vielleicht wenig, aber tief.«

»Schön für Sie«, sagte Dale.

Kelly nickte. »Danke für die Unterschrift. Und ich bitte nochmals um Entschuldigung für die Störung.« Sie drehte sich um.

»Ich glaube, wir waren sowieso fertig. Oder, Jim?« Dale schaute Jim Patterson fragend an.

»Ja«, stimmte er zu. »Ich zumindest kann nicht mehr viel tun. Was du tust, liegt in deinem Ermessen.«

Kelly hatte die Tür erreicht und ging hinaus. Jim schaute ihr hinterher. »Wer ist das?«, fragte er.

»Sie ...« Dale räusperte sich. »Sie richtet unser neues Trainingscenter ein. Kelly Bennett.«

»Hm-hm.« Jims Gesichtsausdruck schien interessiert. »Sie ist noch sehr jung. Nicht verheiratet, nehme ich an? Ich habe keinen Ring gesehen.«

»Nein, sie –« Dale griff nach einem Blatt auf ihrem Tisch und schien es sorgfältig zu studieren. »Sie ist nicht verheiratet, soviel ich weiß.«

»Aber bestimmt mit jemandem liiert«, vermutete Jim. »Solche Frauen sind nicht lange auf dem Markt.«

»Jimbo ...« Dale lachte leise. »Das ist der Grund, warum *du* noch immer auf dem Markt bist: Du denkst, Frauen sind eine Ware.«

»Denke ich nicht.« Jim protestierte. »Ich habe nur noch nicht die richtige gefunden.«

»Dabei bist du so ein netter Kerl«, sagte Dale. Sie schaute Jim freundschaftlich verbunden an. »Und das meine ich jetzt ehrlich.«

Jim seufzte. »Manchmal habe ich das Gefühl, nette Kerle haben keinen sehr hohen Marktwert. Jedesmal, wenn ich eine Frau gut finde, schnappt sie mir irgend so ein Widerling weg, der ganz und gar nicht nett ist.«

»Hm, ja«, sagte Dale. »Frauen sind manchmal komisch.«

Jim lachte. »Es ist immer lustig, wenn eine Frau das sagt.«

»Eigentlich ist daran überhaupt nichts Lustiges«, widersprach Dale. »Frauen kennen Frauen einfach besser als Männer.«

»Besonders du«, sagte Jim.

Dale hob die Augenbrauen.

»Ich habe das überhaupt nicht anzüglich gemeint«, sagte Jim. »Du und Kathy – ihr wart das perfekte Paar. Wenn eine von euch beiden ein Mann gewesen wäre ... Ich weiß nicht.«

Dales Gesicht hatte sich plötzlich verschlossen. »So etwas findet man nur einmal im Leben«, erwiderte sie kühl. »Egal, ob Mann oder Frau.«

»Entschuldige.« Jim schaute sie mitfühlend an. »Ich hätte dich nicht daran erinnern sollen.«

»Schon in Ordnung.« Dale schaute ihn an. Ihre Augen schienen klar und ungerührt. »Es ändert nichts an den Tatsachen, wenn man sie nicht erwähnt.«

»Sie hat dich beim Vornamen genannt«, bemerkte Jim plötzlich wie aus heiterem Himmel. »Diese kleine Blonde vorhin. Als sie reinkam. Und dann, als sie mich sah, hat sie plötzlich auf deinen Nachnamen gewechselt.« Er legte den Kopf schief. »Ist sie deshalb nicht verheiratet?«

Dale wandte den Kopf ab und schaute auf ihren Computerbildschirm. »Ich weiß nicht, was du meinst.«

»Also ja«, sagte Jim. »Sonst würdest du nicht so abweisend reagieren. Du und sie – ihr seid ...« Er machte eine schaukelnde Bewegung mit der Hand.

Dale drehte sich etwas zu schnell herum. »Wie kommst du darauf? Natürlich nicht. Wir arbeiten nur in derselben Firma, das ist alles.«

Jims Mundwinkel zuckten. »Du magst sie. Du magst sie sehr.«

»Unsinn!« Wieder wandte Dale sich ab. »Ich schätze sie, weil sie eine gute Mitarbeiterin ist. Hast du ja vorhin mitgekriegt. Sie dehnt ihre Arbeitsstunden bis weit über die vorgeschriebene

Zeit hin aus, ohne dass das jemand von ihr verlangt hätte. So ein Arbeitseifer ist selten. Und sie arbeitet zudem gut. Wie ich von ihrer Vorgesetzten gehört habe«, fügte sie etwas zu hastig hinzu.

»Du interessierst dich so sehr für sie, dass du dich nach ihr erkundigst?«, fragte Jim. »Und ... irgendwas ist passiert. Sonst hätte sie dich nicht Dale genannt.«

Dale runzelte unangenehm berührt die Stirn. »Wir haben uns zufällig im *Pearl* getroffen«, sagte sie. »Dr. Swanson meinte, es wäre gut für mich, wieder mal auszugehen. Und da ... war sie eben auch. Sonst nichts.«

»Ihr habt nicht mal ein paar Worte miteinander gewechselt?«, fragte Jim. »Unter diesen Umständen?«

»Es gab keine ... Umstände.« Dale stand ärgerlich auf. »Du interpretierst da viel zu viel hinein. Eine zufällige Begegnung, das war alles. Mehr nicht.«

»Deshalb nennt sie dich aber bestimmt nicht plötzlich Dale«, sagte Jim.

»Das geht dich nicht das geringste an.« Dale verschränkte die Arme vor der Brust, als wollte sie sich dadurch gegen weitere Fragen schützen.

»Es ist doch nichts Schlimmes, Dale. Ich würde mich für dich freuen –«

»Hör auf damit!« Dale unterbrach ihn wütend. »Da ist überhaupt nichts! Sie arbeitet hier, und ab und zu haben wir beruflich miteinander zu tun. Flüchtig. Alles andere passiert nur in deiner Fantasie.«

»Und in deiner?« Jim grinste. »Passiert da nichts?«

»Nein.« Dale verschränkte ihre Arme noch fester. »Da passiert gar nichts. Das ist nur deine Einbildung.«

»Weißt du«, überlegte Jim, »wenn ich jetzt so darüber nachdenke ... Als sie hereinkam, ist es wie ein Blitz durch dich gefahren. Du hast versucht dich zu beherrschen, aber es ist dir nicht ganz gelungen. Und sie hat dich sehr interessiert angesehen. Es geht von euch beiden aus, nicht nur von einer.«

»Hörst du jetzt endlich auf? Da geht nichts von niemandem aus! Und jetzt Schluss.« Dale setzte sich wieder.

»Colonel, du bist eine super Soldatin«, sinnierte Jim, »aber an deinem Privatleben musst du noch arbeiten. Du lässt so eine Frau, die auch noch eindeutig Interesse an dir hat, doch nicht einfach laufen, oder?«

»Ich lasse niemanden laufen, und ich halte auch niemanden fest. Das war noch nie meine Art.« Dale schien sich wieder gefangen zu haben. Sie wirkte auf einmal höchst unbeteiligt.

»Warte nicht zu lange«, sagte Jim. »Früher warst du immer gut darin, eine Chance, die sich dir bot, zu ergreifen. Das hat deinen taktischen und strategischen Erfolg ausgemacht. Da warst du unschlagbar.«

»Früher ist nicht heute.« Dale antwortete in einer ruhigen, uninteressierten Art. »Und das Schlachtfeld des Krieges hat nichts mit menschlichen Beziehungen zu tun.«

»Oh, das siehst du definitiv falsch.« Jim lachte. »Gut, vielleicht ist es bei euch Frauen nicht so schlimm, aber zwischen Männern und Frauen herrscht immer Krieg.« Er verzog das Gesicht. »Den die Frauen meistens gewinnen.«

»Wie überraschend.« Dale lächelte wieder und beugte sich vor. »Jimbo, könnte es sein, dass du deine Probleme, eine Frau zu finden, auf mich überträgst? Ich suche niemand, aber du schon.«

Jim spitzte leicht die Lippen, als wäre ihm gerade etwas eingefallen. »Wenn du sie nicht willst, könnte ich sie dann vielleicht mal fragen? Ich meine, vielleicht steht sie ja nicht nur auf Frauen. Einen Versuch wäre es wert.«

Dale schien kurz zu zögern. »Fragen kostet nichts«, sagte sie dann. »Das ist ganz allein ihre Entscheidung.«

»Gut.« Jim grinste. »Mit deiner Erlaubnis ...«, er verbeugte sich leicht, als ob er sich auf etwas ironische Art bedanken würde, »entferne ich mich dann. Zu neuen Ufern.«

»Tu, was du nicht lassen kannst«, sagte Dale, aber ihr Blick, mit dem sie Jim Patterson beim Hinausgehen folgte, enthielt etwas Undefinierbares.

## 20

Verdammt!« Megan schaute verärgert auf ihre weiße Bluse hinunter, auf der sich langsam ein roter Fleck ausbreitete. »Rotwein geht doch nie wieder raus!«

»Dann hättest du vielleicht Weißwein bestellen sollen«, erwiderte Dale trocken.

»Haha.« Megan starrte sie unwillig an. »Du hast das Problem natürlich nie, mit deinem ... Mineralwasser.«

»Ja.« Dale hob ihr Glas an und trank. »Das hat entschieden einige Vorteile.«

Megans Gesichtsausdruck wurde etwas ratlos. »Ich habe gleich eine Besprechung mit einem Klienten. Da kann ich so doch nicht hingehen.«

Dale hob erstaunt die Augenbrauen. »Du hast Klienten?«

»Ja, ich weiß. Du denkst, ich arbeite nicht. Aber das tue ich. Ich sorge dafür, dass weiße Elefanten einen Käufer finden.«

»Weiße Elefanten?« Dale schien nicht zu verstehen.

»Na ja, du weißt schon, Häuser, die mehr Geld verschlingen als sie wert sind. Kostspielige Besitzungen, die keiner haben will. So etwas.« Megan versuchte etwas von dem Rotwein von ihrer Bluse auf eine Serviette zu übertragen, aber es hatte kaum einen Effekt.

Dale schmunzelte. »Dafür kann auch wirklich nur jemand wie du Käufer finden.«

»Ja«, sagte Megan. »Und ich bin gut darin. Die Provision richtet sich nach dem Wert, also kann ich davon angenehm leben, ohne zu viel arbeiten zu müssen.«

»Clever«, sagte Dale. »Wenn man Arbeit nicht besonders mag.«

»Das gebe ich zu«, sagte Megan. »Arbeit ist ein lästiges Übel, das ich so weit wie möglich vermeide. Aber im Moment kann ich es leider nicht. Und mit dieser Bluse ...« Sie verzog das Gesicht. »Du hast nicht zufällig etwas zum Wechseln im Büro?«

Dale hob die Augenbrauen.

»Komm schon, Dale.« Megan sah sie auf eine hilfesuchende Art an, die gar nicht zu ihr passte. »Du trägst immer weiße Blusen. Du bist doch bestimmt so gut organisiert, dass du Ersatz im Büro hast, falls dir so etwas wie mir gerade passiert.«

»Ja, stimmt«, sagte Dale.

»Dann kannst du mir doch eine leihen. Ich wohne zu weit außerhalb, um mir jetzt noch etwas zu holen. Selbst zum Einkaufen ist die Zeit zu knapp.« Megan legte den Kopf schief. »Du kannst ja auch deine Sekretärin bitten, mir eine zu geben, wenn es dir zu unangenehm ist.«

»Moira ist in ihrer wohlverdienten Mittagspause«, erwiderte Dale etwas unwillig. »Die werde ich wohl kaum unterbrechen, nur um sie zu so einem überflüssigen Dienst heranzuziehen.«

»Ich nehme mir die Bluse gern selbst aus dem Schrank«, sagte Megan, »wenn du mir nur eine gibst.«

Dale seufzte. »Ist gut«, sagte sie.

»Ich liebe dein Büro«, bemerkte Megan, als sie kurz darauf Dales Zimmer betraten. »Es zeigt, dass du wirklich etwas zu sagen hast in dieser Firma.«

»Das ist vollkommen unwichtig«, entgegnete Dale und ging auf die Wand zu. »Die Büros sind zum Arbeiten da.« Sie öffnete eine Tür in der Täfelung, die vorher praktisch nicht zu erkennen gewesen war. »Hier ist der Waschraum, da ist auch ein Schrank mit Ersatzkleidung.« Sie trat in den Raum hinein und machte eine auffordernde Handbewegung. »Bedien dich.«

Megan war ihr gefolgt und ging nun an ihr vorbei. »Ich sollte mir auch so ein Büro einrichten«, sagte sie. »Das ist wirklich praktisch.«

»Bei meinen Arbeitszeiten lohnt es sich manchmal gar nicht mehr, nach Hause zu fahren, um mich umzuziehen«, sagte Dale und verließ den Waschraum, um zu ihrem Schreibtisch zu gehen.

»Ich werde das nie verstehen.« Megans Stimme kam aus dem Waschraum. »Warum arbeitest du so viel?«

*Was sollte ich sonst tun?*, dachte Dale. »Es macht mir Spaß«, sagte sie.

Megan kam aus dem Waschraum heraus. Sie hatte ihre eigene Bluse ausgezogen, trug nur noch ihren BH und eine von Dales Blusen in der Hand. Abwartend beobachtete sie Dale.

»Wenn du glaubst, dass ich darauf anspringe, irrst du dich«, sagte Dale. »Zieh dich wieder an.«

»Du bist wirklich ein harter Brocken.« Megans Stimme klang verführerisch, während sie auf Dale hinter dem Schreibtisch zukam. »Ich weiß, dass du das magst. Warum wehrst du dich? Es verpflichtet dich zu nichts.«

»Darum geht es nicht«, sagte Dale.

»Worum dann?« Megan setzte sich auf ihren Schoß.

»Megan ...« Dale versuchte sie wegzuschieben.

»Dale, hier ist der erste Entwurf für –« Kelly stand plötzlich in der Tür und starrte auf das Bild, das sich ihr bot.

Dale erstarrte, während Megan zufrieden lächelte.

»Oh ... Entschuldigung ... ich wollte nicht –«, Kelly schien äußerst verwirrt, »stören«, fügte sie nach einer langen Weile hinzu. »Ich lege den Entwurf hier auf Moiras Tisch.« Sie verschwand.

»Zieh dich an, Megan.« Dale stand auf, so dass Megan von ihrem Schoß rutschte. »Ich dachte, dein Klient wartet?« Ihre Augenbrauen zogen sich verärgert zusammen. »Oder war das eine Lüge?«

Megan zuckte die Schultern. »Es ist nicht so dringend.«

»Und der Rotwein ist wahrscheinlich auch nicht ganz zufällig auf deiner Bluse gelandet«, vermutete Dale.

Megans Mundwinkel hoben sich leicht, was Antwort genug war.

»Verschwinde sofort«, sagte Dale gefährlich leise. »Sonst vergesse ich mich.«

Megan betrachtete sie kurz, als würde sie überlegen, ob sie antworten sollte, dann drehte sie sich um und ging in den Waschraum zurück. Sie kam angezogen wieder heraus. »Du hast also doch etwas mit ihr«, sagte sie. »Seit unserer Begegnung im Supermarkt habe ich mich gefragt, was für eine Beziehung ihr zwei habt. Damals sah es so aus, als wärt ihr zusammen, aber deine Wohnung ... eine Frau wie sie hätte da ihre Spuren hinterlassen. Und du hast sie nie mehr erwähnt. Aber sie braucht ja auch gar nicht in deine Wohnung zu kommen. Ihr seht euch täglich. Hier in der Firma.«

»Verschwinde«, wiederholte Dale. »Nichts davon geht dich irgendetwas an.«

»Das ist Ansichtssache.« Megan lächelte süffisant. »Nimmt sie dich beim Sex so sehr ran, dass nichts mehr für mich übrig bleibt? Warst du deshalb so zurückhaltend?«

»Megan ...« Dale hob warnend die Hand.

»Ich geh ja schon.« Megan lächelte noch anzüglicher. »Sie wartet sicher schon auf dich, nicht wahr? Habe ich euer kleines Tête-à-Tête in der Mittagspause verhindert? Was bin ich nur für ein böses Mädchen.« Sie lachte und ging mit einem äußerst befriedigten Gesichtsausdruck hinaus.

## 21

Immer noch bei der Arbeit?«

Kelly schrak leicht zusammen und blickte von ihrem Schreibtisch auf. Dale stand an den Türrahmen gelehnt da und schaute in Kellys Büro hinein.

Kelly musterte sie kurz. »Mein Entwurf hat dir nicht zugesagt«, vermutete sie. »Ich soll ihn ändern.«

»Deshalb komme ich nicht.« Dale stieß sich vom Türrahmen ab.

»Dale ...« Kelly hob eine Hand, als wollte sie Dale aufhalten. »Ich habe nichts gesehen heute Mittag – und ich will auch nicht darüber sprechen. Dein Privatleben geht mich nichts an. Schon gar nicht um halb zehn Uhr nachts.« Sie warf einen Blick auf die Uhr an der Wand.

»Das ist nicht mein Privatleben«, sagte Dale. »Megan ist – Wir sind nicht befreundet.«

*Dafür geht ihr aber oft miteinander essen,* dachte Kelly. *Und sitzen alle fremden Frauen gleich auf deinem Schoß?* Sie schaute Dale fragend ins Gesicht. »Hast du schon Zeit gehabt, dir meinen Entwurf anzusehen?«

»Nein, noch nicht.« Dale schüttelte den Kopf. »Ich tue es, sobald ich kann.« Sie trat auf Kellys Schreibtisch zu und lächelte leicht. »Du arbeitest tatsächlich noch so spät? Als ich die Zugangszeiten bewilligt habe, dachte ich, das wäre nur ausnahmsweise einmal der Fall.«

»Das hatte ich auch gedacht.« Kelly seufzte und lehnte sich zurück. »Aber dieses Trainingscenter beschäftigt mich wirklich fast Tag und Nacht.«

Dale hob die Augenbrauen. »Das will ich nicht hoffen. Was ist mit dem College?«

»Die Prüfungen sind nächste Woche.« Kelly runzelte die Stirn, als wäre ihr das nicht recht.

»Und dann bist du immer noch hier?« Dale öffnete erstaunt die Augen. »Das kann Claire nicht von dir verlangen. Jetzt ist Feierabend, und bis nächste Woche wird nur noch für die Prüfungen gelernt.«

»Ja, Mama.« Kellys Mundwinkel verzogen sich amüsiert. »Oder was bist du? Meine große Schwester?«

Dales Gesicht zeigte einen merkwürdigen Ausdruck, der jedoch sofort wieder verschwand. »Beim Trainingscenter kommt es nicht auf eine Woche mehr oder weniger an«, sagte sie, »bei den Collegeprüfungen schon. Also hat das erste Priorität.«

»Ich möchte aber nicht, dass Claire denkt –«

»Ich spreche mit Claire.« Dale schaute Kelly fragend an. »Du hast ihr nicht gesagt, dass du nächste Woche Prüfung hast?«

Kelly verzog das Gesicht.

»Wenn sie es wüsste, hätte sie dir wahrscheinlich schon von selbst freigegeben«, fuhr Dale fort. »Jetzt tue ich es eben.«

»Du bist aber nicht mein Boss«, sagte Kelly. »Nicht direkt«, fügte sie etwas zögernd hinzu. »Entschuldige.«

»Du hast recht. Ich bin es nicht«, sagte Dale. »Nicht mehr. Aber das hat jetzt keine Bedeutung. Ich bringe dich nach Hause, damit du nicht noch die ganze Nacht hierbleibst.« Sie richtete sich auf. »Und das ...«, sie blickte ernst auf Kelly hinunter, »ist eine Anordnung aus der Chefetage. Egal, ob direkt oder nicht.«

Kelly überflog mit den Augen zweifelnd ihren Schreibtisch. »Ich hätte nur noch eine Kleinigkeit hier –«

»Heute nicht mehr.« Dale schüttelte den Kopf. »Ich kenne das von mir selbst. Eine Kleinigkeit führt zur nächsten Kleinigkeit und zur nächsten und zur nächsten, und plötzlich sind vierundzwanzig Stunden rum. Das hat keinen Sinn. Du musst dich nicht schon totarbeiten, bevor du überhaupt richtig damit angefangen hast.«

»Ich bin froh, dass ich überhaupt damit anfangen konnte.« Kelly seufzte. »Aber wahrscheinlich hast du recht. Claire hat mir sehr deutlich zu verstehen gegeben, dass der Collegeabschluss wichtig ist, damit ich hier weiterarbeiten kann.«

»Na siehst du?« Dale nickte. »Dann sind wir uns über die Bedeutung der Prüfung ja alle einig.«

»Ich frage mich wirklich –«, setzte Kelly an.

»Was?« Dale beobachtete, wie Kelly die Papiere auf ihrem Schreibtisch ordentlich zusammenräumte.

»Ach nichts.« Kelly stellte einen Ordner in den Schrank. Sie drehte sich lächelnd zu Dale um. »Ich überlasse es euch Bossen, die Sache zu klären.«

»Claire und ich sind uns in solchen Dingen meistens einig«, entgegnete Dale. »Das ist kein großes Problem.«

»Wenn du es sagst . . .« Kelly nahm ihre Tasche, die groß genug war, um Aktenordner darin zu befördern.

»Da ist jetzt aber nicht noch Arbeit für zu Hause drin, oder?«, fragte Dale misstrauisch.

»Wie man's nimmt.« Kelly lächelte. »Collegeunterlagen. Ich arbeite nämlich manchmal auch in der Mittagspause –« Sie unterbrach sich abrupt.

Verlegene Stille breitete sich aus, bis Dale sagte: »Komm. Verlassen wir diese heiligen Hallen.« Schnell drehte sie sich um und ließ Kellys Büro mit großen Schritten hinter sich. »Wie kommst du normalerweise zur Arbeit?«, fragte sie, als Kelly sie kurz darauf eingeholt hatte. »Mit dem Wagen?«

»Bei diesem Parkplatzmangel?« Kelly schien geradezu entsetzt. »Und wenn man endlich einen gefunden hat, muss man alle halbe Stunde die Parkuhr füttern. Nein, das kann ich mir nicht leisten. Ich komme mit dem Bus.«

»Gut.« Dale nickte. »Dann brauchen wir uns ja keine Gedanken darüber zu machen, wie wir dein Auto mitnehmen. Meins steht in der Tiefgarage.«

Kelly lächelte. »Ja, das ist einer der Vorteile, wenn man in der Chefetage arbeitet.«

»Der einzige.« Dale runzelte die Stirn. »Glaub mir.«

»Du trägst viel Verantwortung«, erwiderte Kelly ernst. »Ich kann mir vorstellen, dass das manchmal sehr belastend ist.«

»Ich habe schon immer viel Verantwortung getragen«, sagte Dale. »Mehr als hier. Daran bin ich gewöhnt.«

Ein paar Schritte gingen sie stumm nebeneinander her. Dann räusperte Kelly sich. »Warum bist du ...«, sie zögerte erneut, »warum bist du zur Army gegangen?« Vorsichtig warf sie von der Seite einen Blick auf Dale. »Du musst die Frage natürlich nicht beantworten. Entschuldige, wenn ich unverschämt bin.«

»Bist du nicht.« Dale schüttelte den Kopf. »Es ist ein Beruf wie jeder andere. Und ich habe mich dafür entschieden.«

»Ein Beruf wie jeder andere?« Kelly runzelte zweifelnd die Stirn. »Wohl kaum.«

»Darf ich raten?« Dale blieb stehen und lächelte leicht auf Kelly hinunter. »Du hast noch nie eine Waffe angefasst und würdest es auch nie tun.«

Kelly hob etwas unentschlossen die Schultern. »Es ist nicht ... ich meine ... ich interessiere mich mehr für Bücher.« Sie räusperte sich erneut. »Ich finde ...«, fuhr sie etwas stockend fort, »Waffen bringen sehr viel Unglück in die Welt.«

»Das ist wahr.« Dale nickte ernst. »Aber sie sind auch sehr nützlich. Zur Selbstverteidigung zum Beispiel.«

Kelly lachte leicht auf. »Dafür brauchst du keine Waffe. Das habe ich gesehen. Ich wünschte, ich könnte das.«

»Ich kann es dir beibringen«, sagte Dale.

Kelly zögerte mit der Antwort. »Ich ...«, sie fuhr sich über die Lippen, »ich glaube nicht, dass das etwas für mich ist. Ich wehre mich lieber mit Worten.«

»Das hat dir auf dem Parkplatz nicht viel genützt«, sagte Dale.

»Hm. Ja.« Kelly nickte. »Das war eine sehr unangenehme Situation. Und ohne dich –« Sie sah Dale an. »Ohne deine Hilfe weiß ich wirklich nicht, was passiert wäre.«

»Siehst du?« Dale fühlte sich offensichtlich bestätigt. »Hättest du ein paar Karatetritte gekonnt, hättest du mich nicht gebraucht.«

Kellys Mundwinkel zuckten unentschlossen. »Da bin ich nicht so sicher«, sagte sie. »Bei dir sieht es aus, als hättest du nie etwas anderes getan. Als ob du nur den kleinen Finger heben würdest. Nicht die Spur von Anstrengung.«

»Das kannst du auch«, behauptete Dale, »wenn du oft genug

trainierst.«

»Das bezweifle ich.« Kelly seufzte. »Aber ... na ja ... es ist sowieso nicht so ganz mein Ding.«

»Dann muss ich wohl in deiner Nähe bleiben, um dich zu beschützen.« Im ersten Moment sah Dale ganz ernst aus, aber dann begann sie zu schmunzeln.

Kellys Herz begann lauter zu schlagen, und sie war froh, dass Dale es nicht hören konnte. »Das ist wirklich nicht nötig«, erwiderte sie. »Ich kann schon allein auf mich aufpassen.«

»Ich wollte mich nicht aufdrängen.« Dales Gesicht verschloss sich.

»Dale ...« Kellys Hand legte sich ganz automatisch auf Dales Arm. »Entschuldige. Ich wollte nicht sagen, dass ich das nicht schätzen würde. Aber das kann ich wohl kaum von dir verlangen.«

Dales Augen fixierten Kellys Hand, als würden sie etwas beobachten, das ihren Arm abfallen lassen könnte. »Gut«, sagte sie und ging plötzlich weiter, so dass die Verbindung gelöst wurde. »Ich will dich zu nichts zwingen.«

Kelly folgte ihr stumm. »Nach der Collegeprüfung«, erwiderte sie dann, »habe ich hoffentlich ein bisschen mehr Zeit. Und Claire meinte, wir sollten einmal einen Überblick über alle Arten von Ausbildung erstellen, die es so bei *Matrix International* gibt. Dazu gehört natürlich auch die Sicherheitsausbildung, die außerhalb des Trainingscenters stattfindet.«

Dale warf einen Blick auf sie. »Du kannst jederzeit zuschauen«, sagte sie. »Wir trainieren einmal die Woche.«

## 22

Ein Hoch auf unsere erfolgreiche Studentin!« Badger hob sein Glas und lachte. Dann kniff er ein Auge zu und blickte Kelly schelmisch an. »Sprichst du jetzt überhaupt noch mit uns?«

Kelly verzog die Lippen. »Hatte ich nicht gesagt, ich hasse Überraschungspartys?«

»Ach komm ...« Celia trat auf Kelly zu, die immer noch im Eingang stand, und reichte ihr ebenfalls ein Glas. »Champagner. Auf deine Rechnung. Aber ich habe nicht den teuersten genommen.«

Kelly musste nun auch lachen. »Wie rücksichtsvoll von dir.«

»Ja, nicht?« Celia schien die Ironie in Kellys Worten wie immer gar nicht zu bemerken. »Und jetzt komm. Lass uns feiern. Das war schon lange wieder einmal fällig. Findet ihr nicht auch?« Sie blickte nach Zustimmung suchend durch den Raum.

Die Menge der Menschen, die sich in Celias und Kellys gemeinsamem Wohnzimmer drängten, war erstaunlich. Kelly hätte nie gedacht, dass so viele Leute hier hereinpassten. Es waren praktisch alle Nachbarn aus dem Haus, Freunde und Bekannte von Celia und aus Kellys College, und natürlich Badger und Rex, der mittlerweile so groß geworden war, dass man sich fragte, wie er sich immer noch so leicht zwischen all den Beinen durchschlängeln konnte.

»Und ich kann Sie wirklich nicht überreden, bei uns zu bleiben?« Ein etwas älterer, sehr distinguiert aussehender Mann kam fragend lächelnd auf Kelly zu.

Kelly verzog entschuldigend das Gesicht. »Tut mir leid, Mr. Briggs, aber ich habe schon einen Job.«

»Ich weiß«, sagte Collegedirektor Briggs. »Aber ich habe Ms. Richards schon angedroht Sie abzuwerben, wenn ich irgend kann.«

»Das wird nicht so schnell gehen.« Kelly lächelte. »Ich habe einen Vertrag unterschrieben, der mich dazu verpflichtet, so lange bei *Matrix International* zu bleiben, bis die Kosten für das College abgearbeitet sind.«

»Sklaventreiber«, sagte Ronald Briggs, aber er lächelte etwas. »Das konnte Colonel Richards schon immer gut.«

»So ist es nicht.« Kelly verteidigte Dale sofort, obwohl das überhaupt nicht nötig war. »Ich arbeite gern dort.«

»Und Sie werden jetzt sicherlich auch mehr verdienen, nach dem Abschluss. So ein Gehalt können wir unseren Collegelehrern natürlich nicht anbieten. Damit können wir nicht konkurrieren.«

»Das wäre für mich nicht so wichtig.« Kelly lächelte erneut.

»Mir geht es immer mehr um die Sache als ums Geld.«

Briggs nickte. »Dann sind Sie bei Dale ja gut aufgehoben, für sie gilt dasselbe. Wir hätten nie gedacht, dass sie die Army je verlassen würde. Aber nach dem, was passiert ist –« Er brach ab.

»Passiert?« Kelly runzelte die Stirn. »Was ist denn passiert?«

Briggs atmete tief durch. »Wie es im Krieg so ist ... Sie hat vielen von uns mehr als einmal das Leben gerettet, mir auch. Aber manche konnte sie eben nicht retten.«

Kelly starrte betroffen in die Luft. »Das muss schrecklich gewesen sein«, sagte sie leise.

»Ja.« Briggs nahm einen Schluck von seinem Whiskey. »Krieg ist immer schrecklich. Ich denke, wir sind alle froh, dass wir es überlebt haben.« Er stieß Kelly leicht gegen den Arm. »Lassen Sie uns von etwas Erfreulicherem reden. Kann ich Sie nicht wenigstens überreden, ein paar Kurse bei uns zu geben?«

Kelly lachte. »Sie sind wirklich hartnäckig.«

»Immer«, sagte Briggs. »Habe ich nicht eine kleine Belohnung dafür verdient, dass ich Sie aufgenommen habe?«

»Wenn Sie mir so kommen, habe ich gleich ein ganz schlechtes Gewissen«, entgegnete Kelly schuldbewusst. »Ich weiß, dass Sie mir eine Chance gegeben haben, für die ich Ihnen gar nicht genug danken kann.«

»Ich wusste, dass Sie es wert sind«, sagte Briggs. »Und das haben Sie durch Ihren hervorragenden Abschluss ja auch bestätigt.« Er hob auffordernd die Augenbrauen. »Also ...?«

Kelly seufzte. »Auch mein Tag hat nur vierundzwanzig Stunden. Aber ich werde tun, was ich kann. Ich weiß, dass ich Ihnen etwas schuldig bin.«

»Mir und Colonel Richards«, sagte Briggs. »Ohne Dale hätte ich gar nichts von Ihnen gewusst.«

»Ja.« Kellys Stimme wurde nachdenklich. »Ihr verdanke ich sehr viel.« Und sie spürte, dass auf dieser Party mit so vielen Leuten genau eine Person fehlte. Sie nickte Briggs zu. »Entschuldigen Sie mich bitte.« Mühsam drängte sie sich durch die Menschenmenge hindurch in ihr Zimmer, aber auch dort gab es keinen Platz mehr. Die ganze Wohnung war von den Gästen wie eine Festung eingenommen worden. Kelly seufzte, stellte ihre Tasche ab und ging wieder hinaus.

»Rex will dir auch gratulieren.« Badger blinzelte sie an, als sie aus ihrem Zimmer trat. Er machte einen Schritt zur Seite und gab dadurch den Blick auf Rex frei, der mit einem Päckchen im Maul dasaß und Kelly auf Hundeart erwartungsvoll anlächelte.

»Das ist aber nett von dir, Rex.« Kelly beugte sich hinunter und nahm das Päckchen, woraufhin Rex ihr eine Pfote reichte. Kelly schüttelte sie, als wäre es eine Hand. »Danke.« Sie strich über seinen Kopf, und Rex schmiegte sich glücklich noch mehr in ihre Handfläche, bis Kelly sich aufrichtete. »Was ist das?« Sie schaute Badger fragend an.

»Mach es auf.« Badger schien es kaum erwarten zu können, so sehr trippelte er von einem Bein aufs andere.

Kelly riss das rosa Geschenkpapier ab, das etwas zerknittert aussah, als wäre es schon einmal gebraucht worden, und öffnete die flache Schachtel. Ihre Augen öffneten sich weit vor Erstaunen. »Wo hast du die denn gefunden?«

»Rex und ich haben tagelang den Strand abgesucht«, sagte Badger. »War gar nicht so leicht.«

Kelly nahm die Muschel aus dem kleinen Karton, der auch so aussah, als wäre er schon einmal weggeworfen worden. »Sie ist wunderschön.«

»Und sie ist völlig intakt. Bei den meisten Muscheln dieser Größe fehlt irgendwo eine Ecke oder so, aber diese ist perfekt.« Badger straffte stolz seine Schultern. »Rex hat sie gefunden.«

»Du bist der beste Hund auf der Welt, Rex.« Kelly kniete sich vor Rex hin und umarmte ihn.

»Das weiß er«, sagte Badger grinsend. »Wir reden jeden Tag darüber, dass er etwas bescheidener werden sollte.«

»Da kenne ich noch jemand.« Kelly stand lachend auf. »Danke, Badger.« Sie umarmte Badger und hauchte ihm einen Kuss auf die Wange. »Das ist ein wundervolles Geschenk.«

»Oh ... äh ...« Badger schien verlegen. »Nicht der Rede wert. Ich hatte leider kein Geld, dir etwas zu kaufen.«

»Das hier ist viel mehr wert als alles, was du hättest kaufen können«, sagte Kelly. Sie lächelte Badger liebevoll an. »Du wusstest, dass ich Muscheln sammle, aber ich hatte so wenig Zeit –«

»Davon habe ich genug«, sagte Badger. »Nur Geld habe ich keins.«

»Wie wäre es, wenn du dir langsam mal einen Job suchst?«, fragte Kelly. »Wovon ernährst du dich und Rex eigentlich?« Sie warf einen Blick auf den Hund. »Er sieht gut aus, also hungern tut er nicht.«

»Ach ...« Badger winkte ab. »Was meinst du, was die Leute in Restaurants alles nicht essen? Und Rex hat schon sämtliche Küchenhilfen um den Finger ... die Pfote gewickelt. Da fällt genug für uns ab.«

Kelly lachte. »Du bist ein echter Überlebenskünstler. Nein. Ihr beide.« Sie streichelte Rex, und er hob die Nase. Seine Augen blitzten genauso schelmisch wie die von Badger. Kelly lachte erneut. »Ihr passt wirklich zusammen.«

»Hab ich doch von Anfang an gesagt.« Badger grinste.

## 23

Herzlichen Glückwunsch.« Claire Dearing begrüßte Kelly lächelnd, als sie am nächsten Morgen das Büro betrat.

»Danke.« Kelly neigte leicht den Kopf.

»Und? Wie fühlen Sie sich jetzt?« Claire schien äußerst gut gelaunt.

Kelly hob die Schultern und ließ sie wieder sinken. »Ich bin froh, dass es vorbei ist. Es war doch ganz schön anstrengend.« *Besonders die Party gestern,* dachte sie, *die die halbe Nacht gedauert hat. Nein, eigentlich die ganze.* Zum Schlafen war sie praktisch nicht gekommen.

»Aber es hat sich gelohnt.« Claire lächelte noch mehr. Dann drehte sie sich um und ging in ihr Büro. »Kommen Sie«, rief sie über die Schulter zurück, »ich habe etwas für Sie.«

»Neue Vorschläge für das Trainingscenter?«, fragte Kelly. Sie folgte Claire bis zu deren Schreibtisch.

»Nicht direkt.« Claire zog eine Schreibtischschublade auf und nahm etwas heraus. Sie reichte es Kelly über den Tisch. »Ich denke, das haben Sie sich verdient.«

Kelly starrte mit großen Augen auf das Namensschild in ihrer Hand.

»An Ihrer Tür steht es auch schon.« Claire schmunzelte.

»Aber ... ich ...« Kelly schien nicht zu wissen, was sie sagen sollte. Ihr Blick wanderte zwischen Claire und dem Schreibtischschild mit Kellys Namen darauf hin und her.

»Das war schon lange geplant«, sagte Claire. »Ich habe nur noch auf Ihren Collegeabschluss gewartet.«

»Aber ...« Kelly schüttelte ungläubig den Kopf. »Das kann doch nicht sein.«

»Warum nicht?« Claire setzte sich hinter ihren Schreibtisch. »Wie Sie wissen, ist der Job seit ein paar Wochen frei. Und ich würde mich sehr freuen, wenn Sie ihn nicht ablehnen würden.«

»Ablehnen? Stellvertretende Leiterin der Personalabteilung?« Kellys Augenbrauen hoben sich erstaunt.

»Na ja.« Claire zuckte die Schultern. »Könnte ja sein, dass Sie ein besseres Angebot haben.«

Kelly schüttelte langsam und immer noch ungläubig den Kopf. »Nein, habe ich nicht.« Sie schaute Claire offen an. »Und außerdem muss ich ohnehin bei *Matrix International* bleiben, bis meine Studiengebühren abbezahlt sind.«

»Wir haben genug offene Stellen im Unternehmen.« Claire lächelte erneut. »Deshalb bin ich sehr froh, dass Sie bei mir bleiben.«

Endlich konnte sich auch Kelly nun zu einem Lächeln durchringen. »Sehr gern. Ich könnte mir nichts Besseres vorstellen.«

»Wirklich nicht?« Claire verzog leicht das Gesicht. »Es gibt besser bezahlte Jobs bei uns, das Personalwesen wird nicht gerade mit Geld überschüttet.«

»Ich weiß. Aber Geld ist nicht so wichtig.« Irritiert verstummte Kelly, weil sie sich an das Gespräch mit Direktor Briggs gestern erinnert fühlte und an seine Bemerkung über Dale. »Natürlich ist es wichtig«, fuhr sie hastig fort, »so meinte ich es nicht. Vor allem kann ich so schneller meine Schulden abzahlen. Und das finde ich schon sehr wichtig.«

»Ja, dafür reicht Ihr neues Gehalt auf jeden Fall.« Claire nickte Kelly zu. »Und nun, denke ich, haben wir alle eine ganze

Menge Arbeit zu erledigen. Die letzte Woche waren Sie ja nicht da.«

»Tut mir leid –«, wollte Kelly sich entschuldigen, aber Claire unterbrach sie sofort.

»Das war schon in Ordnung. Ich hätte selbst daran denken sollen, denn mir lag sehr viel daran, dass Sie die Prüfung bestehen. Wen hätte ich sonst zu meiner Stellvertreterin machen sollen?« Sie lachte. »Jetzt aber Schluss. Wir haben wirklich viel zu tun.«

Kelly hob das Namensschild an. »Nochmals danke. Damit hatte ich jetzt überhaupt nicht gerechnet.« Sie drehte sich um und ging in ihr eigenes Büro hinüber, wo sie einen Augenblick vor der Tür verharrte, um ihren Namen darauf zu betrachten und die Bezeichnung ihrer neuen Funktion.

Das Büro war sehr klein. Es hatte sich auch nicht vergrößert. Dennoch kam es Kelly so vor. Der Schriftzug auf dem Glas verlieh dem schmalen Raum plötzlich eine ganz neue Bedeutung.

Sie ging weiter zu ihrem Schreibtisch und platzierte das glänzende Namensschild vorn auf der Kante. Es sah ungewohnt aus. Langsam ging sie um den Schreibtisch herum und betrachtete das Schild von der anderen Seite. So sah es fast noch beeindruckender aus. Sie konnte immer noch kaum glauben, dass das hier die Realität war.

Als sie nach Miami gekommen war, hatte sie zwar gehofft, dass sich hier alles zum Besseren wenden würde, aber niemals hätte sie sich vorstellen können, wie sehr. Nicht in ihren kühnsten Träumen. Am Anfang hatte es ja auch nicht so ausgesehen.

Am Anfang ... Sie hatte es nicht gewusst, aber der Wendepunkt war wohl damals ihre Begegnung mit Dale auf dem Parkplatz gewesen. Oder zuvor im Supermarkt. Es war mal wieder einer dieser Tage gewesen, an denen sie von morgens bis abends herumgelaufen war, um einen Job zu finden. Sie hatte im Café gesessen und die Stellenanzeigen in den Zeitungen durchgeblättert, angerufen und immer wieder angerufen und dabei förmlich beobachten können, wie ihr Geld weniger und weniger wurde.

Und dann sah sie diese Frau. Dale, die sie damals noch nicht kannte. Sie war Kelly aufgefallen. Nun ja, das war nicht schwer.

Dale war so groß, dass man sie kaum übersehen konnte, und ihre Bewegungen waren geschmeidig wie die eines Panthers. Dazu schien das schlichte Business-Outfit irgendwie nicht so richtig passen zu wollen.

Jetzt, da Kelly wusste, dass Dale in der Armee gewesen war, war ihr klar, warum. Dale passte ganz sicher viel besser in eine schneidige Offiziersuniform als in Zivil. Kelly erinnerte sich an viele Männer, die sie in Uniform gesehen hatte, und sie stellte sich vor, dass Dales Uniform nur strahlend weiß sein konnte. Mit einer Mütze, die sie keck über einem Auge trug.

Nein. Kelly musste lachen. Dale würde nie eine schiefsitzende Mütze tragen. Ihre saß bestimmt so gerade, dass die anderen ihre eigenen daran ausrichten konnten.

*Ich würde sie gern einmal in Uniform sehen,* dachte Kelly. Gleich darauf schüttelte sie den Kopf. Wie kam sie nur darauf? Sie hatte noch nie etwas für das Militär übriggehabt, für Waffen geschweige denn für Krieg. Das alles erschien ihr äußerst überflüssig. Jedes Problem ließ sich doch sicher lösen, wenn man darüber sprach. Armeen waren nur ein Relikt aus alten Zeiten, als die Menschen noch nicht gebildet genug gewesen waren, um sich anders als mit Gewalt zu einigen. Heute sollten sie das eigentlich sein: klug genug, andere Wege zu finden.

Was aber offensichtlich nicht der Fall war, denn sonst gäbe es schon längst keine Armeen und keine Kriege mehr. Kelly seufzte. Warum dachte sie darüber nach? Das war doch überhaupt nicht ihr Thema.

*Wegen Dale. Wegen Dale denke ich darüber nach. Ich habe noch nie jemand gekannt, der eine Militärlaufbahn hinter sich hat. Und so aussieht, als könnte sie sie jeden Moment wieder aufnehmen.*

Ihr war immer noch nicht klar, warum Dale die Armee überhaupt verlassen hatte. Direktor Briggs hatte da etwas angedeutet, aber Dale ... Sie war nicht der sentimentale Typ. So hart es auch war, Leute zu verlieren – Kelly konnte sich nicht im entferntesten vorstellen, was für ein Gefühl das sein musste, und sie war froh, dass ihr das nie passiert war –, aber jemand wie Dale musste damit gerechnet haben, als sie sich bereit erklärte, in den Krieg zu ziehen. Es war vielleicht härter gewesen, als sie erwartet hatte, aber *zu* hart – für Dale?

Kelly konnte sich keine Situation vorstellen, in der Dale freiwillig den Rückzug angetreten hätte. Sie würde sich jedem Feind stellen, sei es einer aus Fleisch und Blut oder nur in ihrem Kopf.

Schon allein deshalb glaubte Kelly auch nicht, was Dale über Megan gesagt hatte. Obwohl sie sich genauso wenig vorstellen konnte, dass Dale log. Wenn Dale nicht mit Megan zusammen sein wollte, dann wäre sie nicht mit ihr zusammen. Megan war Dale körperlich weit unterlegen, sie konnte Dale zu nichts zwingen. Also hatte sie wohl nicht ganz zufällig auf Dales Schoß gesessen – zudem noch halbnackt.

Kelly atmete tief durch. Vielleicht hatte Dale insofern die Wahrheit gesagt, als dass Megan und sie nicht befreundet waren. Aber das schloss nicht aus, dass sie miteinander schliefen. Was wohl mehr als offensichtlich war.

Wozu quälte sie sich überhaupt mit solchen Gedanken? Dale spielte weit außerhalb ihrer Liga. Sie war älter als Kelly, hatte viel mehr Erfahrung – vermutlich in jeder nur denkbaren Beziehung – und interessierte sich nicht für die kleine stellvertretende Leiterin der Personalabteilung, auch wenn diese neue Position Kelly zumindest karrieremäßig etwas näher an Dale heranbrachte.

Aber was bedeutete das schon? Solche Kriterien spielten keine Rolle, wenn man sich –

Kelly schnitt ihre herumwirbelnden Gedanken wie mit einem scharfen Messer ab. *Wenn man was? Wenn man sich verliebt? Wolltest du das sagen, Kelly Bennett?*

Nein. Nein, auf keinen Fall. Kelly schüttelte heftig den Kopf. Dale war eine attraktive Frau, und ja, sie hatten sich geküsst, aber das hieß noch lange nicht –

*Du wolltest mehr.*

»Ja, wollte ich.« Kelly sprach laut, doch dann kehrte sie wieder zu ihren stummen Gedanken zurück. *Aber das hat doch überhaupt nichts zu sagen. Das sind rein körperliche Reaktionen. Die Hormone –*

Aber sie wusste, dass es nicht nur die Hormone waren. Eigentlich hatte sie das von Anfang an gewusst. Und spätestens, seit sie Dale mit Megan gesehen hatte – immer wieder, bis zum letzten Mal, wo sie sie anscheinend auch noch fast *dabei* ertappt hatte –, hatte sie gewusst, dass es aussichtslos war. Dale war keine Frau für feste Beziehungen, sie war wie ein Matrose, der eine Braut in jedem Hafen hatte – je nach Bedarf. Und sich auf nichts darüber hinaus einließ.

Das hatte sie Kelly schließlich auch deutlich zu verstehen gegeben. An jenem Abend hatte sie vielleicht überlegt, Kelly als einen ihrer *Häfen* zu betrachten, aber aus irgendeinem Grund hatte sie sich dagegen entschieden. Und dabei blieb es nun. Daran war nicht zu rütteln.

Vielleicht wollte sie Geschäft und Privates auch nur getrennt halten. Das war ihr gutes Recht und vermutlich eine vernünftige Entscheidung.

Kelly lehnte sich zurück und fuhr sich durch die Haare. Nur dass Vernunft leider nichts damit zu tun hatte. Sie wusste, dass es unvernünftig war, sich in Dale zu verlieben, unlogisch und unpraktisch, eventuell sogar gefährlich. Zumindest für ihr Herz.

Und dennoch konnte sie nichts dagegen tun.

## 24

Dale drehte sich im Bett herum und gab ein leises Geräusch von sich. Kurz darauf seufzte sie erneut. Ihre Lippen zuckten. Dennoch blieben ihre Augen geschlossen. Unter ihren Augenlidern jedoch spielten sich ganze Dramen ab, wenn man den schnellen Bewegungen ihrer Augäpfel glauben wollte.

»Nein«, flüsterte sie auf einmal. »Nein …« Aber es klang leise und weich, auf keinen Fall abwehrend. Ein leichtes Lächeln hob ihre Mundwinkel.

Langsam beruhigte sich die Bewegung unter ihren Lidern, die Haltung ihres Körpers veränderte sich, sie lag ruhig da. Das einzige, was sich nicht verändert hatte, war das Lächeln auf ihren Lippen.

Endlich atmete sie tief durch. »Einmal muss es ja sein«, murmelte sie und schlug die Augen auf.

Es war noch dunkel im Zimmer, die Sonne hatte den Weg über den Horizont noch nicht gefunden. Dennoch empfand Dale so etwas wie ein Leuchten in der Dunkelheit, den Hauch eines ätherischen Schimmers – der allerdings unangenehm störend schnell aufblitzte und dann wieder verschwand, um kurz darauf erneut aufzuflackern wie die Reklametafel einer Bar.

Sie runzelte die Stirn und wandte den Kopf. Ach, das kam aus dem angeschlossenen Badezimmer, dessen Tür zum Schlafzimmer offenstand. Plötzlich fiel es ihr ein. Ihre elektrische Zahnbürste. Sie hatte sie gestern Abend zum Laden in die Halterung gesteckt, und da es anscheinend noch mitten in der Nacht war, war der Ladevorgang noch nicht abgeschlossen, so dass die Anzeige immer noch blinkte.

Sie seufzte und stand auf. Normalerweise bemerkte sie das Blinken gar nicht, sie musste heute einen sehr leichten Schlaf gehabt haben. Im Badezimmer nahm sie die Zahnbürste aus dem Ständer und legte sie daneben. Die Anzeige stand auf fast voll. Es hätte nicht mehr lange gedauert, und das Blinken hätte aufgehört.

»Hätte ich nicht etwas später wachwerden können?«, murmelte Dale missgelaunt. Sie wusste, dass sie schlecht wieder einschlafen konnte, wenn sie erst einmal zu einer so ungewöhnlichen Stunde aufgewacht war.

Sie ging auf die Toilette, und da bemerkte sie es. Sie erstarrte. Dann sprang sie auf, betätigte die Spülung und war mit zwei Schritten in der Dusche.

Das Wasser, das ebenso wie Dale plötzlich aus seiner Ruhe aufgeschreckt worden war, schoss kalt aus dem Duschkopf heraus. Dale zuckte zusammen, aber sie rührte sich nicht, bis der Strahl sich langsam erwärmte. Allzu warm wurde das Wasser nie, Dale hatte die Temperatur sehr niedrig eingestellt. Sie hasste warme Duschen.

Als ob es schon ein paar Stunden später wäre und sie gleich zur Arbeit gehen müsste, wusch sie sich sehr gründlich und föhnte danach ihre Haare trocken. Dennoch legte sich die Unruhe, die sie erfasst hatte, nicht.

Sie tigerte durch die Wohnung, trat ans Fenster, schaute in

die von wenigen Lichtern durchbrochene Dunkelheit hinaus. Die Stadt schlief nie ganz. Irgendjemand war immer wach. Aber musste dieser Jemand ausgerechnet *sie* sein?

Auf einmal erinnerte sie sich wieder an den Traum. Sie schloss die Augen und versuchte so ruhig wie möglich zu atmen. Nein. Nein, das ging nicht. Sie hatte es Claire versprochen.

Ihre Augen öffneten sich von selbst, weil sie klar werden wollte. Klar in jeder Beziehung. Sie ging zum Wasserhahn in der Küche und ließ so viel Wasser in ein großes Glas laufen, dass es überschwappte. In einer einzigen Bewegung leerte sie das Glas bis zum Grund. Danach rang sie leicht um Atem. Ein halber Liter Wasser auf einen Sitz war selbst für sie etwas viel.

Dennoch füllte sie das Glas erneut. Irgendwie fühlte sie sich ausgetrocknet. Diesmal jedoch trank sie nicht so hastig. Sie gab sich ein wenig mehr Zeit.

Zwischen den Schlucken starrte sie in die Dunkelheit, denn aus irgendeinem Grund hatte sie das Licht nicht angeschaltet, weder zuvor im Wohnzimmer noch jetzt in der Küche. Natürlich brauchte sie kein Licht, denn sie kannte sich in ihrer Wohnung auch im Dunkeln aus, aber dennoch war es merkwürdig. Sie hatte gar nicht daran gedacht.

Weil sie den Traum vielleicht noch ein wenig behalten wollte? Ihn nicht zerstören wollte durch grell aufflammende Neonleuchten? Sie hatte sich nie die Mühe gemacht, besondere Lampen für ihre Wohnung zu kaufen, ein gemütliches Licht zu schaffen. Gemütlichkeit war noch nie ihre Spezialität gewesen. Das konnten andere Frauen wesentlich besser als sie. Frauen wie –

»Nein«, sagte sie erneut. Diesmal laut. Sie musste sich selbst davon überzeugen, dass dieses Nein ernstgemeint war.

Sie schüttelte den Kopf, um ihre Entscheidung noch einmal zu unterstreichen. Es war nein, und es blieb nein.

Sie ging mit dem noch halbvollen Glas ins Wohnzimmer hinüber und setzte sich in einen Sessel. Ihre Augen hatten sich mittlerweile so an die Dunkelheit gewöhnt, dass sie fast wie mit einem Nachtsichtgerät alle Gegenstände erkennen konnte, zumindest deren Konturen.

Aber vielleicht bildete sie sich das auch nur ein. Sie wusste ja, wo alles stand, und viel gab es in ihrer Wohnung wirklich nicht zu sehen. Ihre Wohnung war ein Spiegelbild ihres Innenlebens. Leer und kalt.

*Ich möchte gern wissen, wie Kellys Wohnung aussieht,* dachte sie. *Auch wenn sie nur ein Zimmer hat und mit jemand anderem zusammenwohnt, ist alles um sie herum bestimmt warm und gemütlich.*

Sie nahm einen Schluck Wasser. *Ob Jim sie gefragt hat?,* fuhr es ihr plötzlich wie aus heiterem Himmel durch den Sinn. *Ob sie miteinander ausgegangen sind?*

Sie wusste, dass sie Kelly nicht fragen konnte, nicht fragen *wollte*, wie sie zu Männern stand, aber sie fühlte auch, dass sie es gern gewusst hätte. Sie selbst hatte Männer immer nur als Freunde, als Kumpel, als Kriegskameraden geschätzt, aber Kelly ... war ein ganz anderer Typ.

*Es ist ihre Sache. Ganz allein ihre Sache.* Ärgerlich nahm sie noch einen Schluck und verschluckte sich. Sie hustete und beugte sich vor, um den Hustenreiz zu bekämpfen. Dabei ergoss sich fast der ganze Rest des Wassers, der noch im Glas gewesen war, über den Teppichboden.

Sie starrte darauf, hustete noch einmal krampfhaft und richtete sich wieder auf. Sie stellte das Glas auf dem Couchtisch ab. Ihre Augen tränten von dem gewaltsamen Husten, und sie strich darüber.

Verwundert hielt sie inne. Wann hatte sie das letzte Mal geweint? Sicher, das hier war kein normales Weinen, nicht wie man weinte, weil man traurig war, aber trotzdem erschien es ihr fast unmöglich, dass ihre Tränendrüsen überhaupt noch dazu in der Lage waren, Tränen zu produzieren. Sie hätte fast angenommen, dass sie es mittlerweile verlernt hatten.

Oder dass sie seit damals ausgetrocknet waren. Damals, als –

Sie stand abrupt auf. Dr. Swanson hatte ihr empfohlen, solche Gedanken nicht mehr zuzulassen, sich mit etwas anderem zu beschäftigen, um sich abzulenken. Sie hatte ihm gegenüber nicht zugegeben, dass sie manchmal einfach zu schwach dazu war, sich nicht gegen all das wehren konnte, was in solchen Momenten über sie hereinbrach. Auch Ablenkung nützte da nichts. Sie konnte einfach an nichts anderes denken als –

Diesmal drehte sie sich abrupt um, als ob die Lösung in einer anderen Richtung liegen müsste, die sie nur einzuschlagen brauchte. Sie konnte ins Büro gehen, arbeiten. Oder sich hier zu Hause an ihren Laptop setzen. Aber hier oder dort – sie wäre weiterhin allein, und Ablenkung durch Arbeit funktionierte so nicht immer. Heute – so kam es ihr vor – würde das auf keinen Fall funktionieren. Nicht nach diesem Traum, nach diesen ... körperlichen Reaktionen, die ihr Körper ihr im Schlaf unbewusst aufgezwungen hatte. Nach langer Zeit zum ersten Mal wieder.

Erneut erschien das Traumbild vor ihrem geistigen Auge. Es war eine Frau ohne Gesicht, nur ein Körper, eine Bewegung, eingebildete Berührungen. Aber auch wenn diese Erinnerung hier mittlerweile so verschwommen war, dass sie die Frau nicht mehr erkennen konnte, wusste sie ganz genau, wessen Gesicht ihr direkt nach dem Aufwachen vor Augen gestanden hatte.

Bisher war es immer Kats Gesicht gewesen – und jedesmal nach einem Alptraum.

Diesmal war es kein Alptraum gewesen, und das Gesicht ... das Gesicht war nicht zu verkennen. Kellys.

Sie betrat die Bar eine halbe Stunde später. Es war eine dieser Bars, die vierundzwanzig Stunden am Tag und in der Nacht geöffnet hatten, aber zu dieser Stunde war es selbst hier leer. Die meisten Nachtschwärmer waren längst zu Hause und die Frühgäste noch nicht aufgestanden.

Dale warf einen Blick durch das Lokal. Zwei Frauen saßen an einem Tisch. Hinter der Bar stand ein müde aussehender Mittfünfziger, der fast schon im Stehen zu schlafen schien. Gäste sah sie keine.

Sie ging zu einem Tisch an der Seite und setzte sich.

Es dauerte keine Minute, bis sich eine der Frauen, die zuvor gemeinsam am Tisch gesessen hatten, zu ihr setzte. »Willst du etwas trinken?« Sie lächelte ebenfalls etwas müde, aber darum bemüht, Interesse zu zeigen.

»Habe ich die Wahl?« Dales angedeutetes Lächeln wirkte gegen das der Frau geradezu frisch.

»Um diese Zeit ...«, die Frau blickte sich kurz zum Barmann um, »hast du die, ja.«

»Ich trinke keinen Alkohol«, sagte Dale, »aber dich brauche ich wohl nicht zu fragen. Champagner?«

»Lieber Kaffee«, sagte die Frau. »Aber der Preis wäre ohnehin derselbe.«

»Bestell, was du willst«, sagte Dale.

Die Frau gab dem Barmann ein Zeichen, und er erwachte mühsam aus seiner Starre und schlurfte zum Kaffeeautomaten hinüber.

»Bist du geschäftlich in der Stadt?« Die Hand der Frau legte sich auf Dales Schenkel. »Du siehst aus, als hättest du gleich eine Konferenz.«

»In ein paar Stunden«, sagte Dale. Ihr Blick musterte das Gesicht der Frau. Keine Ähnlichkeit. »Wie heißt du?«, fragte sie.

»Candy«, antwortete die Frau. »Aber du kannst mich nennen, wie du willst.«

»Candy ist in Ordnung«, sagte Dale. »Ist das dein richtiger Name?«

Candy lächelte. »Wie wär's, wenn du mir erst mal deinen verrätst?«

Dale überlegte kurz, doch dann antwortete sie. »Dale.«

Der Barmann kam und stellte zwei Tassen Kaffee vor sie auf den Tisch. »Sonst noch was?«, brummelte er.

»Nichts für den Moment«, sagte Candy, und er schlurfte mit einem tadelnden Blick auf sie davon.

»Dale«, wiederholte Candy. »Interessanter Name.«

Dale lachte etwas ironisch auf. »Ich wette, das sagst du zu allen deinen Kunden.«

Candy zuckte die Schultern. »Gehört zum Geschäft.«

Dales Mundwinkel bewegten sich leicht nach oben. »Und Candy ist nicht dein richtiger Name.«

»Gefällt dir Rosemary Jane etwa besser?« Candy verzog abschätzig die Lippen.

»Klingt nicht so süß«, sagte Dale, »aber echter.«

Erneut zuckten Candys Schultern. »Was hat man schon davon?« Ihre Hand auf Dales Schenkel wanderte nach oben. »Ist doch egal, wie man heißt, oder?« Das letzte Wort flüsterte sie heiß an Dales Lippen.

Dale bewegte sich nicht. Sie saß einfach nur da und versuchte Candys Berührungen eine Empfindung zuzuordnen. Sie war eine wildfremde Frau, und ob Candy oder Rosemary Jane oder auch irgendetwas anderes ihr richtiger Name war, hatte wirklich keine Bedeutung. Sie war nur aus einem Grund hier: weil sie hier arbeitete. Und Dale war ebenso nur aus einem Grund hier, der beiden klar war.

»Candy ...« Dale schob sie etwas von sich. »Nicht so schnell. Ich bin noch nicht soweit.«

»Auch gut.« Candy war die Personifizierung des Dienstleistungsgewerbes. Sie tat genau das, was der Kunde oder die Kundin wünschte.

In dem Moment, als sie sich von Dale zurückzog, atmete Dale innerlich auf. Sie hatte dies alles hier selbst angestoßen, war brav Dr. Swansons Direktive gefolgt, aber nun bezweifelte sie, dass das eine gute Idee gewesen war.

Aber was sollte sie stattdessen tun? Sie wollte nicht allein sein, wollte sich nicht irgendwelchen Gedanken, Gefühlen oder Bildern stellen, die sie wieder erwarten würden, wenn sie Candys Angebot nicht annahm. Sie musste ihre Aufmerksamkeit nach außen verlagern, auf einen anderen Menschen, damit ihr Inneres sie nicht mit unerwünschten Erinnerungen quälen konnte. Sie musste sich neue Erinnerungen schaffen. Aktuelle.

Ihr Arm legte sich um Candy, sie zog sie zu sich heran und küsste sie.

»He, Tiger«, sagte Candy, als Dale sie wieder losließ. »Doch noch aufgewacht? Sollen wir nach oben gehen?«

Dale starrte in die Luft, als ob sie sie nicht gehört hätte. »Ja«, sagte sie dann und stand mit einem Ruck auf. »Gehen wir nach oben.«

Dale saß auf der Fensterbank, nur halb bekleidet mit Slip und Bluse. Sie hatte ihre Arme locker um ihre Knie gelegt und schaute hinaus. Während sie von ihrer Wohnung aus die Lichter der Stadt nur aus der Ferne erblickt hatte, war sie hier nun mittendrin – und es wurden immer mehr.

Ihre Gedanken waren im Moment ruhig. Candy hatte sich alle Mühe gegeben, Dale von dem abzulenken, was sie eventuell beschäftigte.

Aber Dale wusste, dass das nur die Ruhe vor oder nach dem Sturm war. Die Gedanken würden wiederkommen.

Sie schaute kurz zum Bett hinüber. Candy schlief. Sie hatte den Job mit Dale wahrscheinlich zum Anlass genommen, ihre Schicht für heute zu beenden.

Dale schüttelte leicht den Kopf. Wie lange hatte sie jetzt keinen Sex gehabt? Und das hier war ihr Neueinstieg? Sie atmete durch. Dabei war Candy, wie es ihr Name versprach, zum Teil recht süß gewesen. Dale konnte sich nicht beklagen. Sie hatte bekommen, was man in einem solchen Etablissement erwarten konnte – vielleicht sogar mehr.

Aber nichts – noch nicht einmal mehrere Orgasmen hintereinander – konnte darüber hinwegtäuschen, dass körperliche Befriedigung immer nur ein Teil des Kuchens war. Die wichtigste Zutat fehlte. Eine Zutat, die man weder kaufen noch mit Geld bezahlen konnte. Selbst der süßeste Kuchen schmeckte ohne diese Zutat fade.

Dale stand auf. Sie versuchte kein Geräusch zu machen und griff nach ihren Kleidern. Candy schien so erschöpft, dass sie nicht hörte, wie Dale sich anzog.

*Ist auch besser so,* dachte Dale. Sie zog die vereinbarte Summe aus der Tasche und legte sie auf den Nachttisch. Dann fügte sie noch einen Schein hinzu. »Das hast du dir wirklich verdient«, murmelte sie und kam sich nicht sehr gut dabei vor.

Dies war keine Situation, die sie wiederholen wollte.

## 25

Kann ich kurz mit Ms. Richards sprechen? Nur fünf Minuten.« Kelly stand vor Moiras Schreibtisch und schaute sie fragend an.

»Hm.« Moira warf einen unschlüssigen Blick auf Dales Tür, die fest geschlossen war.

»Hat sie eine Besprechung?« Kelly konnte Moiras Blick nicht so recht deuten.

»Hm, nein.«

Noch nie hatte Kelly Moira so unentschlossen erlebt. Sie war irritiert. »Sie telefoniert?«

Diesmal warf Moira einen Blick auf die Telefonanlage. »Nein.«

Kelly war am Ende mit ihrem Latein. »Das heißt, sie will einfach nur nicht gestört werden?«

»Das hat sie nicht gesagt.«

Kelly kam ein schrecklicher Gedanke. Ihre Lippen zitterten ein wenig. »Heißt das, sie will speziell *mich* nicht sehen?«

»Nein.« Moira lehnte sich leicht in ihrem Stuhl zurück. »Das heißt es nicht.« Sie musterte Kelly mit einem etwas argwöhnischen Gesichtsausdruck. »Sie sind nicht für ihren Zustand verantwortlich, oder?«

»Zustand?« Kelly hob erstaunt die Augenbrauen. »Was für ein Zustand?« Plötzlich schnappte sie nach Luft. Kurz war vor ihrem inneren Auge Dales Kampf mit den beiden Rowdys auf dem Parkplatz aufgeblitzt, den sie so souverän gewonnen hatte. Aber was, wenn sie nicht immer gewinnen konnte? Ihr Blick wanderte erschrocken zur Tür. »Was ist mit ihr? Ist sie –? Geht es ihr gut?«

Moira seufzte. »Ich weiß es nicht.«

Kelly fühlte, wie das Zittern von ihren Lippen auf ihren ganzen Körper übergriff. Eine furchtbare Ahnung beschlich sie. Dale war irgendetwas zugestoßen, aber statt ins Krankenhaus zu gehen schleppte sie sich lieber zur Arbeit. Das war typisch für sie. Oder war sie vielleicht gar nicht hier? »Ich *muss* sie sehen!«

Diesmal wartete sie Moiras Antwort nicht ab, sondern stieß einfach die Tür auf.

Im ersten Moment dachte sie, Dale wäre wirklich nicht da. Der Platz hinter ihrem Schreibtisch war leer.

Dann jedoch hörte sie ein erstauntes »Kelly?« von der Seite.

Sie wandte ihren Blick zur Sitzecke, und tatsächlich: Dort saß Dale in einem Sessel, ein paar Akten auf dem Schoß.

Kelly stieß erleichtert die Luft aus. »Da bist du ja.«

Dales Augenbrauen hoben sich fragend. »Wo sollte ich sonst sein?«

»Oh ... ich ... ich dachte nur ...« Kelly kam sich etwas dumm vor. Sie wies mit dem Daumen hinter sich zur Tür. »Moira sagte –« Sie schüttelte den Kopf. »Ich habe da wohl etwas falsch verstanden.«

»Hatten wir einen Termin?« Dale runzelte die Stirn.

In diesem Moment fiel Kelly auf, dass Dale dunkle Ringe unter den Augen hatte. Sie sah nicht gut aus. Darauf hatte Moira wahrscheinlich angespielt. Und Kellys Fantasie hatte den Rest getan. »Ich wollte nur –« Kelly zog einen flachen Ordner mit ein paar Papieren unter ihrem Arm hervor. »Aber vielleicht komme ich einfach ein andermal wieder.« Erneut musterte sie Dales Gesicht. Sie sah nicht nur nicht gut aus, sie wirkte erschöpft. Obwohl sie sich wie immer militärisch aufrecht hielt.

»Ein paar Minuten habe ich. Oder dauert es länger?« Dale legte die Akten zur Seite.

»Nein, eigentlich ... nur fünf Minuten.« Kelly fühlte sich unsicher. Ihr Blick ruhte auf Dale, und sie sehnte sich plötzlich danach, sie in den Arm zu nehmen, von ihr in den Arm genommen zu werden. Sie räusperte sich. »Aber das muss wirklich nicht jetzt sein. Wenn es dir nicht gut geht ...«

»Wer sagt, dass es mir nicht gut geht?« Dale wirkte etwas überrascht.

»Irgendwie ... na ja ... du siehst so aus – ich meine ... das wollte ich nicht sagen.« Kelly verhaspelte sich. »Es geht mich auch nichts an.«

»Ich habe schlecht geschlafen«, erwiderte Dale irritiert. »Zu kurz. Das ist alles.«

»Ja, Schlaf ist schon wichtig, ich meine –« Kelly schluckte. Dann lächelte sie leicht. »Du arbeitest zu viel. Und dabei hast du mir das verboten.«

Dale hob sehr erstaunt die Augenbrauen. »Ich habe dir gar nichts verboten.«

»Nein, nicht direkt. Aber du hast darauf hingewiesen, dass ich nicht so viel arbeiten sollte.« Kelly fühlte sich immer unwohler. Musste sie denn in jedes Fettnäpfchen treten?

»Und das gibst du mir jetzt zurück?« Dale schien fast ein wenig zu schmunzeln.

»Nein, ich ... Natürlich nicht.« Kelly trat schnell auf den Sessel zu, in dem Dale saß. »Ich habe hier ein paar Vorschläge. Wenn du Zeit hast, kannst du sie ja mal anschauen.« Sie streckte Dale den Ordner hin.

»Muss ich da irgendetwas entscheiden?« Dale griff nach dem Ordner und berührte dabei Kellys Hand.

Kelly zuckte so sehr zusammen, dass sie den Ordner losließ. Er fiel neben Dale auf den Boden. Beide bückten sich gleichzeitig danach, und ihre Köpfe stießen mit einem dumpfen Laut aneinander.

»Tut mir leid.« Dales Augen waren auf derselben Höhe wie Kellys. Sie schien sich nicht aufrichten zu wollen.

»Meine Schuld.« Auch Kelly bewegte sich nicht. Ihr Herz klopfte laut. So aus der Nähe wirkten die Ringe unter Dales Augen noch dunkler, ihr Gesichtsausdruck noch erschöpfter. Kelly hätte das alles gern weggeküsst. Aber das stand wohl nicht zur Debatte. Sie richtete sich auf. »Du siehst müde aus. Ich will dich nicht länger stören.«

»Ja. Müde bin ich.« Dale legte den Ordner vor sich auf den Tisch, lehnte sich zurück und fuhr sich durch die Haare. »Ich bin heute mitten in der Nacht aufgewacht, und dann konnte ich einfach nicht mehr einschlafen.« Ihr Blick glitt schnell über Kellys Gestalt und kehrte dann zu ihren Akten zurück.

Kelly nickte. »Ist mir auch schon passiert. Das ist unangenehm.«

Dale wandte leicht, wenn auch nicht ganz den Kopf zu ihr. »So könnte man sagen.«

Irgendetwas war komisch an Dales Bemerkung, aber Kelly konnte nicht festmachen, was. Sie hätte sich jetzt verabschieden können, Dale schien schon wieder ganz in ihre Akten versunken, aber Kelly stand immer noch wie angewurzelt da. Sie hatte sich fest vorgenommen, nichts mehr für Dale zu empfinden – es hatte ja doch keinen Sinn –, und trotzdem konnte sie sich nicht rühren. Denn dann würde sie Dales Anblick verlieren.

Sie wartete auf Dales übliches ungeduldiges »Ist noch was?«, aber das kam nicht. Entweder nahm Dale sie gar nicht mehr wahr, oder sie ignorierte Kelly bewusst.

In Kelly kam ein wenig Ärger hoch. Dale musste sie ja nicht lieben, aber so zu tun, als ob sie gar nicht da wäre? Das war – *Na ja,* dachte sie seufzend. *Es ist vermutlich genau das, was sie mir zeigen will: dass ich ihr nicht wichtig bin.*

»Es gibt eine neue Salatbar um die Ecke.« Die Worte entschlüpften ihr plötzlich und unerwartet. »Wenn man schlecht geschlafen hat und so viel arbeitet, sollte man wenigstens Vitamine essen. Ich wollte zum Lunch dorthin.«

Dale blickte auf, als hätte sie nicht erwartet, dass noch jemand im Zimmer war. Anscheinend hatte sie Kelly wirklich schon vergessen gehabt. »Was?« Sie zog die Augenbrauen zusammen. »Ich lunche nicht.«

*Meistens nicht,* dachte Kelly, denn das hatte sie schon mitbekommen. *Aber manchmal doch. Und wenn du es mit ihr kannst, kannst du es mit mir auch.* »Du bist nicht zum Lunch verabredet?«, fragte sie.

»Was soll das, Kelly?« Dale wirkte nun etwas gereizt. »Was willst du wirklich?«

Kelly lächelte leicht. »Dich zum Essen einladen?«

»Du mich?« Dales Augen öffneten sich vor Erstaunen.

»Nun ja …« Kelly zögerte. »Ich habe mich eigentlich noch überhaupt nicht richtig bei dir bedankt.«

»Bedankt? Wofür?« Dales fragend gerunzelte Stirn unterstrich den leicht verwirrten Ausdruck in ihrem Gesicht.

Kelly musste sich schwer beherrschen. Wahrscheinlich hätte niemand außer Kelly selbst das je behauptet – und Dale hätte es garantiert bestritten –, aber Dale sah süß aus. Kelly hätte gern mit sanften Fingern über ihr Gesicht gestrichen, um diesen verwirrten Ausdruck verschwinden zu lassen – oder auch nicht. Sie lächelte noch mehr. »Das weißt du.«

»Weiß ich nicht.« Dale stand auf. »Du sprichst in Rätseln.«

»Du hast –« Kelly schluckte und räusperte sich. »Du hast mein ganzes Leben umgekrempelt«, sagte sie dann. »Ohne dich hätte ich das nie geschafft.«

»So ein Unsinn!« Dale schlug ablehnend mit einer Hand

durch die Luft. »Das hast du ganz allein getan.«

»Dale ... bitte ...«, sagte Kelly. »Es wäre mir sehr wichtig. Du ahnst ja nicht, was –« Sie brach ab. Ein schelmisches Blitzen erschien in ihren Augen. »Wenn du nicht mitkommen willst, bringe ich die ganze Salatbar hierher. Du denkst vielleicht, ich tue es nicht, aber ich tu's. Hundertprozentig.«

Dales Mundwinkel zuckten. »Das traue ich dir glatt zu«, sagte sie. Sie warf einen Blick auf die Akten, die auf und neben dem Sessel, in dem sie gesessen hatte, verteilt lagen. »Ehrlich gesagt ... ich bringe es heute ohnehin zu nichts. Den ganzen Vormittag hocke ich schon über diesem Papierkram und komme nicht weiter.« Ihre Mundwinkel hoben sich etwas zweifelnd. »Vielleicht hast du recht. Ein paar Vitamine täten gut.«

»Bestimmt«, sagte Kelly. »Es gibt nichts Besseres. Außer Schlaf natürlich.«

»Ja, Schlaf ...« Dale blickte Kelly etwas merkwürdig an. »Sollen wir uns unten an der Rezeption treffen?«, fügte sie dann abrupt hinzu. »Es sei denn, du hast dein Geld schon bei dir.«

»Nein.« Kelly schüttelte den Kopf. »Habe ich nicht.« Sie fühlte sich etwas benommen. Hatte Dale wirklich ja gesagt? Hatte sie zugestimmt, mit Kelly essen zu gehen? Obwohl Kelly den Vorschlag gemacht hatte, kam ihr diese Entwicklung jetzt sehr überraschend vor. Eigentlich hatte sie angenommen, Dale würde ablehnen. »Dann ... in zehn Minuten?«, fragte sie.

»Gut.« Dale nickte. »In zehn Minuten.« Sie ging zu ihrem Schreibtisch.

Kelly versuchte das Schwindelgefühl zu bekämpfen, das immer mehr von ihr Besitz ergriff, und drehte sich zur Tür um. Ohne ein weiteres Wort ging sie hinaus.

Schon fünf Minuten später stand sie an der Rezeption.

»Na, besuchst du uns auch mal wieder?«, fragte Roy mit seinem typischen unverschämten Grinsen im Gesicht. »Lässt dich zum einfachen Volk herab?«

»Was soll der Blödsinn, Roy?« Kelly schüttelte den Kopf. »Ich habe mich nicht verändert.«

»O doch.« Roy musterte sie von oben bis unten. »Hast du.«

»Das ist nur das Kostüm«, sagte Kelly. »Das ist neu, nicht ich.«

Roy lehnte sich lässig an die Rezeption. »Ist doch immer dasselbe«, sagte er, während er einen Kaugummi von einer Backentasche in die andere schob. »Sobald einer befördert wird, hebt er ab. Will nichts mehr mit seinen alten Kollegen zu tun haben. Ist was Besseres.«

»Ich bin nichts Besseres«, erwiderte Kelly ärgerlich.

Roy beugte sich vertraulich zu ihr. »Was muss ich tun, damit ich auch so einen Job kriege wie du?«, fragte er. »Mit wem hast du geschlafen?«

Kelly fühlte die Wut in sich aufsteigen. Sie wusste, dass es nicht wichtig war, was Roy über sie dachte, aber dennoch konnte sie plötzlich nachvollziehen, dass es Leute gab, die dazu neigten, Konflikte mit Gewalt zu lösen. Ihre Hand zuckte. »Nicht mit dir«, erwiderte sie mit einem Blick kalt wie Eis. »Und das ärgert dich immer noch.«

»Ach, Mädel ... ich hab genug mit den anderen Hühnern zu tun, die mir nachlaufen. Dich brauche ich nicht.« Roy gab eine schlechte, aber immerhin erkennbare Imitation von Marlon Brando als coolem jugendlichen Rebellen.

In diesem Moment trat Dale aus dem Fahrstuhl.

Kelly lächelte leicht, während sie Dale mit ihrem Blick folgte und sich von der Rezeption abwandte. »Und was deine andere Frage betrifft: aufs College gehen. Das ist die Voraussetzung für Jobs wie meinen«, warf sie über die Schulter zurück, dann schloss sie sich Dale an und verließ mit ihr gemeinsam das Gebäude.

## 26

Das ist gut, dass die Salatbar gleich um die Ecke ist«, sagte Dale, als sie den Eingang schon im Blick hatten. »Ich habe nämlich nur eine halbe Stunde.«

*Hm.* Kelly überlegte, ob sie Megan und Dale das letzte Mal vor oder nach dieser halben Stunde erwischt hatte. »Immer?«, fragte sie.

»Nicht immer«, erwiderte Dale unbefangen. »Normalerweise mache ich gar keine Mittagspause. Aber heute wird sie durch eine Sitzung begrenzt, bei der ich unbedingt erscheinen muss.«

»Wie war das? Der Preis der Chefetage?« Kelly nahm sich einen Teller und begann das aufgebaute Salatbuffet mit ihren Blicken zu begutachten. Die Auswahl war riesig. Wirklich alles, was das Herz begehrte.

Dale runzelte irritiert die Stirn. »Muss ich das verstehen?«

»Erinnerst du dich nicht?«, fragte Kelly. »Du hast mal behauptet, dass du dein Auto in der Tiefgarage parken kannst, wäre der einzige Vorteil deines hochkarätigen Jobs. Diese Art Sitzungen sind dann wohl die Nachteile.«

Dale rollte leicht die Augen. »Sind Sitzungen das nicht immer? Das hängt doch nicht von der Höhe der Position in der Firma ab.«

»Vielleicht nicht«, sagte Kelly. »Du hast recht. Aber als ich noch an der Rezeption war, hatte ich keine Sitzungen. Jetzt habe ich welche.«

»So ist das nun mal«, sagte Dale. »Wenn man das Ganze wenigstens auf eine Art Lagebesprechung beschränken könnte ...«

»Wie früher bei der Army?«, fragte Kelly und setzte sich an einen der kleinen Tische.

Dale setzte sich mit ihrem Teller ihr gegenüber. »Ja«, sagte sie. »Meine Besprechungen waren immer kurz. Nur so lang wie nötig.« Sie atmete tief durch. »Aber die Zeiten sind wohl vorbei.«

»Vermisst du es?« Kelly merkte erst, als sie von ihrem Teller aufschaute, dass ihre Frage anscheinend ins Leere gelaufen war.

Dale starrte in die Luft und schien Kelly erneut vergessen zu haben. Ihr Gesichtsausdruck wirkte angespannt.

»Ärger?«, fragte Kelly.

Dale zuckte zusammen. Dann schüttelte sie den Kopf. »Nicht wirklich. Lewis Hollingsby. Er wird auch auf der Sitzung sein. Der arbeitet praktisch an meiner Entlassung, seit sie mich eingestellt haben.«

»Warum?«, fragte Kelly. »Kanntet ihr euch vorher schon?«

»Nein.« Erneut schüttelte Dale den Kopf. »Gar nicht.« Sie

verzog das Gesicht. »Aber es gibt Leute, die müssen einen nicht kennen, um einen zu hassen.«

»Hassen? Er hasst dich?« Kelly erschrak bei dem harten Wort.

»Wohl eher die Army, das Militär generell.« Dale zuckte die Schultern. »Meine Vergangenheit, wenn man so will. Das hat nichts mit mir persönlich zu tun.«

»Dennoch macht er dir das Leben schwer. Ganz persönlich.« Das war der Schluss, den Kelly aus Dales Erklärungen zog.

»In gewisser Weise.« Dale lehnte sich zurück. »Zumindest versucht er es.«

»Das ist bestimmt nicht schön für dich«, sagte Kelly. »Kannst du denn nichts dagegen tun?«

Dale lachte trocken auf. »Was? Er greift mich ja nicht offen an. Nur hintenherum. Wie das Feiglinge eben tun.« Sie schien sich in sich zurückzuziehen, ihr Gesicht verschloss sich. »Aber das ist nicht deine Angelegenheit, das geht nur mich etwas an. Ich komme schon damit klar.«

*Sicher,* dachte Kelly. *Wie das harte Kerle eben tun, nicht wahr? Nur keine Gefühle zeigen, keine Schwächen. Aber vergiss nicht, dass ich weiß, dass du auch Gefühle hast.* »Ich wollte mich nicht einmischen«, sagte sie. »Ich hatte nur eben, bevor wir gegangen sind, so ein ähnliches Erlebnis. Ich kann das gut nachvollziehen.«

»Tatsächlich?« Dale hob fragend die Augenbrauen. »Was ist passiert?«

»Ach nichts.« Kelly winkte etwas verlegen ab. »Ein ehemaliger Kollege an der Rezeption.«

»Ein Freund?« fragte Dale. Jimbos Bemerkung kam ihr wieder in den Sinn.

Diesmal war es Kelly, die trocken auflachte. »Eher das Gegenteil. Oder sagen wir: Er wäre gern mein Freund gewesen ... in einer gewissen Beziehung.«

*Das kann ich gut verstehen,* dachte Dale. Laut sagte sie: »Er hat dich belästigt?«

Kelly zuckte die Achseln. »Du weißt doch. Wie Männer eben so sind. Sie versuchen es, auch wenn man kein Interesse daran zeigt.«

»Wenn er dich belästigt hat, fliegt er«, sagte Dale, und ihre Stimme klang hart.

»Nein.« Kelly öffnete erschrocken die Augen. »So schlimm war es nicht. Wirklich nicht.«

Dales Lippen wurden schmal. »Ich hoffe, du versuchst ihn nicht zu schützen. Solche Kerle sind das nicht wert.«

»Nein, ich –« Kelly blickte an Dale vorbei, als ob hinter ihr ein Film abliefe, dem sie folgen müsste. »Ich schütze ihn nicht. Er hat nur das gesagt, was wahrscheinlich alle denken. Was ich vielleicht auch denken würde, wenn jemand so schnell befördert wird.«

Dale schien nicht sofort zu verstehen, worauf Kelly anspielte, dann blitzten ihre Augen wütend auf. »Er fliegt«, quetschte sie zwischen zusammengepressten Lippen hervor.

Wieder starrte Kelly sie erschrocken an. »Nein, Dale, bitte nicht. Du kennst doch diese Sprüche. Das heißt gar nichts.«

»Du *versuchs*t ihn zu schützen«, sagte Dale, plötzlich auf merkwürdige Art unbeteiligt. »Er bedeutet dir etwas.«

Kelly schüttelte den Kopf. »Er bedeutet mir überhaupt nichts. Und schon gar nicht das, was du denkst.« *Könnte es sein, dass du eifersüchtig bist?,* dachte sie ein wenig überrascht. *Nein, das bilde ich mir nur ein,* fügte sie jedoch sofort in Gedanken hinzu. *Dann müsste sie Interesse an mir haben. Und das hat sie nicht. Nicht mehr seit jenem Abend.* »Wirklich, Dale, wenn du ihn kennen würdest ...« Sie lachte amüsiert auf. »Wenn du mir das zutraust, kündige ich sofort.«

Dale schien zu stutzen. Anscheinend hatte sie dieses Argument überzeugt, denn ihr Gesichtsausdruck wurde entspannter. »Na gut«, sagte sie. »Aber wenn ich mitkriege, dass er sich noch einmal so etwas erlaubt –«

»Wird er nicht«, sagte Kelly. Sie schmunzelte. »Auf jeden Fall werde ich dir nichts davon sagen.«

»Das ist nicht richtig, Kelly.« Dale schaute sie ernst an. »Keine Frau sollte den Mund halten, wenn ihr so etwas zustößt. Das oder ... Schlimmeres.«

»Du machst wirklich aus einer Mücke einen Elefanten.« Kelly schüttelte erneut, diesmal tadelnd, den Kopf. »Wenn du Männern verbietest, solche Sprüche zu klopfen, gehen sie doch ein.«

»Dir scheint ja sehr viel am Wohlergehen des männlichen Teils der Bevölkerung zu liegen«, schnappte Dale unüberlegt, bevor ihr auffiel, dass sie das lieber nicht hätte sagen sollen.

Kelly verzog gutgelaunt die Lippen. »Ich mache da keine Unterschiede. Ich bin einfach harmoniesüchtig. Ein Fehler, gegen den ich anscheinend nichts machen kann.«

Dale musterte sie, als ob ihr die Worte ausgegangen wären. »Kein Fehler«, sagte sie nach einer langen Minute des Schweigens. »Ich bin vielleicht –« Sie verzog fast etwas entschuldigend das Gesicht. »Angriff ist die beste Verteidigung, habe ich gelernt. Die Army hat ihre Spuren hinterlassen, ich gebe es zu.«

»Ich habe davon profitiert, also kann ich schlecht etwas dagegen sagen«, erwiderte Kelly versöhnlich. »Auch wenn ich eher Rückzug für die beste Verteidigung halte.«

Dale hob die Augenbrauen. »Man muss immer entscheiden, was das beste ist ... in der gegebenen Situation.«

Kelly erinnerte sich sofort an den Abend, als Dale und sie sich geküsst hatten. Damals hatte sie beschlossen, diese Entscheidung für die beste zu halten – in der gegebenen Situation. Heute war sie da nicht mehr so sicher. Es schien, als ob Dale sich danach vollständig von jeglichem Kontakt zurückgezogen hätte. Als hätte sie sich an diesem Abend verbrannt und müsste noch ihre Wunden lecken.

*Vermutlich sind ihre Treffen mit Megan weit unverbindlicher,* drängte es sich schmerzhaft durch Kellys Kopf. *Kleider runter, Action, Kleider wieder an. Und das alles in einer halben Stunde.*

Ihr Blick wanderte zu Dale, die gerade dabei war, die verschiedenen Salate auf ihrem Teller sorgfältig voneinander zu trennen, bevor sie sie aß. Offensichtlich hatte sie etwas dagegen, dass sich zwei verschiedene Salate mischten.

*Ist es bei uns genauso?*, dachte Kelly. *Sind wir zu verschieden? Will sie jemand, der ihr ähnlicher ist?* Sie lachte innerlich auf. Niemand konnte Dale unähnlicher sein als Megan. Und trotzdem schien es mit den beiden zu klappen.

»Isst du gar nichts?« Dales fragende Stimme drang wie durch eine Wolke zu Kelly.

Kellys Blick, der sich nach innen gekehrt hatte, als sie überlegte, wurde plötzlich wieder klar – und sie schaute direkt in Dales Augen. »N-nein ... ähm ... ich meine: ja. Dazu sind wir ja hergekommen.« Sie spießte schnell ein Stück Gurke auf und aß es. Dabei verschluckte sie sich fast. Aber wenigstens konnte sie so Dales Blick ausweichen. Denn der war ihr durch und durch gegangen.

»Ja, dazu sind wir hergekommen«, wiederholte Dale etwas undurchsichtig. »Und nur, damit das klar ist: Das ist genug an Dankbarkeit. Ich möchte nichts mehr davon hören. Nur deine eigenen Qualitäten haben dich dahin gebracht, wo du jetzt bist, sonst nichts.«

*Da bin ich nicht so sicher,* dachte Kelly. *Es gibt da etwas, das du mir nicht sagen willst. Und ich werde herausfinden, was das ist.* »Ohne dich hätte mich niemand darum gebeten, meine Qualitäten einzusetzen«, sagte sie. »Ich habe das ja vorher schon öfter versucht.«

»Ach, die Leute sind so furchtbar papiergläubig.« Dale winkte ab. »Ich habe noch nie viel davon gehalten. Papiere sagen überhaupt nichts über einen Menschen aus. Oder manchmal das Gegenteil von dem, was man darin zu finden meint. Ich verlasse mich bei der Sicherheitsüberprüfung immer lieber auf den Augenschein.«

*Und dir hat gefallen, was du gesehen hast?* Kelly konnte es gar nicht verhindern, dass ihr dieser Gedanke in den Sinn kam. Aber es laut auszusprechen wagte sie nicht. »Wenn man darin Erfahrung hat, Menschen auf diese Weise einzuschätzen, ist das wahrscheinlich auch vernünftiger«, sagte sie.

»Oh ja.« Dale stützte die Ellbogen auf den Tisch und legte ihre Hände ineinander. »Darin habe ich viel Erfahrung. Im Krieg hingen Menschenleben davon ab. Ein Terrorist oder ein harmloser Händler? Die falsche Entscheidung konnte tödlich sein. Und war sie manchmal auch.« Ihre Augen schienen in der Vergangenheit zu verharren, als ob ein Film vor ihrem inneren Auge ablief. Sie war sehr plötzlich verstummt.

»Tut mir leid«, sagte Kelly. Sie beobachtete Dales Gesicht, dass sich seit Sekunden nicht bewegt hatte. »Ich hätte dich nicht daran erinnern sollen. Ich bewundere Leute, die diese Gabe haben«, fuhr sie nach einer kleinen Pause fort, »andere Menschen mit einem Blick richtig einschätzen zu können. Ich habe mich da oft verschätzt.«

Dale schien durch Kellys Stimme tatsächlich wieder in die

Gegenwart geholt worden zu sein. »Wahrscheinlich hältst du die Menschen für zu gut.« Sie lächelte leicht. »Könnte ich mir vorstellen.«

»Hältst du alle Menschen für schlecht?« Kelly hob etwas überrascht die Augenbrauen.

Dale zuckte die Schultern. »Nicht alle. Sicher nicht. Aber je mehr Erfahrungen man macht –« Sie brach ab. »Ich bin wahrscheinlich zu misstrauisch«, fuhr sie dann fort. »Das bringt der Beruf so mit sich.«

»Aber –« Kelly stocherte ein wenig auf ihrem Teller herum. »Heißt das, du kannst keinem Menschen trauen?«

»Vermutlich heißt es das, ja«, erwiderte Dale unbeteiligt. »Nur leider nützt das Misstrauen nichts mehr, wenn jemand schon eingestellt ist.« Ihre Lippen pressten sich leicht unzufrieden aufeinander.

»Wie meinst du das?«

Dale atmete tief durch. »Lewis Hollingsby«, antwortete sie. »Er war schon da, bevor ich kam, und ich traue ihm nicht. Er hat irgendetwas an sich –«

»Offensichtlich stimmt die Chemie zwischen euch beiden nicht«, sagte Kelly. »So was gibt's.«

»Ja.« Dale neigte überlegend den Kopf zur Seite. »Er mag mich nicht, und ich mag ihn nicht. Aber das ist es nicht allein. Warum hat er die Pläne mit nach Hause genommen?«, murmelte sie fast unverständlich leise.

»Was hast du gesagt?« Kelly schaute sie fragend an.

»Nichts.« Dale richtete sich auf. »Ich glaube, es wird Zeit für die Sitzung.« Sie schaute auf ihre Uhr.

»Schade«, sagte Kelly. »Das war das erste Mal, dass wir uns ein wenig länger unterhalten haben.«

Dale wollte anscheinend nicht lächeln, aber dennoch hoben sich ihre Mundwinkel um eine kaum wahrnehmbare Nuance. »Sonst ging es ja immer nur um die Arbeit. Da gab es nicht viel Gelegenheit, sich zu unterhalten.«

*Nicht dass du in der Mittagspause sehr viel offener bist,* dachte Kelly, aber sie war für den Augenblick zufrieden. Alles andere würde sich finden.

# 27

Hallo Dale.« Lewis Hollingsbys wölfisches Grinsen begrüßte Dale, als sie den Konferenzraum betrat. »Sie sehen aber gut aus heute. Nette Mittagspause gehabt?« Sein Grinsen wurde noch angriffslustiger.

»Nicht dass es Sie etwas anginge, Lewis«, erwiderte Dale zu ihrem eigenen Erstaunen gutgelaunt, »aber ich kann Ihnen die neue Salatbar einen Block von hier entfernt empfehlen. Die Salate sind hervorragend.« Auch wenn sie Hollingsbys Neugier mit dieser Aussage eigentlich nur hatte abschmettern wollen, fiel ihr plötzlich auf, dass die Mittagspause mit Kelly ihr Befinden wirklich verbessert hatte. Sie konnte sich nur allzu gut daran erinnern, wie zerschlagen sie sich gefühlt hatte, bevor sie in diese Salatbar gegangen waren. Und nun konnte sie Lewis' Einschätzung nicht widersprechen. Sie fühlte sich ziemlich gut.

*So gut waren die Salate auch wieder nicht,* dachte sie irritiert. *Daran kann es nicht liegen. Aber woran liegt es dann?* Während sie sich setzte und ihre Aktenmappe auf den Tisch legte, sann sie darüber nach. *Die Salate waren es bestimmt nicht, aber dann* – musste es etwas anderes sein. So viel war ihr klar. Und was anderes hatte es noch in dieser Salatbar gegeben? Ihre Augenbrauen hoben sich automatisch. Etwas widerwillig. *Nein. So lange waren wir doch gar nicht zusammen. Noch nicht einmal eine halbe Stunde.* Sie schüttelte innerlich den Kopf. Wahrscheinlich bildete sie sich das nur ein. Ihr Adrenalinpegel schoss automatisch in die Höhe, wenn sie auf eine Sitzung ging, an der auch Lewis Hollingsby teilnahm, das war wahrscheinlich der Grund dafür, dass sie sich auf einmal gar nicht mehr müde fühlte.

Langsam trudelten auch die anderen Sitzungsteilnehmer ein. Claire setzte sich neben sie. »Was ist denn heute mit Lewis los?«, fragte sie. »Der grinst ja wie ein Honigkuchenpferd. Was hat der vor?«

»Tatsächlich?« Dale schreckte aus ihren Gedanken auf. Sie verzog die Mundwinkel. »Er hat versucht zu erfahren, was ich in meiner Mittagspause gemacht habe. Vielleicht hat ihn meine Antwort mehr befriedigt, als ich dachte.«

»Was hast du denn getan?«, fragte Claire beiläufig. Sie ließ ihren Blick über ein Schriftstück schweifen, das vor ihr auf dem Tisch lag.

»Ähm ... äh ... nichts Besonderes.« Dale fühlte Wärme an ihren Schultern und an ihrem Hals. »Ich war nur ... in der neuen Salatbar um die Ecke.«

Claire schaute sie erstaunt an. »Salatbar? Du?«

»Ich hatte die Hot Dogs satt«, entgegnete Dale verteidigend. »Und außerdem ist Salat viel gesünder.«

»Zweifellos«, sagte Claire. »Und ich weiß, dass dein Körper dein Tempel ist, vor allem, wenn du trainierst. Aber Salat war noch nie dein Fall. Eher Proteindrinks.«

»Kann ich nicht auch einmal etwas ... Unerwartetes tun?«, fragte Dale leicht verärgert.

»Natürlich.« Claire musterte sie kurz. »Warst du allein dort?«

Dale zögerte. »Nein«, sagte sie dann. Sie wusste, dass sie Claire nichts vormachen konnte. »Mit Kelly Bennett.«

»Aha«, sagte Claire.

Dales Stimme senkte sich zu einem Flüstern, weil Bill McGyver in diesem Moment den Raum betrat. »Es ist nichts zwischen uns. Wir waren nur essen. Ich halte mein Versprechen.«

Claire schaute sie merkwürdig von der Seite an. »Ich weiß«, sagte sie.

»Guten Tag.« Im Gegensatz zu seiner sonstigen Gewohnheit setzte Bill McGyver sich nicht an das Kopfende des Tisches, um die Sitzung zu eröffnen, sondern blieb stehen. »Ich weiß, diese Sitzung ist sehr plötzlich einberufen worden, und ich bitte dafür um Entschuldigung. Es ließ sich leider nicht vermeiden. Aufgrund aktueller, sehr beunruhigender Informationen mussten wir so schnell wie möglich handeln. Aus diesem Grund wird heute auch der Vorsitzende unseres Aufsichtsrates die Sitzung leiten, nicht ich.« Er setzte sich auf den Platz rechts von seinem üblichen, während gleichzeitig ein älterer Herr den Raum betrat, den die meisten Anwesenden nur aus dem Geschäftsbericht der Firma kannten und noch nie persönlich gesehen hatten.

Die Blicke im Raum kreuzten sich. Was war los? Hatte Bill irgendetwas getan, was er nicht hätte tun sollen? Niemand schien Bescheid zu wissen – außer einem: Lewis Hollingsby. Er grinste, als ob er den Ablauf schon jetzt voraussehen könnte und als ob diese Aussicht ihm großes Vergnügen bereitete. Ein diabolisches Vergnügen allerdings, denn freundlich war sein Lächeln nicht.

»Meine Damen und Herren«, der alte Herr, der mittlerweile das Kopfende des Tisches erreicht hatte, setzte sich, »Sie können die Tagesordnung vergessen. Es gibt nur einen Punkt.«

Ein Raunen ging durch die Anwesenden. Da lief etwas in eine ganz andere Richtung, als alle erwartet hatten.

»Dieser eine Punkt ist so wichtig«, fuhr der Aufsichtsratsvorsitzende fort, »dass Bill McGyver mich gebeten hat, den Vorsitz zu übernehmen, weil er sich selbst für befangen hält.« Er warf einen Blick auf Bill, der mit versteinertem Gesicht neben ihm saß. »Und da meine Zeit kostbar ist, werde ich Sie nicht lange aufhalten.« Er fixierte Lewis Hollingsby mit seinem Blick. »Mein Schwiegersohn« – Lewis Hollingsby grinste noch mehr, als der alte Mann ihn so ansprach – »hat zum Wohl der Firma seine Freizeit für Recherchen in einer ganz bestimmten Angelegenheit genutzt, die uns alle betrifft – die an die Grundfesten unseres Firmenverständnisses stößt, das wir alle bisher für unumstößlich hielten.«

»Was soll denn diese umständliche Einleitung?«, murmelte Dale. »Komm zum Punkt. Ich habe noch viel Arbeit heute.«

»Bitte, Lewis«, sagte in diesem Moment der alte Mann, den man gut für hundert hätte halten können, und nickte seinem Schwiegersohn zu, »mach uns mit den Fakten bekannt.«

»Aber gern, Vater«, erwiderte Hollingsby mehr als schleimig und stand auf.

Dale fragte sich, wie die Tochter des Aufsichtsratsvorsitzenden diesen Kerl hatte heiraten können. Hatte die Frau denn gar keine Selbstachtung?

Lewis warf ihr einen gemeinen Blick zu, als hätte er ihre Gedanken gehört, und wandte sich dann an die Runde. »Wie Sie alle wissen, hatten wir vor einiger Zeit einen Einbruch hier in der Firma, den sich niemand so recht erklären konnte, am allerwenigsten«, sein Blick kehrte stechend zu Dale zurück, »unsere Sicherheitsbeauftragte, die den Job hier wohl eher wegen ihrer angeblich ruhmreichen Vergangenheit als wegen ihrer tatsächlichen Fähigkeiten bekommen hat.«

Dale sprang auf. Das ging zu weit. Es gab Grenzen, die selbst Hollingsby bisher nie überschritten hatte. Aber heute wollte er es anscheinend. In ihrem Inneren begann es zu brodeln.

»Setzen Sie sich«, sagte der alte Mann am Kopfende des Tisches. »Sie werden noch Gelegenheit haben, sich dazu zu äußern.«

Dales Kopf fuhr zu ihm herum, aber nach einer Sekunde, in der sie mit aller Gewalt ihre Beherrschung wiederherstellte, folgte sie seiner Aufforderung. Ihre Augen durchbohrten Hollingsby, aber sie sagte nichts.

Lewis schien sich sehr überlegen vorzukommen, denn er schaute von oben auf Dale herab, als wäre sie eine Ameise, die er gleich zu zertreten beabsichtigte. »Von Anfang an kam es mir komisch vor«, fuhr er fort, »dass es bei den Untersuchungen so gar keine brauchbaren Ergebnisse gab. Hätte unsere so gewiefte CSO«, seine Stimme triefte vor Zynismus, »da nicht etwas herausfinden müssen? Zusammen mit ihren Armyfreunden bei der Polizei?«

»Es geht doch nicht um die Army«, sagte Dale zwar leise, aber hörbar. »Geht das schon wieder los?«

»Ja«, erwiderte Hollingsby gehässig und starrte sie wild an. »Denn ich sehe nicht ein, dass man einen Orden dafür bekommt, wenn man mit einem Panzer oder einem Maschinengewehr harmlose Bauern in irgendeinem fremden Land niedermäht. Und dass dieser Orden dann in Friedenszeiten auch noch jede andere Qualifikation ersetzt, sie sogar übersteigt. Mit welchem Recht?«

Dale stand auf, diesmal ruhig und ohne eine Gemütsregung zu zeigen. »So ist es nicht«, sagte sie. »Sie sind falsch informiert. Nachdem ich zum Major befördert worden war, habe ich das Army College absolviert, und als ich Lieutenant Colonel wurde, schloss sich daran noch die Spezialausbildung für strategische Führungskräfte an, die nur einer handverlesenen Anzahl von Offizieren angeboten wird. Das entspricht einem zweiten

Collegeabschluss. Aufgrund dieser Ausbildungen und meiner Erfahrung im sicherheitstechnischen Bereich wurde ich für den Job als Leiterin der Sicherheitsabteilung bei *Matrix International* als geeignet erachtet und eingestellt.« Sie warf einen immer noch ruhigen Blick auf Lewis. »Wie viele Collegeabschlüsse hatten Sie, als Sie eingestellt wurden?«

»Das steht doch hier gar nicht zur Debatte!« Hollingsby schlug wütend auf den Tisch. Aber jeder wusste, dass er seinen Job hauptsächlich, wenn nicht sogar ausschließlich deshalb hatte, weil er der Schwiegersohn des Aufsichtsratsvorsitzenden war.

Dale setzte sich wieder und würdigte ihn keiner Antwort.

»Was hier zur Debatte steht«, fuhr Lewis unvermittelt hämisch fort, »dass sind *Sie*!«

Dale hob eine Augenbraue. In diesem Moment erschien Lewis ihr nur noch lächerlich. Wie schon so oft versuchte er sie in irgendeiner Art zu verunglimpfen, aber das war ihm noch nie gelungen und würde es auch heute nicht.

»Ich weiß, Sie denken, Sie sind unangreifbar«, fuhr Lewis wütend fort, »weil der Präsident hinter Ihnen steht«, er warf einen abschätzigen Blick auf Bill McGyver, »und Sie bisher immer gedeckt hat. Aber das wird ihm diesmal nicht gelingen.«

Bill McGyver holte tief Luft, aber in diesem Moment sagte der alte Mann, der heute auf seinem Platz saß: »Lewis. Es gibt keinen Grund, Mr. McGyver zu misstrauen. Deshalb wurde diese Sitzung nicht einberufen. Bitte bleib beim Thema.«

Lewis schnappte nach Luft und schluckte. »Ja. Ja, natürlich, Vater«, brachte er mühsam hervor. Man sah ihm die Anstrengung sich zu beherrschen richtig an. »Das Thema ist ...«, er stellte sich so hin, dass er Dale direkt im Blickfeld hatte, ohne den Kopf drehen zu müssen, »das Thema ist der Einbruch, den unsere CSO erst in Auftrag gegeben und nachher selbst untersucht hat. Kein Wunder, dass nichts dabei herausgekommen ist.«

Dales Reaktionen waren meistens so schnell, dass man sie kaum sehen konnte, aber in diesem Moment schien sie wie erstarrt.

Claire neben ihr ließ ihren Blick von Dale zu Lewis und zurück wandern und hatte ein großes Fragezeichen im Gesicht. »Das ist nicht Ihr Ernst«, sagte sie endlich, nachdem Dale immer noch keine Anstalten machte zu antworten.

Lewis' Grinsen wurde so breit und zufrieden wie das eines Clowns. »Es hat sie erschlagen, mit der Wahrheit konfrontiert zu werden. Sehen Sie das nicht? Selbst die Lügen sind ihr ausgegangen.«

Dale schien endlich wieder zum Leben zu erwachen. Der erste, den sie ansah, war Bill McGyver. Der Präsident sah sehr erschüttert aus. Sein Blick schien zu fragen: Hast du es getan?

»Nein.« Dales Stimme klang laut, klar und selbstbewusst. Keine Spur von Angst darin. Wenn sie etwas konnte, dann sich befreien, wenn sie mit dem Rücken zur Wand stand. Das hatte sie schon oft erfolgreich getan, in lebensbedrohlicheren Situationen als dieser. Sie stand nicht auf, als ob sie es nicht nötig hätte, Hollingsby mit körperlicher Größe zu beeindrucken oder in die Flucht zu schlagen. Ihr Gesicht blickte zu ihrem Widersacher auf der anderen Seite des breiten Konferenztisches auf, ruhig und gelassen, ohne jeden Anschein von Schuld oder Bedenken. »Welche Beweise haben Sie?«

»Ha!« Lewis schlug mit einem Arm durch die Luft, als müsste er einen Ball fangen. »Sie dachten, ich finde es nicht, oder? Sie dachten, Sie hätten es gut genug versteckt. In einer der hintersten Dateien. Oder Sie dachten, Sie hätten es gelöscht. Dann kann ich nur sagen: Sie hätten besser aufpassen sollen auf Ihrem Army College.« Er endete triumphierend, als hätte er den Beweis schon angetreten.

»Ist das alles?«, fragte Dale mit immer noch provozierender Ruhe.

»Nein, natürlich nicht.« Lewis' Stimme schien fast überzukippen. Vor lauter Aufregung flogen die Blätter, die er gerade zur Hand nehmen wollte, über den Tisch. Er sammelte sie wieder ein, ließ sie dann jedoch erneut fallen und fauchte: »Das kann ich auch ohne Papiere. Sie –«, er wies mit einem Finger auf Dale wie das Poster, das junge Leute zum Eintritt in die Armee auffordern sollte, »Sie haben das alles geplant. Den Diebstahl und den Einbruch und überhaupt –«

»Wäre umgekehrt nicht praktischer?«, fragte Dale. »Erst

Einbruch, dann Diebstahl?«

»Sie müssen es ja wissen!« Hollingsby schäumte. »Schließlich haben Sie es getan!« Er verzog bösartig die Lippen. »Sie mit Ihrer strategischen Ausbildung. Das war doch ein Klacks für Sie.«

»Gut, dass Sie zugeben, wie hervorragend die Ausbildung in der Army ist«, entgegnete Dale in einem Tonfall, als wäre dies hier eine bedeutungslose Debatte auf einem Schulfest. »Das haben Sie bisher ja immer bezweifelt.«

»Versuchen Sie nicht, das Thema zu wechseln!«, brüllte Hollingsby schon fast. »Ich habe Beweise –«, er nahm die Papiere, die ungeordnet vor ihm auf dem Tisch lagen, wieder in die Hand, »hier!« Er hielt die Papiere hoch. »Da steht alles schwarz auf weiß. *Ihre* Codekarte war es, mit der der Einbrecher sich Zutritt verschafft hat. Deshalb gab es keinen Alarm. Denn Sie haben das Recht, das Gebäude jederzeit und überall zu betreten. Vielleicht haben Sie ihn sogar persönlich hereingelassen.« Seine Stimme klang widerlich schleimig. »Oder haben Sie ein Alibi?« Er lachte kurz auf. »Ja, bestimmt. Dafür haben Sie garantiert gesorgt.«

Dales gesamte strategische Synapsen arbeiteten auf Hochtouren. Ihre eigene Codekarte? Das konnte nicht sein. Sie trug sie immer bei sich. Sie hätte sofort Alarm geschlagen, wenn sie gemerkt hätte, dass sie gestohlen worden war. Aber das war nicht geschehen. Nichts war geschehen. Und an dem Abend, als sie angeblich dem Einbrecher die Tür geöffnet hatte, war sie –

»Ich war zu Hause«, antwortete sie unbeeindruckt. »Kein Alibi.«

Das wäre ja noch schöner. Zu dem Zeitpunkt, als der Alarm losgegangen war, hatte Megan gerade ihre Bluse aufgeknöpft. Sollte sie das etwa als Alibi anführen?

»Aber das brauche ich auch nicht«, fuhr sie gelassen fort, »denn diese Anschuldigungen sind absurd.«

»Absurd? Sie behaupten immer noch, das wäre absurd?« Hollingsby warf ihr die Papiere über den Tisch. »Schauen Sie selbst nach. Es ist alles verzeichnet. Ihr Badge, ihre Berechtigungen wurden benutzt. Und nicht lange danach haben Sie das Haus dann zum zweiten Mal mit ihrer Codekarte betreten, offiziell. Nur leider haben Sie vergessen, dass es dazwischen keinen Austritt gab. Sie sind zweimal hereingekommen, aber nur einmal gegangen. Wie erklären Sie das?«

Dale warf einen Blick auf die Papiere, aber es war unmöglich, darauf etwas zu erkennen, es war alles durcheinander. »Gar nicht«, sagte sie. »So ist es nicht gewesen. Ich bin nur einmal hereingekommen, und zwar, nachdem ich von meinen Leuten benachrichtigt worden war, dass sich ein Einbrecher im Haus befand.«

»Den *Sie* geschickt hatten!« Erneut triumphierte Hollingsby.

»Das ist albern, Lewis.« Dale wurde immer kühler. »Das wissen Sie genauso gut wie ich.«

»Wissen Sie ...«, Hollingsby verzog geringschätzig die Lippen, »ich habe Sie nie gemocht, aber ich habe immer respektiert, was Sie tun.«

*Das wüsste ich aber,* dachte Dale, doch sie sagte es nicht.

»Jetzt aber ...«, er setzte sich, als ob er nicht mehr viel sagen müsste, »sehe ich, dass das alles nur Teil eines Plans war. Schon als Sie hier anfingen, wussten Sie, woran wir arbeiten. Dass es die Erfindung des Jahrhunderts wäre, wenn es klappt. Und Sie haben darauf gewartet. Immer brav im Hintergrund alles abgecheckt. Bis es soweit war. Bis die Pläne im Safe lagen.« Er wandte den Kopf zu seinem Schwiegervater. »Deshalb habe ich die Pläne mit nach Hause genommen. Ich habe so etwas geahnt.«

»Sie haben das ganze Projekt damit einem unverantwortlichen Risiko ausgesetzt«, sagte Dale, nun in einem scharfen Tonfall. »In Ihrem Haus hätte sie jeder Zwölfjährige stehlen können.«

»Und hier etwa nicht?« Lewis lachte verächtlich auf. »Mit Ihrem Badge in der Hand hätte das sogar ein Dreijähriger gekonnt.«

»Das bezweifle ich«, sagte Dale. Sie beugte sich vor. »Aber darum geht es auch gar nicht. Es nützt nichts, hier irgendwelche unbewiesenen Theorien zu diskutieren. Ich bin – offensichtlich mit Absicht –«, ihr Blick verband die Köpfe von Hollingsby und seinem Schwiegervater, »nicht darüber informiert worden, dass die Pläne im Haus waren. Wie hätte ich sie da stehlen können? Oder für ihre Sicherheit sorgen? Das ist es, was ich absurd nenne. Wenn ich die einzige gewesen wäre, die von den Plänen gewusst hätte, und sonst niemand – dann gäbe es zumindest eine Basis für eine solche Anschuldigung, wie weit hergeholt sie auch immer sein mag, aber offensichtlich wusste jeder davon«, – diesmal streifte ihr Blick Lewis nicht nur, sondern durchbohrte ihn fast –, »nur ich nicht.« Sie hob die Hände. »Somit erübrigt sich jedes weitere Wort.«

»Wir haben Kopien der Pläne in Ihrem Büro gefunden«, meldete sich nun der alte Herr am Kopfende des Tisches. »Sie sind eine Summe wert, die sich kaum in Zahlen ausdrücken lässt. Alles andere interessiert mich nicht, das ist mir viel zu kompliziert, diese elektronischen Ein- und Ausgänge. Zu meiner Zeit gab es nur Türen. Und das reicht auch.« Er räusperte sich und fixierte Dale mit wasserblauen Augen, die trotz seines Alters an die eines Adlers erinnerten. »Wie geschickt auch immer Sie versucht haben, die Argumente meines Schwiegersohnes zu entkräften«, fuhr er fort. »Diese Kopien sprechen eine eindeutige Sprache. Sie wollten sie verkaufen. Oder Sie haben sie bereits verkauft und warten nur noch darauf, dass der Käufer sie abholt.«

Dale hätte fast nach Luft geschnappt. Aber sie fasste sich schnell wieder. Lewis ahnte ja gar nicht, *wie* gut das Armytraining gewesen war. »Warum hätte ich sie dann stehlen sollen? Wenn ich bereits Kopien hatte?«, fragte sie.

»Es hätte besser ausgesehen«, sagte der alte Herr. »Die Pläne gestohlen, Sie haben den Einbrecher gefasst, aber dummerweise hatte er die Pläne vorher schon an einen Komplizen weitergegeben. Damit wären Sie aus dem Schneider gewesen. Ihre Reputation als Sicherheitsoffizier wäre ein wenig beschädigt, aber kurz darauf hätten Sie sich auf eine Karibikinsel zurückgezogen und Ihr Leben genossen. Niemand hätte gewusst, wer das finanziert hat.«

»Ich. Mit meinem Pensionsfond«, sagte Dale. »Nur dass ich mir davon keine Karibikinsel leisten kann.«

»Das bestätigt nur meine Annahme«, sagte der Aufsichtsratsvorsitzende. »Sie fühlen sich unterbezahlt. Und die Differenz wollten Sie durch diesen Diebstahl ausgleichen.«

»Ich fasse es nicht«, sagte Dale leise zu sich selbst.

Die einzige, die es verstanden hatte, war Claire. Sie verzog den Mund zu einem etwas verunglückten Grinsen. »Nimmst du mich mit auf deine Insel?«

Dale riss die Augen auf und starrte sie an.

Claire legte beruhigend eine Hand auf ihren Arm. »War nicht so gemeint«, sagte sie. »Ich weiß genau, dass du das nicht getan hast. Nie im Leben.«

Dales Grinsen geriet ebenfalls etwas schief. »Danke für dein Vertrauen«, erwiderte sie, »aber in solchen Dingen kann man nie sicher sein.«

»Dann erlaube ich mir einfach eine Sicherheit, die man nicht haben kann«, sagte Claire. Sie sah Lewis Hollingsby an. »Haben Sie es nun erreicht, Lewis? Dale aus der Firma zu drängen? Das war vom ersten Tag an Ihr Plan. Warum? Was hat sie Ihnen getan?«

Hollingsby machte ein abschätziges Geräusch. »Ich bin der Falsche, um sie zu veranlassen, etwas zu tun. Sie bevorzugt ja wohl eher Damen wie Sie.«

»Wie bitte?« Claire starrte ihn an. »Darum ging es hier die ganze Zeit? Ihnen gefällt ihre sexuelle Orientierung nicht?«

Lewis' Schwiegervater, der Aufsichtsratsvorsitzende, wirkte plötzlich etwas ratlos. Er sah seinen Schwiegersohn fragend an. Offensichtlich war ihm die Information, die Claire gerade preisgegeben hatte, neu.

»Ist doch völlig egal, ob mir das gefällt oder nicht.« Lewis wirkte in die Enge getrieben. »Der Diebstahl hat damit nichts zu tun. Der ist eine Tatsache. Die Kopien –«

Claire winkte ab. »Jeder kann die in Dales Büro versteckt haben. Selbst die Putzfrau. Das ist kein Argument.«

»Ja sicher. Die Putzfrau ...« Lewis lachte gelangweilt auf. »Sonst noch was?«

»Ich glaube, für heute reicht es mir«, sagte Dale plötzlich. Sie sah Bill McGyver an. »Und was geschieht nun?«

Der Präsident sah sehr mitgenommen aus. »Ich muss Sie suspendieren«, sagte er. »Wir müssen diesen Vorwürfen nachgehen. Sie müssen zugeben, dass Sie gesagt haben, der Badge wäre immer in Ihrem Besitz gewesen. Dann können nur Sie es gewesen sein, die den Diebstahl ermöglicht hat. Ich will nicht sagen, in Auftrag gegeben –« Er brach ab.

»Das trauen Sie mir zu, Bill?« Dale beherrschte ihre Gesichtsmuskulatur perfekt, aber jeder im Raum fühlte die Enttäuschung, die die Unterstellung des Präsidenten ausgelöst hatte. Jeder konnte sich vorstellen, was er fühlen würde, wenn Bill McGyver ihm dasselbe unterstellt hätte.

»Fühlen wir uns nicht alle manchmal unterbezahlt?«, sagte McGyver. »Vermutlich selbst ein Aufsichtsratsvorsitzender.« Er warf einen schnellen Blick auf seinen Nachbarn am Tisch. »Wir sind alle nur Menschen.«

»Was wollen Sie damit sagen?« Der Aufsichtsratsvorsitzende war empört.

»Gar nichts.« Bill McGyver hob die Hände. »Natürlich überhaupt nichts, Sir.«

Die respektvolle Anrede schien den Vorsitzenden zu beruhigen. »Dann beenden wir hiermit die Sitzung. Sie halten sich zur Verfügung, Ms. Richards.« Sein Adlerblick traf Dale. »Versuchen Sie nicht, Ihren Einfluss bei der Polizei auszunutzen und sich aus dem Staub zu machen.«

»Wohin?«, fragte Dale sarkastisch. »Auf meine Karibikinsel? Zu dumm. Ich hätte sie doch anzahlen sollen.«

»Ja, machen Sie sich nur lustig.« Die Stimmung des Aufsichtsratsvorsitzenden war jetzt auf dem Tiefpunkt angelangt. »Sie werden schon sehen, was Sie davon haben.« Er stand auf und verließ gefolgt von Bill McGyver und seinem Schwiegersohn den Raum.

## 28

Wie bitte?« Kelly starrte Claire fassungslos an. »Das kann doch wohl nicht wahr sein!«

»Ist es aber«, sagte Claire. »Ich meine, die Suspendierung. Das, was Dale getan haben soll –«

»Auf keinen Fall!« Kelly unterbrach sie erregt.

»Ja.« Claire setzte sich an ihren Schreibtisch. »Das denke ich auch. Dale ist – Ich würde ihr einiges zutrauen, aber so etwas nicht.«

»Das ist ja wohl überhaupt nicht die Frage!« Kellys erregte Empörung nahm immer noch zu.

Claire lehnte sich zurück und schaute sie an. Sie lächelte leicht. »Sie kennen Ms. Richards noch gar nicht so lange und sind schon so überzeugt?«

Auf einmal wurde Kelly bewusst, wie ihre Reaktion wirken musste. Claire und Dale hatten sich über sie, Kelly, unterhalten. Vielleicht doch nicht nur über Berufliches? »Ich –« Kelly schluckte. »Ich kann es mir einfach nur nicht vorstellen.«

Claire musterte Kellys Gesicht. »Sie waren heute Mittag zusammen essen?«

»Das –« Kelly schluckte erneut. »Das war nur ... Ich wollte mich bei ihr bedanken. Ohne sie hätte ich wohl nie hier anfangen können.«

»Eigentlich habe ich Ihnen den Job gegeben.« Claires Mundwinkel zuckten.

»Ich ... es tut mir leid. Ich wollte nicht sagen –« Kelly schien die richtigen Worte nicht zu finden. »Sie hätte bei der Sicherheitsüberprüfung nein sagen können«, schloss sie etwas kläglich.

»Ja, hätte sie.« Claire schien sich langsam richtiggehend zu amüsieren.

Kelly war verwirrt. »Haben Sie mit ihr darüber gesprochen?«

Claire sah nun entschieden belustigt aus. »Dale und ich sprechen über vieles.« Sie musterte Kelly erneut. »Ich finde sie auch sehr attraktiv.«

»Sie – oh ...« Kelly lief rot an. »Tut mir leid. Das wusste ich nicht. Ich wollte nicht ... es war nichts ...«

»Ich weiß«, sagte Claire. »Dale hat mir ihr Wort gegeben, dass sie sich nicht deshalb so für Sie eingesetzt hat, weil da etwas ... Privates zwischen Ihnen beiden ist. Und ich glaube ihr. Sie würde ihr Wort nie brechen.« Ihr Lächeln wurde noch etwas freundlicher. »Und übrigens: Was zwischen Dale und mir war, ist schon lange vorbei. Wir sind nur noch Freundinnen und gute Kolleginnen.«

»Oh Gott!« Kelly schlug die Hände vors Gesicht. »Was habe

ich mir da nur eingebrockt?«

»Gar nichts.« Claire stand auf und kam zu ihr. Sie legte ihre Hände auf Kellys Schultern. »Ich wollte damit nur sagen, dass ich sehr gut verstehen kann, wenn Sie sich von ihr angezogen fühlen. Ich dachte, mich trifft der Schlag, als ich sie das erste Mal sah.«

Langsam ließ Kelly ihre Hände sinken, aber sie war immer noch rot im Gesicht. »Ich auch«, gab sie ehrlich zu. »Ich konnte sie nicht vergessen, auch wenn ich damals dachte, wir würden uns nie mehr wiedersehen.«

»Das hat sich ja nun erledigt«, sagte Claire. Sie kehrte zu ihrem Schreibtisch zurück und setzte sich wieder. »Wir haben jetzt andere Probleme.«

Kelly richtete sich plötzlich gerade auf. »Ja, wirklich«, sagte sie mit klarer Stimme. »Ich jammere hier herum, und sie – Ich muss zu ihr!«

Und bevor Claire sie davon abhalten konnte, stürmte sie zur Tür hinaus.

»Muss Liebe schön sein«, seufzte Claire, lächelte und wandte sich wieder ihrer Arbeit zu.

»Wo ist Dale? Äh, ich meine, Ms. Richards.« Kelly stand in Dales Büro und schaute sich nach Moira um, die ihr langsam folgte, nachdem Kelly, ohne Halt zu machen, an ihr vorbei und ins Zimmer gestürzt war.

»Sie ist gegangen«, sagte Moira ruhig. »Haben Sie nicht gehört, was passiert ist?«

»Doch, habe ich. Deshalb komme ich ja.« Kelly atmete tief durch. »Sie ist schon weg? Kommt sie wieder?«

»Vorläufig wohl nicht«, sagte Moira. Sie musterte Kelly mit versteckter Neugier.

»Sie arbeiten seit Jahren für sie. Glauben Sie, dass sie es getan hat?« Kelly starrte Moira etwas ungeduldig an.

Moira hob die Augenbrauen. »Meine Meinung interessiert da wohl nicht.«

»Doch. Mich«, sagte Kelly. »Glauben Sie es?«

»Nein«, sagte Moira. »Sie hat zwar eine etwas raue Schale, aber sie ist der ehrlichste Mensch, den ich kenne. Und an Geld liegt ihr überhaupt nichts. Wenn sie es getan haben sollte, dann sicher nicht für Geld. Dann muss es andere Gründe geben.«

»Sie denken also doch –?«

»Nein.« Moira schüttelte den Kopf. »Nicht, soweit ich es beurteilen kann. Aber ich weiß natürlich nicht alles.«

Kelly schmunzelte. »Sie sind ihre Sekretärin. Ich glaube, Sie wissen mehr über Ms. Richards als jeder andere Mensch.«

»Das könnte schon sein.« Moira ließ ihren Blick durch Dales Büro schweifen. »Die Pläne hier zu verstecken – das hätte sie nie getan.«

»Ich glaube, sie hatte sie gar nicht«, sagte Kelly.

Moira zuckte die Schultern. »Das herauszufinden ist Sache der Polizei. Ich bin keine Detektivin.«

»Ich auch nicht.« Kelly trat unruhig von einem Fuß auf den anderen. »Aber ich habe das Gefühl, ich muss irgendetwas tun. Ihr helfen. Sie kann sich das doch nicht einfach so gefallen lassen.«

Moira verzog ratlos und auch etwas bekümmert das Gesicht. »Als Ms. Richards ging, sagte sie, ihre Ehre wäre das einzige gewesen, was sie noch hatte. Und die hätten sie ihr jetzt genommen.«

»Das klingt ja wie – Nein«, sagte Kelly entsetzt. »Das kann doch nicht . . . so etwas würde sie doch nicht –«

»Das Wort *Ehre* könnten Sie in fünf Meter großen Buchstaben an die Wand heften, und es wäre immer noch nicht groß genug für Ms. Richards«, sagte Moira. »Sie hält wirklich viel davon.«

Kelly blickte sich noch einmal im Raum um. »Ich muss sie suchen«, sagte sie. »Ich muss sie finden.«

Dann verließ sie Dales Büro, und Moiras Blick folgte ihr hoffnungsvoll.

## 29

Kelly wusste nicht, wo sie anfangen sollte. Sie fuhr zu Dales Apartment – die Adresse hatte ihr Claire gegeben –, aber der Portier sagte, er hätte Ms. Richards nicht gesehen. Ihr Auto stände auch nicht in der Garage.

»Hat sie Ihnen die Anweisung gegeben, mir das zu sagen?«, fragte Kelly. »Dass sie nicht gestört werden will?«

»Nein.« Der Portier schüttelte den Kopf. »Wenn sie das getan hätte, würde ich Ihnen genau das mitteilen. Gerade Ms. Richards legt besonderen Wert darauf, dass Ihre Anweisungen exakt weitergegeben werden.«

Kelly hätte fast geschmunzelt. Auch wenn Dale keine Uniform mehr trug, ein Offizier würde sie immer bleiben. Aber das Lächeln verging ihr schnell, denn nun stand sie weiterhin vor dem Problem, Dale finden zu müssen und keinen Anhaltspunkt zu haben. »Hat sie irgendeinen Lieblingsplatz hier in der Nähe?«, fragte sie. »Eine Stammkneipe? Eine Bar? Einen Club? Irgendetwas, wo sie normalerweise ihre Freizeit verbringt?«

»Freizeit?«, fragte der Portier erstaunt. »Sind Sie sicher, dass Sie Ms. Richards meinen?«

»Ja, Sie haben recht.« Kelly fuhr sich mit einer verzweifelten Geste durch die Haare. »Wenn ich sie doch nur besser kennen würde«, murmelte sie. Ihr Blick fiel auf das Telefon, das auf dem Tisch des Portiers stand. Sie drehte sich um und zog ihr Handy aus der Tasche. »Wo könnte Ms. Richards noch sein?«, fragte sie Moira kurz darauf. »In ihrer Wohnung ist sie nicht.«

»In ihrer Muckibude«, sagte Moira. »Oh, Entschuldigung, in ihrem Sportstudio, meinte ich natürlich. Da hat sie sich oft abreagiert, wenn ihr irgendetwas gegen den Strich ging. Und auch sonst trainiert sie dort fast täglich.«

»Adresse?«, fragte Kelly.

Moira gab sie ihr. »Und ... Ms. Bennett«, fügte sie zögernd hinzu. »Ich hoffe, Sie finden sie.« Ihre Stimme klang besorgt.

»Das hoffe ich auch«, sagte Kelly und legte auf.

Der Besuch im Sport- und Fitnessclub brachte jedoch genauso wenig ein Ergebnis wie der in Dales Wohnung. Die Trainer und Trainerinnen bedauerten, sie hatten Ms. Richards heute noch nicht gesehen. Kelly sprach mit jedem einzelnen, um ganz sicher zu sein. Sie boten ihr eine Mitgliedschaft an, aber als Kelly den Preis hörte, lehnte sie dankend ab.

»Sie hat nur ihre Arbeit und das Training«, bemerkte Claire

am Telefon, als Kelly sie anrief. »Mehr weiß ich auch nicht. Ich habe immer wieder versucht, sie zu mehr gesellschaftlichen Aktivitäten zu überreden, aber sie hat jedesmal abgelehnt. Sie hat gerade einmal die offiziellen Anlässe absolviert, denen sie sich nicht entziehen konnte, weil das von der Geschäftsleitung angeordnet wurde. Und sie war immer so bald wie möglich wieder verschwunden. Sie ist eine Einzelgängerin.«

»Das wird mir jetzt erst so richtig klar«, erwiderte Kelly nachdenklich, »und das macht die Sache außerordentlich schwierig.«

»Das stimmt«, sagte Claire. Sie atmete tief durch. »Vielleicht sollten wir uns einfach auf ihren gesunden Menschenverstand verlassen. Sie neigt nicht zu Kurzschlusshandlungen. Wenn sie sich erst einmal wieder beruhigt hat –«

»Wenn …«, wiederholte Kelly. »Danke, ich –« Sie atmete ebenfalls tief durch. »Ich weiß, eigentlich wäre das jetzt Arbeitszeit –«

Claire unterbrach sie. »Überstunden«, korrigierte sie. »Die sind alle noch nicht bezahlt. Ich bin froh, wenn Sie da mal etwas abbauen.« Ein leises Lächeln klang in ihrer Stimme mit.

Kelly musste unwillkürlich ebenfalls lächeln. »Danke«, sagte sie erneut. »Das ist nett.«

»Mir liegt ebenfalls etwas an ihr, vergessen Sie das nicht«, sagte Claire. »Viel Erfolg.« Sie legte auf.

Kelly steckte das Handy wieder in ihre Tasche und schaute sich ratlos um. Sie stand vor der Tür des Gebäudes, in dem das Fitnesscenter zwei Stockwerke belegte. Das Haus lag nahe am Strand, und sie ging langsam darauf zu, bis sie den Sand erreicht hatte.

Das Meer rauschte leise, kleine Schaumkronen bildeten sich auf den Wellen, kurz bevor sie ans Ufer schlugen. Es war ein friedliches Bild.

Ganz im Gegensatz zu Kellys Innerem, das sich in totalem Aufruhr befand. Ihre Sorge um Dale wuchs, und auch wenn Kelly sie weniger lang kannte als Claire oder Moira, hatte sie das Gefühl, Dale zu verlieren wäre ihr sehr viel näher gegangen.

Dale zu verlieren. *Mein Gott, ich kenne sie kaum!* Als ob das Meer sie magnetisch anzöge, schlenderte sie langsam aufs Wasser zu, fast ohne es zu merken. Bis sie nach einiger Zeit von dem Sand in ihren Schuhen daran erinnert wurde.

Sie zog ihre Schuhe aus und behielt sie in der Hand, während sie weiterging. Automatisch senkte sich ihr Blick zu Boden, auf der Suche nach Muscheln. Es gab nichts Entspannenderes, das hatte sie auch Dale damals –

Sie blieb stehen und ließ ihre Augen am Rande des Meeres entlangwandern. Ja, früher war es das gewesen: entspannend. Aber heute ... Nein, entspannt fühlte sie sich nicht.

Dennoch senkte sich ihr Blick erneut auf ihre Füße. Es war einfach eine Gewohnheit. Sie bückte sich, nahm eine kleine Muschel auf und ging dann weiter. Die Muschel drehte sie in der Hand, und bald gesellten sich noch weitere hinzu. Nach einer Weile stellte sie fest, dass sie viel zu viele Muscheln gesammelt hatte, um sie mit nach Hause zu nehmen. Zudem war noch nicht einmal eine außergewöhnliche dabei. Sie hatte gesammelt ohne hinzuschauen.

Sie setzte sich und ließ die Muscheln in den Sand fallen. Nachdenklich legte sie sie aneinander und baute eine Art Kreis damit. Erst nach einer Weile stellte sie fest, dass die Figur die stilisierte Form eines Gesichts hatte. Sie betrachtete es lange. So ein Gesicht aus Muscheln war viel zu ungenau, um es einem Menschen zuzuordnen, und doch wusste sie ganz genau, wessen Gesicht es war.

Sie schloss kurz die Augen. Nun war das Gesicht endgültig da. Es bestand kein Zweifel. Die Muscheln hatten sich nicht von selbst in diese Form gelegt. *Was ist das nur?,* dachte Kelly. Aber wie oft hatte sie darüber schon nachgedacht? Was sie an Dale anzog, warum sie ihr nicht mehr aus dem Sinn ging, warum sie mehr von ihr wollte.

Sie atmete tief durch. So eine Form zu gestalten war einfach, aber bedauerlicherweise war nicht alles im Leben so leicht, insbesondere menschliche Beziehungen nicht.

Sie stand wieder auf und klopfte den Sand von ihrem Po und ihren Schenkeln. Wenn sie hier herumsaß, würde sie nichts erreichen.

»Was soll ich nur tun?« Sie konnte in der Weite des Meeres keine Antwort finden und drehte sich um. Ihr Wagen stand nicht weit von hier an der Promenade, sie konnte ihn sehen. Aber wohin sollte sie fahren? Selten war sie sich so hilflos vorgekommen.

»Ja, Moira, du hast recht. Ich bin auch keine Detektivin.« Sie seufzte. »Wahrscheinlich wäre es besser, Dale würde mich suchen als ich sie. Sie hätte bestimmt mehr Erfolg.« Aber warum sollte Dale sie suchen? Sie hatte keinen Grund dazu.

Erneut seufzte sie. Das hatte ja alles keinen Sinn. Aber wenn sie schon einmal hier war, konnte sie die Gelegenheit auch zu einem langen Strandspaziergang nutzen. Vielleicht würde sich die Entspannung ja doch noch einstellen.

Sie schlenderte langsam an der Linie entlang, die die Wellen bei jedem ihrer Besuche am Ufer neu markierten, ein feuchtes Band zwischen Wasser und trockenem Sand. Ihr Blick schweifte gewohnheitsmäßig über die Muscheln, Muschelreste und Muschelstücke eher als vollständige Formen. Sie sammelte sie nun nicht mehr wahllos auf. Allerhöchstens würde sie eine mitnehmen wie die, die Rex für sie gefunden hatte. Aber solche schönen und vollständigen Muscheln waren selten.

Der Nachmittag neigte sich seinem Ende zu, ihre offizielle Arbeitszeit, wenn Claire sie nicht ohnehin davon befreit hätte, war längst abgelaufen. Dies war wirklich Freizeit. Schon lange war sie zu dieser Zeit des Tages nicht mehr draußen gewesen. Die Arbeit hatte sie aufgefressen.

Sie genoss die warme Luft, die verschiedenen Gerüche vom Salz des Meeres bis hin zu Düften, die aus den Küchen der Restaurants herüberzogen. Es waren nur wenige Menschen unterwegs, und je länger sie lief, desto einsamer wurde der Strand.

Irgendwann blickte sie zurück und sah, dass sie eine ganze Weile würde laufen müssen, um zu ihrem Auto zurückzukehren. Aber die Bewegung tat ihr gut, auch wenn das Laufen im Sand anstrengend war. Sie spürte ihre Wadenmuskulatur jetzt schon. Aber das machte nichts.

Eigentlich wollte sie auch noch gar nicht zurückgehen. Den Sonnenuntergang am Meer hatte sie schon lange nicht mehr gesehen, und ein wenig erinnerte sie das an ihre Kindheit in Maine. Damals hatte sie sich immer gefragt, warum es denn nicht zischte, wenn die heiße Sonne im kalten Meer versank.

Sie würde sich ein gemütliches Plätzchen suchen und darauf warten, dass die Sonne unterging. Mehr konnte sie im Moment ohnehin nicht tun.

## 30

Kelly schlenderte von hinten auf die kleine Erhöhung im Sand zu, die vielleicht entstanden war, als ein Kind hier eine Sandburg gebaut hatte. Mittlerweile hatte der Wind die Formen abgeschliffen. Ein wunderbarer Platz, um von hier aus den Sonnenuntergang zu beobachten. Man konnte sich dagegen lehnen wie in einem Sessel und war aus der Ferne kaum zu erkennen. Aber jemand anderer hatte den Platz vor ihr gefunden.

»Hi.« Sie trat einen Schritt vor.

Dale blickte auf, als Kelly sie ansprach. »Hi.« Ihr Gesichtsausdruck war unergründlich.

Kellys Herz klopfte bis zum Hals. Um den wäre sie Dale auch am liebsten gefallen, vor lauter Freude und Erleichterung, sie endlich gefunden zu haben, aber Dale saß nicht sehr fröhlich da, mit einem Stock in der Hand, mit dem sie Figuren in den Sand malte. Keine erkennbaren Figuren, nur Striche und Wellenlinien.

Kelly ließ sich neben ihr im Sand nieder. »Bist du schon lange hier?«

»Hm.« Dale wollte oder konnte es offenbar nicht sagen. Und sie schien sich überhaupt nicht zu freuen, Kelly zu sehen. Sie wirkte vollkommen gleichgültig.

»Ist ja auch egal«, sagte Kelly. »Ich habe nur einen Strandspaziergang gemacht, Muscheln gesucht –«

Dale fasste Kellys leere Hände in den Blick.

»Ich wollte etwas ganz Besonderes finden.« Kelly räusperte sich. »Ich hatte schon eine ganze Menge gesammelt, aber die habe ich alle irgendwo dahinten gelassen.« Sie wies mit einer Hand vage in die Richtung, aus der sie gekommen war. »Sie waren nicht schön. Die meisten waren sowieso zerbrochen.«

»Hm«, machte Dale wieder. Das schien momentan ihr ganzes Vokabular zu sein.

Kelly zog ihre Knie an und legte die Arme darum. Sie schaute übers Meer. Dale nicht anzusehen fiel ihr schwer, aber sie hatte das Gefühl, im Moment hatte Dale eine unsichtbare Mauer um sich gebaut, die Blicke ohnehin nicht durchdringen konnten. Vielleicht war es besser, Dale zu zeigen, dass sie diese Mauer respektierte.

»Ich weiß, dass du es nicht warst«, sagte sie. Dann schwieg sie wieder.

Es dauerte eine Weile, bis sich neben ihr etwas rührte. »Woher willst du das wissen?«

Kelly wandte Dale ihr Gesicht zu. »Ich weiß es einfach. Du kannst es nicht getan haben.«

Dale hob nur einen Mundwinkel an. »Hast du mit Claire gesprochen?«

»Ja.« Kelly nickte. »Sie glaubt es genauso wenig wie ich – und wie Moira.«

»Moira?« Dale schien erstaunt.

»Ich habe dich gesucht, in deinem Büro ... nachdem ich es von Claire erfahren hatte«, sagte Kelly. »Und Moira – Immerhin kennt sie dich schon lange«, schloss sie etwas vage.

»Sie ist meine Sekretärin«, sagte Dale trocken. »Und war auch nie mehr. Nur falls du dich das gefragt hast.«

Kelly schüttelte leicht den Kopf. »Habe ich nicht. Aber ich weiß jetzt, dass Claire und du –« Sie brach ab. Vielleicht hätte Claire gar nicht gewollt, dass sie Dale davon erzählte, was sie wusste. Aber nun war es zu spät.

»Wozu so eine Suspendierung doch gut ist«, sagte Dale. »Mein ganzes Privatleben wird öffentlich ausgebreitet. Interessiert alle bestimmt brennend.« Sie lachte ironisch auf. »Nicht dass ich viel Privatleben hätte.«

»Tut mir leid«, sagte Kelly. »Ich hätte es dir nicht erzählen sollen. Geht mich ja auch gar nichts an.«

»Stimmt«, sagte Dale. »Und welche Beweise habt ihr drei Musketiere, Claire, Moira und du, für meine Unschuld?«

»Die brauchen wir nicht«, sagte Kelly. »Wir glauben es einfach nicht.«

Dale holte tief Luft. »Das wird wohl kaum reichen.«

»Dale ...« Kelly drehte sich zu ihr herum. »Sei doch nicht so pessimistisch. Ich hätte nie gedacht, dass du so schnell aufgibst. Ausgerechnet du.«

Dale erwiderte ihren Blick nur kurz, dann starrte sie wieder in den Sand, den Figuren nach, die ihr Stock zeichnete. »Was soll das heißen: ausgerechnet ich? Bin ich kein normaler Mensch?«

*Nein,* dachte Kelly. *Für mich nicht. Für mich bist du* – Aber sie brachte den Gedanken nicht zu Ende. »Du bist ein Mensch, der keine Herausforderung scheut«, sagte sie. »Was du bewiesen hast.«

»Ja, ja, ja.« Dales Schultern schienen tiefer zu sinken. »All die Orden und das Lametta ... Weißt du, was das wert ist?« Ihr Kopf hob sich, und ihre Augen starrten Kelly aus dunklen Tiefen an. »Gar nichts.«

Kelly fühlte, dass es da noch etwas anderes gab, das Dale in so tiefe Verzweiflung stürzte. Das konnte nicht nur der heutige Vorfall sein. So etwas steckte man zwar nicht locker weg, aber dass Dale überhaupt nicht kämpfte ... das sah ihr nicht ähnlich.

»Für eins hast du all diese Orden sicherlich nicht bekommen«, sagte sie. »Für Feigheit.«

»Feigheit?« Das Wort schien Dale aufzuschrecken. »Du hältst mich für feige?« Diesmal blitzte in der tiefen Dunkelheit ihrer Augen so etwas wie Feuer auf.

»Und du würdest mich jetzt am liebsten dafür umbringen, nicht wahr?« Kelly lächelte. »Das sieht schon mehr nach Dale Richards aus, nicht nach dem Häufchen Elend, das hier eben noch herumsaß.«

»Ach.« Dale winkte ab. »Was ist das schon für ein Unterschied?«

»Ein großer«, sagte Kelly. »Dale Richards gibt niemals auf. Dale Richards ist die weiße Ritterin in der glänzenden Rüstung, die arme, hilflose Jungfrauen aus der Not errettet und den Rüpeln noch eins auf den Deckel gibt. Eine andere Dale Richards kenne ich nicht.«

»Du kennst mich überhaupt nicht«, sagte Dale. »Jungfrau?«, fragte sie dann plötzlich.

»Na ja ...« Kelly zog die Schultern hoch. »Mehr bildlich gesprochen.«

»Entschuldige«, sagte Dale. »Ich bin ein bisschen neben der Spur heute.«

»Könnte man so sagen.« Kelly war froh, dass Dale überhaupt wieder für irgendetwas Interesse zeigte. Ein wenig Leben war in die Gestalt im Sand zurückgekehrt. »Aber du hast ja auch allen Grund dazu.«

»Wirklich?«, fragte Dale. »Eigentlich habe ich das doch schon ewig lange kommen sehen. Ich hätte dem längst ein Ende machen sollen. Kündigen. Lewis Hollingsby hat mit seinem Schwiegervater die besseren Karten. Und diesmal hat er sie richtig gut ausgespielt.«

»Und warum hast du bisher nicht gekündigt?«, fragte Kelly.

Dale schaute sie an, sagte aber nichts.

»Eben«, sagte Kelly.

»Das reicht nicht, Kelly.« Dale schüttelte den Kopf. »Hier geht es nicht nach dem Prinzip *Der Angeklagte ist so lange unschuldig, bis man ihm seine Schuld beweist*. Darüber sind wir lange hinaus. Für die meisten steht meine Schuld fest.«

»Aber nicht für alle«, sagte Kelly. »Zählt das denn gar nichts?«

»Es überrascht mich«, sagte Dale. »Ich hätte nicht damit gerechnet –« Sie brach ab.

»Dass deine Freunde zu dir halten?«, fragte Kelly.

»Freunde?« Dale schüttelte erneut den Kopf. »Ich habe keine Freunde.«

»Komisch«, sagte Kelly, »dass Claire Dearing sich heute in einem Gespräch mit mir als deine Freundin bezeichnet hat. Würdest du sagen, sie lügt?«

Dale schien etwas hin- und hergerissen. »Nein, natürlich nicht«, gab sie dann zu. »Aber Claire ... Claire und ich –«

»Ihr habt miteinander geschlafen«, stellte Kelly fest. »Aber das ist nicht unbedingt eine Grundlage für Freundschaft.« Sie blickte zur Sonne hin, die sich am Horizont nun langsam über das Meer senkte.

Dale dachte an etwas anderes, an ihre Nacht mit Candy. War das erst zwischen gestern und heute gewesen? Sie konnte es kaum glauben, so fern schien ihr die Erinnerung. Ferner als vieles, das tatsächlich schon sehr lange her war. »Nein, ist es wohl nicht«, sagte sie. Auf einmal wusste sie auch wieder, warum sie zu Candy gegangen war. Der Traum ... Sie warf einen versteckten Blick auf Kelly. Der Traum saß jetzt neben ihr. Aber wie das so mit Träumen war: Sie konnte sie nicht erreichen.

*Im Moment wäre mir das so was von egal,* dachte Kelly. *Ich möchte dich einfach nur berühren.* Aber es sah nicht so aus, als ob Dale dasselbe Bedürfnis hätte. Sie hatte wahrlich andere Sorgen. »Ich denke, du hast mehr Freunde, als du denkst«, sagte Kelly. »Viele Leute schätzen dich, respektieren dich –«

Dale lachte trocken auf. »Sie haben Angst vor mir. Das ist alles.«

Kelly betrachtete sie sehr lange. »Ich habe keine Angst vor dir«, sagte sie dann.

»Nein.« Dale musterte sie ebenso. »Du nicht.«

Ihre Augen versanken ineinander, und Kelly hatte das Gefühl, sie würde hineingezogen in diese dunkle Tiefe – aber nicht, um unterzugehen. Es war mehr wie ein weiches Kissen, auf dem sie sich sanft niederlassen konnte, das ihr Geborgenheit gab und Wärme, Schutz vor allen Unbilden. Selbst wenn jetzt ein Gewitter mit Blitz und Donner aufgezogen wäre, ein Hurrican Bäume entwurzelt oder Häuserdächer herumgewirbelt hätte, hätte sie sich hier sicher gefühlt. Hier bei Dale.

Doch diesmal musste Dale den ersten Schritt tun. Sie würde sich nicht noch einmal die Finger verbrennen. »Ich habe keine Angst vor dir, weil man keine Angst vor dir haben muss«, flüsterte sie. »Ich sehe keinen Grund dazu.«

»Du siehst nicht das ganze Bild.« Auch Dales Stimme klang leise.

»Ich glaube, ich sehe den wichtigsten Teil des Bildes«, entgegnete Kelly. »Den, den man nicht mit den Augen sieht.«

Dale lächelte etwas angespannt. »Du bist erstaunlich«, sagte sie. »Du bist die erstaunlichste Frau, die ich seit langem getroffen habe.«

»Wenn das ein Kompliment sein sollte, habe ich es in dieser Art noch nie bekommen«, sagte Kelly. Ihre Stimme zitterte ein wenig.

»Es sollte ein Kompliment sein.« Dales Augen musterten sie

erneut. Ihr Gesicht näherte sich Kellys, und ihre Lippen berührten sie sanft. »Ein großes Kompliment.« Sie zog sich wieder zurück.

Kelly hätte fast vor Enttäuschung aufgestöhnt. Ihre körperlichen Reaktionen drängten sie zu Dale hin, es war, als gäbe es keinen anderen Weg, als würde sich ein Tor öffnen, durch das sie unbedingt hindurchgehen musste. Aber nicht, wenn Dale nicht wollte. Sie räusperte sich. »Danke«, sagte sie. »Ich sehe mich zwar nicht so, aber wenn du meinst . . .«

»Ich meine«, sagte Dale. Ihre Augen schienen jetzt weniger dunkel zu sein als zuvor. Sie leuchteten fast.

Dann bemerkte Kelly, woran das lag. Es war der Sonnenuntergang. Er spiegelte sich in der glänzenden Oberfläche und gab ihr ein ganz unirdisches Aussehen. Als wäre Dale eine Besucherin von einem anderen Stern. Kelly lachte leicht. »Ich hätte dich jetzt fast für ein Alien gehalten. Das Licht der untergehenden Sonne verfremdet alles.«

»Ja, es ist fast wie auf dem Mars.« Dale blickte zur Sonne hinüber. »Es ist schön«, fügte sie leise hinzu.

Kelly rückte ein wenig näher an sie heran. Sie saßen nebeneinander, ihre Körper berührten sich, aber sie betrachteten beide den Sonnenuntergang, als wäre er das einzig Interessante auf dieser Welt.

»Du bist eine sehr süße Frau«, sprach Dale nach einer Weile in die Luft hinein. »Und das ist ganz sicher ein Kompliment, das du schon oft bekommen hast.«

»Nicht wirklich«, sagte Kelly. *Nun komm, zeig es mir schon,* dachte sie. *Warum redest du so viel?* »Es sei denn, die Bezeichnung ›Süße‹ fällt auch darunter. Aber das ist wohl eher das Gegenteil von einem Kompliment.«

»Es gibt so viele Leute, die dich ›Süße‹ nennen?« Dale runzelte die Stirn.

»Ja«, erwiderte Kelly trocken. »Zum Beispiel der Besitzer eines Pornokinos, bei dem ich mich um einen Job beworben hatte.«

Nun konnte Dale nicht länger stillhalten. Sie drehte sich zu Kelly um und starrte sie an. »Ein Job? In einem Pornokino?«

Kelly lachte. »Ich wusste, dass dich das aufwecken würde.«

»Aber ... das war doch nicht –« Dale räusperte sich, sprach dann jedoch nicht weiter.

»Nein, war es nicht«, sagte Kelly. »Sie hatten eine Rezeptionistin gesucht, was – wie sich dann herausstellte – auch schon eine Übertreibung war, denn in Wirklichkeit suchten sie nur eine Kartenabreißerin. Aber als mich der Besitzer sah, hat er mir dann noch ... einen anderen Job angeboten.«

Diesmal wendete Dale sich nicht wieder ab. »Das ist zwar eine Unverschämtheit, aber ich kann das zumindest zum Teil nachvollziehen«, sagte sie. Sie lächelte erstaunlich übermütig. »Sollte ich den Kerl jedoch irgendwann einmal treffen, wird er einige edle Teile verlieren.«

»Du bist wirklich brutal«, erwiderte Kelly grinsend. »Kein Wunder, dass die Leute Angst vor dir haben. Dabei wollte er doch nur sein Geschäft ein bisschen aufpeppen.«

»Dafür gibt es andere Frauen«, sagte Dale. »Das ist schon schlimm genug.« Erneut näherte sich ihr Gesicht Kellys, und diesmal nutzte Kelly die Gelegenheit und ließ sich rückwärts in den Sand sinken. Dale blieb nichts anderes übrig als sich über sie zu beugen, wenn sie sie küssen wollte. »Kelly, ich –« Ihre Lippen waren nur Millimeter von Kellys entfernt, aber sie küsste sie nicht.

»Wenn du mich küssen willst, tu es«, forderte Kelly sie leise auf, während sie Dales Augen, die zu flackern schienen, festhielt. »Aber bitte quäl mich nicht so. Ich halte das bald nicht mehr aus.«

»Ich würde dich so gern küssen«, sagte Dale, aber sie bewegte sich nicht.

»Was hält dich ab?«, fragte Kelly. »Hast du jetzt etwa Angst vor *mir*?« Sie lachte leise.

»Nein«, sagte Dale, »aber ich habe Claire versprochen –«

Kelly lachte hell auf. »Ach, das ist es!« Nun endlich traute sie sich, über Dales Gesicht zu streichen. »Darüber musst du dir doch keine Gedanken mehr machen. Du bist suspendiert, und ich bin mittlerweile stellvertretende Leiterin der Personalabteilung. Und das war eindeutig Claires Wunsch, du hast sie nicht dazu überredet. Also sind die Voraussetzungen, unter denen du dein Wort gegeben hast, nicht mehr vorhanden. Du brichst es nicht, wenn du mich küsst oder –« Den Rest ließ sie in der Luft stehen.

»Warst du mal Mitglied des Debattierclubs?«, fragte Dale erstaunt.

»Hmhm.« Kelly nickte. »Auf der High School.«

»Deshalb«, sagte Dale. Ihre Augen veränderten sich erneut. »Du hast bestimmt jedesmal gewonnen.« Ihre Stimme senkte sich zum Schluss zu einem heiseren Flüstern herab, und diesmal machten ihre Lippen nicht Halt, sondern vereinigten sich mit Kellys, die leise aufseufzte, als wäre ihr ein großer Stein vom Herzen gefallen.

Es war so süß wie das erste Mal, Dales Lippen auf ihren zu spüren, und Kelly gab sich Dales Berührungen hin, bis sie das Gefühl hatte, sie würde sich gleich auflösen. »Dale ...«, wisperte sie mit geschlossenen Augen. »Bleib bei mir, Dale, geh nicht fort.«

»Ich gehe nicht fort«, wisperte Dale zurück. »Am liebsten würde ich nie wieder fortgehen.« Ihre Hände begannen Kellys Bluse aus dem Bund zu ziehen, schoben sich darunter, als sie es geschafft hatten.

Kelly stöhnte leise auf und drängte sich Dale entgegen. Dabei suchten auch ihre Hände nach einer Möglichkeit, Dales nackte Haut zu berühren. Sie öffnete Dales Hosenbund und zog den Reißverschluss herunter.

Dale erstarrte über ihr. *Was tue ich hier?,* dachte sie. *Es ist noch nicht einmal vierundzwanzig Stunden her, dass ich mit Candy –*

»Was ist?« Kelly öffnete die Augen. »Was hast du?«

»Nichts.« Dale glitt von Kelly herunter und rollte sich auf den Rücken. »Ich glaube, ich ... kann nicht.«

Kelly schloss die Augen wieder und atmete tief durch. *Nicht schon wieder. Bitte, nicht schon wieder!*

»Claire wird dir keine Vorwürfe machen«, sagte sie ruhig. So ruhig, wie sie konnte. »Ganz bestimmt nicht. Sie hat etwas anderes gemeint.«

»Ich weiß.« Dale starrte in den Himmel, an dem die letzten roten Streifen nur noch wenig Licht durchließen. »Das ist es nicht.«

*Ich weiß, ich sollte das nicht fragen, aber –* »Was dann?« Kelly hielt fast die Luft an, während sie auf die Antwort wartete.

»Du bist einfach zu gut für mich«, sagte Dale düster. »Ich bin nicht so makellos, wie du anscheinend meinst.«

Kelly richtete sich überrascht auf. »Ich habe nie behauptet, dass ich dich makellos finde. Wie kommst du darauf?«

»Gut, dass du das weißt. Aber du bist immer noch zu gut für mich. Ich kann nicht … ich kann nicht das sein, was du brauchst.« Dale stand auf.

»Oh nein. Moment mal.« Kelly erhob sich ebenfalls. »Woher willst du wissen, was ich brauche? Ich bin genauso wenig makellos wie du. *Zu gut.* Was heißt das überhaupt?«

Dale atmete tief durch. »Das heißt, dass du ein Mädchen vom Lande bist und ich … schon viel zu viel gesehen habe. Das passt nicht zusammen. Ich will nicht, dass noch einmal jemand meinetwegen unnötig leiden muss.«

Kelly holte schon Luft, um zu antworten, da hielt sie plötzlich inne. »Noch einmal?« fragte sie. »Was heißt das? Wer hat deinetwegen gelitten? Von wem sprichst du?«

»Von niemand.« Dale schloss den Knopf an ihrer Hose und zog den Reißverschluss hoch. »Du bist besser ohne mich dran. Das ist alles, was ich sagen wollte.«

»Und das entscheidest du einfach so, ohne mich zu fragen?« Kelly trat auf sie zu. »Dale …« Ihre Stimme war sanft. »Glaub mir doch. Ich liebe dich so, wie du bist. Mit all deinen … Makeln.« Sie lachte leicht. »Ich möchte dich gar nicht anders haben.«

»Du weißt nicht, wovon du sprichst«, sagte Dale. Plötzlich zuckte ihr Kopf hoch. »Du liebst mich?« Sie starrte Kelly an.

Kelly starrte fast genauso überrascht zurück. »Habe ich das gesagt? Ja, habe ich wohl. Tut mir leid. Ist mir so rausgerutscht. Ich wollte das eigentlich nicht so – Aber es stimmt. Ja, ich liebe dich. Das habe ich schon vor einiger Zeit herausgefunden. Wenn es auch ziemlich aussichtslos war. Dachte ich damals zumindest.« Sie schaute Dale an. »Aber heute denke ich das nicht mehr. Ich werde das nicht so einfach akzeptieren. Du bist mir eine Erklärung schuldig.«

»Ich … Kelly …« Dale blickte unglücklich auf sie hinunter. »Warum kannst du es nicht einfach so nehmen, wie es ist? Ich will dir nicht weh tun.«

»Ich nehme dich gern so, wie du bist«, entgegnete Kelly lächelnd. »Mit allem Drum und Dran.«

»Ach Kelly …« Dale fuhr sich mit den Händen übers Gesicht. »Das ist alles nicht so einfach.«

»Es muss nicht einfach sein«, sagte Kelly leise und trat ganz nah an Dale heran. »Ich will nur … Dale … bitte …« Sie fuhr mit einem Finger über Dales Augenbraue. »Da ist eine Narbe«, sagte sie. »Kriegsverletzung?«

Dale räusperte sich. »Nein. Meine Schwester. Als wir noch klein waren.«

Kelly lächelte liebevoll. »Dann ist deine Schwester wohl die Brutale in der Familie.«

»So ist es auch wieder nicht«, sagte Dale. »Es war ein Unfall.«

»Dale.« Kelly lehnte sich vor und legte ihre Arme um Dales Taille. Dann bettete sie ihren Kopf an Dales Brust. »Du hast vorhin gesagt, du gehst nicht fort«, sagte sie leise. »War das denn kein Versprechen, das du halten musst?«

»Du kannst mich nicht lieben«, sagte Dale. Ihre Stimme klang, als wäre ihre Kehle sehr trocken. »Das darfst du nicht.«

»Warum nicht?«, fragte Kelly. Sie schluckte. »Weil du mich nicht liebst?«

»Verstehst du denn nicht?« Dale schob sie von sich weg und drehte sich mit dem Rücken zu ihr. »Ich bringe Unglück. Du wirst nicht glücklich werden, wenn du mit mir zusammen bist. Und vielleicht sogar –« Sie brach ab.

Kelly legte eine Hand auf Dales Schulter. »Ich war noch nie sehr glücklich in meinem Leben«, sagte sie leise. »Schlimmer kann es eigentlich nicht werden.«

Dale wandte sich zu ihr zurück. »Das klingt furchtbar.« Ihr Gesicht zeigte einen bestürzten Ausdruck.

»So furchtbar auch wieder nicht«, sagte Kelly. »Glück stand eben einfach nicht sehr oft auf meinem Stundenplan. So was gibt's. Man gewöhnt sich daran. Aber als ich dich zum ersten Mal sah –« Sie lächelte leicht. »Du musst zugeben, dass du mir seither ziemlich viel Glück gebracht hast, nicht das Gegenteil. Deine Behauptung stimmt nicht.«

»Das hat doch nichts mit Glück zu tun«, sagte Dale. »Du hast einen Job gefunden, du hast das College abgeschlossen, du bist befördert worden. Klingt wie ein ganz normaler Lebenslauf. Die meisten Leute würden das nicht als Glück bezeichnen.«

»Für mich war es das«, sagte Kelly. »Aber den wichtigsten Punkt hast du vergessen.«

Dale hob fragend die Augenbrauen.

»Ich habe dich kennengelernt«, sagte Kelly. Sie musterte Dales Gesicht und wartete auf ihre Reaktion.

Dale verzog die Lippen. »Wenn du das als Glück bezeichnest, hast du wirklich noch nicht viel Glück in deinem Leben gehabt.«

»Und deshalb willst du mir das für den Rest meines Lebens nun auch noch verwehren?«, fragte Kelly.

Dales Gesicht verzog sich noch mehr. »Wie lange warst du noch mal in diesem Debattierclub?«

»Zwei Jahre«, sagte Kelly. »Und ich muss zugeben, dort hatte ich tatsächlich einige der glücklichsten Momente meines Lebens.«

»Das merkt man«, sagte Dale.

Kelly lächelte. »Das heißt, du gibst dich geschlagen?«

Dale wirkte unentschlossen. »Was ist die Strafe für die Niederlage, wenn ich sie zugebe?«

»Du nimmst mich mit in deine Wohnung«, sagte Kelly. »Ich weiß, Niederlagen sind nicht dein Fall«, fügte sie schnell hinzu, als sie Dales Gesichtsausdruck sah, »deshalb dachte ich, mit einem Sahnehäubchen versüßt ist es eventuell leichter, sie zu akzeptieren.«

Dale schien gegen ein Zucken in ihren Mundwinkeln anzukämpfen. »Und du bist das Sahnehäubchen?«

»Stets zu Diensten.« Kelly machte eine leichte Verbeugung.

»Na gut«, sagte Dale. »Aber ich sage dir gleich: Ich stehe nicht sehr auf Sahne. Nur Fett und leere Kalorien. So was steht normalerweise nicht auf meinem Speiseplan. Sonst müsste ich noch mehr trainieren, als ich es ohnehin schon tue.«

Kellys Lippen spitzten sich vergnügt. »Oh, an Trainingsmöglichkeiten soll es nicht mangeln«, sagte sie.

# 31

Dale?« Kelly war in einem Bett aufgewacht, das nicht ihres war, und hatte eine Sekunde gebraucht, um sich zurechtzufinden, aber nun wusste sie, dass es Dales Wohnung war. Und eigentlich hatte sie erwartet, dass auch Dale da sein würde. Aber das war sie nicht.

Kelly blieb noch einen Augenblick liegen und horchte, ob es vielleicht eine Antwort auf ihre Frage gäbe oder Geräusche, wie sie Menschen machten, wenn sie sich bewegten, zwischen Zimmern herumliefen.

Nichts. War sie allein? Hatte Dale Reißaus genommen und wartete darauf, dass Kelly die Wohnung verließ, damit Dale sie wieder in Besitz nehmen konnte – ohne Kelly?

Sie erinnerte sich an ihre Annahme, dass Dale wohl nicht für längere Beziehungen geschaffen war. Ein One-Night-Stand – das mochte ja noch angehen, aber danach wollte sie vielleicht nichts mehr davon wissen, was gewesen war.

Kellys Lippen verzogen sich unwillkürlich zu einem Lächeln. Es war schön gewesen. Sehr schön.

Sie runzelte die Stirn. Immerhin musste sie zugeben, dass sie Dale zu dieser Nacht erpresst hatte. Irgendwie. Vielleicht war das falsch gewesen. Aber Dales abwechselnd sanfte und leidenschaftliche Berührungen heute Nacht ... die zärtlichen Worte ... dazu konnte sie sich doch nicht gezwungen haben, das war alles so echt gewesen, so echt und so – wundervoll.

Sie seufzte auf und spürte das warme Ziehen in ihrem Bauch, das bestätigte, wie genau ihr Körper sich immer noch an all diese wundervollen Dinge erinnerte.

Dennoch war die Stille an diesem Morgen verdächtig. Kein Rauschen der Dusche, kein Klappern von Geschirr, keine Türen, die geöffnet oder geschlossen wurden.

Nicht dass Kelly erwartete, dass Dale sie mit einem gedeckten Frühstückstisch überraschen würde, ganz und gar nicht, aber irgendetwas erwartete sie.

Sie atmete tief durch. Eine leere Wohnung wahrscheinlich, die ihr zu verstehen geben würde, dass die Nacht jetzt vorbei war und alles, an das sie sich erinnerte, auch.

*Wenigstens hattest du diese eine Nacht mit ihr. Sei doch zufrieden.*

»Pf.« Kelly machte ein abschätziges Geräusch. Sie hatte sich oft in ihrem Leben mit etwas zufriedengeben müssen, das nicht genau das war, was sie erwartet oder erhofft hatte. Sie hatte es getan, weil ... nun ja, meistens hatte sie keine Alternative gehabt.

Aber Dale ... Dale war etwas anderes. Wenn diese Nacht das einzige war, was Kelly von ihr bekommen konnte, würde sich das irgendwann herausstellen, aber jetzt, in diesem Moment, würde Kelly das nicht einfach so akzeptieren.

Sie stand auf und schaute sich nach etwas um, das geeignet war, ihre Kleider für den Augenblick zu ersetzen. Sie sah nichts, also nahm sie die Bettdecke und schlang sie um sich. Dann ging sie ins Bad.

Die Dusche war mit einer ganzen Reihe von Einstellungsmöglichkeiten versehen, bis hin zu einer Massagefunktion durch in die Wand eingelassene Wasserdüsen. Das Ganze sah ziemlich futuristisch aus. Wahrscheinlich genoss Dale diese ganzen Details nach ihrem Training, wenn ihr Körper Erholung brauchte.

Kelly probierte ein wenig an den Knöpfen herum und fand schließlich eine sehr angenehm rieselnde Duschfunktion, die ihr das Gefühl vermittelte, im Regenwald zu sein. Unter einem warmen tropischen Regen, der ihr in alle Poren drang, aber sanft und unaufdringlich, bis sie sich nicht nur erfrischt, sondern auch beruhigt fühlte. Als ob nichts ihr etwas anhaben könnte.

Handtücher gab es im Bad genug, und nachdem sie sich abgetrocknet hatte, griff sie nach einem Bademantel, der an der Tür hing. Sie warf ihn über und merkte sofort, dass er zu groß war, insbesondere zu lang. Er musste für Dales Größe genau passen.

Sie krempelte die Ärmel ein wenig hoch und zog den Gürtel so zusammen, dass sie einen Teil der Länge des Mantels nach oben ziehen und mit dem Gürtel dort festhalten konnte. Nun konnte sie wenigstens nicht mehr stolpern.

Als sie das Bad verließ, überlegte sie, ob sie sich erst anziehen sollte, aber sie sehnte sich sehr nach einem Kaffee. Irgendwo in der Küche würde bestimmt welcher sein. Sie ließ das Schlafzimmer hinter sich und folgte dem Korridor, bis sie das Wohnzimmer erreicht hatte.

Sie konnte sich nicht mehr sehr gut an die Aufteilung der Wohnung erinnern. Sie wusste nur, dass sie durch dieses Wohnzimmer ins Schlafzimmer gekommen waren, und sie vermutete, dass die Küche irgendwo auf der anderen Seite des Wohnzimmers sein musste.

Als sie das Wohnzimmer betrat, schien es ihr leer. Ihre Vermutung war wohl richtig gewesen: Dale war bereits gegangen, wohin auch immer.

Kelly machte sich erneut Sorgen, als sie daran dachte, dass Dale nicht zur Arbeit gegangen sein konnte. Aber vielleicht ... Moira hatte gesagt, dass Dale sich oft in ihrer ›Muckibude‹ abreagierte. Eventuell war sie dort. Hoffentlich.

Die Küche war ein offener Raum, der an das Wohnzimmer anschloss. Um sie zu betreten, musste man um die Bar, die die Küche zum Wohnzimmer hin begrenzte, herumgehen.

Kelly tat es und schaute sich nach Kaffee um. Sie sah die Kaffeemaschine und vermutete, dass der Kaffee darüber im Schrank stehen musste. Als sie die Schranktür öffnete, sah sie ihre Vermutung bestätigt. Kaffee und Zucker in Mengen.

Ein Lächeln schlich sich in ihr Gesicht. Leere Kalorien in Form von Zucker im Kaffee schienen nicht verboten zu sein. Dale hatte diese Schwäche selbst schon einmal zugegeben.

Sie nahm den Kaffee heraus, füllte die Maschine und setzte sie in Gang.

Tassen sah sie auf einem Regal stehen und nahm eine herunter. Sie drehte sich um, damit sie die Tasse neben die Kaffeemaschine stellen konnte – und erstarrte. Sie blickte direkt in Dales Augen, die sie beobachteten.

»D-Dale«, stotterte sie, nachdem sie sich halbwegs wieder gefangen hatte, fast wäre ihr die Tasse aus der Hand gefallen. »Du ... ich dachte ... ich habe kein Geräusch gehört. Ich dachte, du wärst gar nicht da.«

Dale saß in einem Sessel, dessen Lehne so hoch war, dass er ihre Gestalt vollkommen verdeckt hatte. Kelly war daran vorbeigegangen, ohne sie zu sehen. Der Sessel stand jedoch so, dass Dale Kelly durch die Öffnung zur Küche hin die ganze Zeit hatte sehen können.

Und jetzt beobachtete sie Kelly weiter, sagte nichts.

Kelly fühlte sich etwas unbehaglich. »Ich bin gleich weg«, sagte sie nach einer unangenehm langen Sekunde. Sie fühlte sich auf einmal außerordentlich fehl am Platz, in einem Bademantel, der nicht ihrer war, darunter auch noch nackt, in einer Wohnung, die nicht ihre war, sogar mit einer Tasse in der Hand, deren Funktion ihr auf einmal sehr fremd erschien. »Ich wollte nur noch ... einen Kaffee ...« Sie wies mit der Tasse etwas unbestimmt in Richtung Kaffeemaschine. »Aber wenn du –«, sie räusperte sich, »wenn du lieber ... ich kann auch ohne Kaffee –«

»Ich nicht«, sagte Dale plötzlich. »Machst du einen für mich mit?«

Kelly hätte fast vor Erleichterung aufgeseufzt. »Du sprichst ja«, erwiderte sie, und ein Lächeln entspannte ihr Gesicht. »Ich dachte schon, du hättest dich in eine stumme Statue verwandelt.«

Dale räusperte sich. »Ich habe selten Besuch«, sagte sie. »Ich bin es nicht gewöhnt, mich morgens vor dem Frühstück unterhalten zu müssen.«

»Du musst nicht«, sagte Kelly. »Aber eventuell rede ich dann die ganze Zeit, und du kannst mich nicht stoppen.« Sie schmunzelte ein wenig.

Dale stand auf. »Ich ... tut mir leid.« Sie räusperte sich erneut. »Ich war schon sehr früh wach und wollte dich nicht stören.«

Kellys Lächeln wurde zärtlich. »Das war sehr rücksichtsvoll von dir.« Sie drehte sich zum Regal herum und nahm eine zweite Kaffeetasse herunter. »Der Kaffee ist gleich soweit, glaube ich.«

Sie ging zur Kaffeemaschine hinüber, ohne Dale noch einmal anzusehen. Sie konnte nicht. Sie wollte Dale küssen, umarmen, ihr Herz klopfte bis zum Hals, am liebsten hätte sie Dale an sich gerissen und sie nie mehr losgelassen. Aber sie hatte das Gefühl, Dale hatte nicht zufällig diese Distanz aufgebaut. Irgendetwas war da.

Etwas, das sie davon abgehalten hatte, im Bett zu bleiben und darauf zu warten, dass Kelly aufwachte – oder sie mit zärtlichen

Küssen zu wecken.

»Hier«, sagte Kelly und schob eine gefüllte Tasse auf die Bar. »Und Zucker.« Sie stellte das ganze Paket daneben. »Wo sind die Löffel?«

Dale blickte etwas irritiert auf sie. »In der Schublade«, antwortete sie.

Kelly drehte sich um und betrachtete die Reihe von Schubladen, die unter der Arbeitsfläche angebracht waren. »Wenn du mir sagst, in welcher, muss ich nicht so lange suchen.«

Ohne dass Kelly eine Bewegung bemerkt hatte, stand Dale plötzlich neben ihr. »Hier«, sagte sie und zog eine Schublade auf.

Kelly konnte sich für einen Moment nicht rühren. Dales so plötzliche und unerwartete Nähe machte sie hilflos. Ihr Herz klopfte so laut, dass sie das Gefühl hatte, es wäre ihr ganzer Körper, der pulsierte, nicht nur dieser eine Muskel. Sie schluckte. Endlich konnte sie ihre Hand heben und die Löffel herausnehmen. »Die Milch ist vermutlich im Kühlschrank, oder?« Schnell entfernte sie sich von Dale, um zum Kühlschrank hinüberzugehen.

»Kelly?«

Kelly blieb mit dem Rücken zu Dale vor dem Kühlschrank stehen. Sie schloss die Augen. *Oh bitte ...*, dachte sie. *Nicht jetzt schon. Nur noch ein paar Minuten.*

Dale räusperte sich. »Du siehst gut aus in meinem Bademantel«, sagte sie.

Kelly stieß mit einem Seufzer die Luft aus, die sie die ganze Zeit über angehalten hatte. »Er ist mir zu groß«, sagte sie, öffnete die Kühlschranktür und nahm die Milch heraus. Sie drehte sich zu Dale um und lächelte sie an. »Ich hätte mich besser gleich anziehen sollen.«

»Nein.« Dale war mit zwei großen Schritten ihrer langen Beine bei ihr. Sie umarmte Kelly und küsste sie.

»Die Milch ...« Kelly spürte, wie sich der Milchbehälter gegen ihre Brust presste.

»Oh, entschuldige.« Dale ließ sie los.

»Macht nichts.« Kelly stellte den Milchbehälter auf die Bar und glitt in Dales Arme zurück. »Noch mal.« Sie blickte lächelnd zu Dale auf.

Es schien, als wäre Dale nun wieder zu einer Statue erstarrt. Sie schaute Kelly an, aber sie rührte sich nicht.

»Was ist?«, fragte Kelly. »Magst du nicht mehr küssen?« Dales Verhalten war schwer einzuschätzen an diesem Morgen.

»Ich ...« Dale musterte Kellys Gesicht. »Ich wollte nur sagen ...« Ihre Augen schienen Kelly in sich aufzunehmen wie eine alte Kamera, die Minuten brauchte, um ein Bild zu erstellen. »Du bist – Ich weiß nicht ...«

»Du musst nicht sprechen.« Kelly hob eine Hand und legte sie auf Dales Wange.

Dale schloss die Augen, als ob die Berührung ihrer Wange ein Schmerz wäre, den sie stumm ertragen müsste.

»Dale ...« Kelly streichelte Dales Gesicht, ihre Lippen. »Du musst dich nicht zu etwas zwingen, das du nicht willst. Soll ich gehen?« Es tat ihr weh, die Worte auszusprechen, aber immer mehr beschlich sie das Gefühl, dass ihre Gegenwart eine Qual für Dale war. »Ich liebe dich«, flüsterte sie fast schon unter Tränen, »aber ich verlange nichts von dir.« Ihre Kehle schnürte sich nun endgültig zu. Schnell löste sie sich von Dale und ging ins Schlafzimmer.

Sie suchte ihre Kleider zusammen und zog den Bademantel aus, um sich anzuziehen.

»Kelly ...«

Kelly presste ihre Lippen zusammen. »Du musst nichts sagen«, brachte sie mühsam hervor. »Ich verstehe das.« Sie stand nackt da und fühlte Dales Blicke auf ihrem Rücken.

»Das glaube ich nicht.« Dale trat hinter sie, ohne sie zu berühren. »Es ist meine Schuld. Es hat nichts mit dir zu tun.« Ihre Hände legten sich auf Kellys nackte Schultern. Kurz darauf fühlte Kelly Dales Lippen an ihrem Hals. »Du bist wundervoll«, flüsterte Dale. »Einfach nur wundervoll.«

»Dale ...« Kellys Stimme brach. Ihre Knie wurden weich. Sie wünschte sich, dass Dale sie festhalten würde.

Als hätte Dale ihren Wunsch gehört, legte sie ihre Arme um Kellys Taille und zog sie zu sich heran. Ihre Lippen liebkosten weiter Kellys Hals, aber ihre Hände wanderten von der Taille auf Kellys Bauch, weiter hinunter auf ihre Schenkel.

»Oh Dale …«, flüsterte Kelly. Ihre Brustwarzen schmerzten. Sie mussten hart wie Stein sein. Unter Dales Händen fühlten sich ihre Schenkel an, als würden sie in Flammen aufgehen.

Dales Finger streichelten die Innenseiten, entlockten Kelly sehnsuchtsvolle Seufzer. »Du bist wundervoll«, wiederholte Dale leise raunend. »Ich will nicht, dass du gehst.«

In Kellys Kopf drehte sich alles. Sie hatte das Gefühl ohnmächtig zu werden. »Bitte, Dale …«, hauchte sie schwach. »Lass uns ins Bett gehen. Ich kann nicht mehr stehen.«

Dales Hände umfassten Kellys Schenkel fester und hoben sie hoch. Kelly schrie spitz auf. Dale hatte das Zentrum berührt, und es traf Kelly wie ein elektrischer Schlag.

Im nächsten Moment ließ Dale sich mit Kelly auf das Bett niedersinken. Kelly atmete schwer. Dale schien jedoch keine Anstrengung zu spüren. Ihr linker Arm schob sich unter Kellys Seite nach oben, ihre Hand legte sich auf Kellys Brust, streichelte sie. Gleichzeitig wanderte die rechte Hand von Kellys Schenkel noch weiter zu Kellys Mitte und berührte ihre Haare.

Kelly hielt die Luft an. Sie würde gleich explodieren, sie spürte es. Dale musste nicht viel tun, um sie dazu zu bringen. Kellys Körper reagierte auf jede Berührung so, als würde sie hundertfach verstärkt.

Dale drang vorsichtig in sie ein, während die Finger ihrer anderen Hand Kellys Brustwarze drückten und streichelten, über die Spitze fuhren, so dass tausend Ameisen sich darin tummelten und eine lange Straße bis ganz nach unten legten.

Kelly stöhnte auf. Sie konnte sich nicht mehr zurückhalten, die Reize waren zu stark, Dales Hände zu erfahren und ihr eigenes Inneres glühte, pulsierte, krampfte sich zusammen.

Dale ließ sie mehrmals kommen und hielt sie dann fest in ihren Armen, während Kelly sich erholte.

»Dale …«, flüsterte Kelly nach einer Weile. »Oh Dale … wie machst du das? Das war …«

»Ich mache gar nichts.« Dales Stimme lächelte. »Du machst es.« Sie drehte Kelly zu sich herum und schaute sie an. »Du bist eine sehr leidenschaftliche Frau.«

»Eigentlich bin ich eher zurückhaltend«, sagte Kelly. »Aber du …«, sie suchte Dales Augen, »du bringst mich einfach dazu.«

»Gern geschehen«, sagte Dale lächelnd. »Aber es ist wirklich nicht mein Verdienst.«

Kelly strich mit weichen Fingern über Dales Gesicht. »Ich liebe dich«, sagte sie leise.

Dale räusperte sich. »Möchtest du jetzt deinen Kaffee? Ich hole ihn dir.« Sie stand schnell aus dem Bett auf. Kellys Antwort hatte sie gar nicht erst abgewartet.

*Hm.* Kelly verschränkte die Arme unter dem Kopf und schaute an die Decke. *Du bist wundervoll* war ein schönes Kompliment, aber *Ich liebe dich* ersetzte es nicht. Vielleicht war Dale einfach nicht der Typ, der *Ich liebe dich* sagte, vielleicht hatte es noch nie eine Frau von ihr gehört. Dennoch war es schwer, darauf zu verzichten.

Sie seufzte. Noch immer klangen die Gefühle, die Dale eben in ihr ausgelöst hatte, in ihr nach. Es war schön, hier zu liegen, zu wissen, dass Dale da war ...

»Kaffee«, sagte Dale und kam mit zwei Tassen zur Tür herein.

Kelly schaute sie an, richtete sich auf und nahm eine der Tassen entgegen. »Ich hoffe, dass ist nicht die mit dem vielen Zucker«, sagte sie etwas neckend.

Dale nippte an ihrem Kaffee. »Definitiv nicht«, sagte sie. »Das ist der hier.«

Kelly nahm auch einen Schluck. »Stimmt«, bestätigte sie. Sie ließ ihren Blick über Dales Gestalt streifen. »Willst du dich nicht ausziehen?«, fragte sie. »Ich glaube, wir waren noch nicht fertig.«

Dale trug eine Trainingshose und ein T-Shirt. Sie sah fast aus, als wäre sie gerade aus dem Fitness-Studio gekommen oder auf dem Weg dorthin.

Kelly grinste ein wenig. »Oder willst du jetzt in deine Muckibude?«

»Was?« Dale hob irritiert die Augenbrauen.

»Moira nennt es so. Wusstest du das nicht?« Kelly fühlte eine spitzbübische Lust in sich, Dale zu necken. Sie stellte ihre Tasse auf den Nachttisch und stand auf, ging auf Dale zu. »Viele Frauen stehen auf Muskeln«, sagte sie. »Trainierst du deshalb?«

Dale schüttelte stirnrunzelnd den Kopf. »Ich habe schon immer trainiert«, antwortete sie. »Erst Leichtathletik in der Schule und später dann –«

Kelly legte ihre Arme um Dales Taille, und Dale verstummte. »Später dann?«, wiederholte Kelly lächelnd.

»Bei der Army –«, Dale balancierte ihre Kaffeetasse über Kellys Kopf, »haben wir eine Menge Kampfsport gemacht. Und auch anderes Training. Das hat nie aufgehört.«

»Bis heute nicht«, sagte Kelly. Sie schmiegte sich an Dales Brust. Ihre Hände glitten tiefer und schoben Dales Trainingshose von ihren Hüften. »Hattet ihr kein Nackttraining?«

»Kelly!« Mit einer Hand hielt Dale immer noch ihre Kaffeetasse fest, mit der anderen versuchte sie Kellys Händen Einhalt zu gebieten.

»Was?«, fragte Kelly neckend. »Wolltest du etwas sagen, Liebling?« Sie glitt an Dale hinab und schob ihr Hose und Slip bis auf die Knöchel hinunter.

»Bitte, Kelly ...«, flüsterte Dale, »lass mich doch wenigstens den Kaffee irgendwo abstellen.«

»Solange du nicht wegläufst ...« Kelly blickte zu Dale hoch. »Aber wehe, du tust es.«

Dale schüttelte die Hosen von ihren Füßen, stellte die Kaffeetasse auf den Nachttisch und setzte sich aufs Bett.

»Das T-Shirt?«, fragte Kelly.

Dale zog es sich über den Kopf und schaute Kelly an.

»Bleib so«, sagte Kelly. Sie ging zu Dale hinüber und kniete sich vor sie hin. »Ich weiß noch viel zu wenig, wie du da unten aussiehst«, bemerkte sie heiser. Sie musste schlucken, um weitersprechen zu können. »Heute Nacht im Dunkeln konnte ich das nicht sehen.« Sie schob Dales Knie auseinander.

Aus dem Augenwinkel bemerkte sie, wie weit Dales Brustwarzen hervorstanden. Sie war auf jeden Fall nicht abgeneigt.

Dales schwarze Haare setzten sich zwischen ihren Beinen fort. Kelly schluckte erneut. Dann senkte sie ihren Mund auf die Mitte und spürte Dales nasse Erregung, das angeschwollene Fleisch. Sie drang leicht mit ihrer Zunge in die Spalte.

Dale stöhnte über ihr auf, stützte sich mit den Armen auf dem Bett ab und lehnte sich zurück.

Kelly schob Dales Beine noch weiter auseinander, umfasste

ihre Schenkel und ließ ihre Zunge ein Konzert auf ihren Schamlippen und ihrer Perle spielen.

Dale warf den Kopf herum, ihr Po zuckte auf der Matratze. »Kelly ...«, flüsterte sie mit geschlossenen Augen. »Du machst mich verrückt.«

»Ich will nur, dass du glücklich bist«, flüsterte Kelly zärtlich.

Dale sank ganz auf die Matratze zurück, lag nun quer über dem Bett. So konnte Kelly noch besser in sie eindringen und nutzte ihre Chance.

Dales Hüften zuckten hoch, sie stöhnte laut auf. Ebenso wie bei Kelly dauerte es nicht lange, bis Dale zum Orgasmus kam, aber Kelly sorgte dafür, dass es nicht bei diesem einen blieb. Sie wollte Dale dasselbe geben, was sie ihr gegeben hatte.

Danach glitt sie neben Dale auf die Matratze. Sie beugte sich über sie und strich ihr eine wirre Strähne aus der Stirn. »Du hast so viel Kraft«, flüsterte sie liebevoll lächelnd. »Ich glaube, ich habe ein paar blaue Flecke, weil ich versucht habe dich festzuhalten.«

Dales Brust hob und senkte sich immer noch heftig. Sie schlug die Augen auf. »Tut mir leid«, sagte sie mit einem etwas gequälten Gesichtsausdruck. »Das wollte ich nicht.«

»Es ist schön, diese Kraft zu spüren«, sagte Kelly leise. Ihre Stimme zitterte ein wenig.

Dales Mundwinkel hoben sich verstehend. Sie richtete sich auf und drehte Kelly auf den Rücken. »Und ich finde es schön, *dich* zu spüren«, antwortete sie. Sie schob sich auf Kelly und küsste sie.

»Ich möchte, dass das nie aufhört«, hauchte Kelly unter ihr. »Niemals. Bitte ...«

Dales Lippen wanderten von Kellys Mund zu Kellys Brust. Als sie die Brustwarze mit ihrer Zungenspitze berührte, schrie Kelly auf. Wie in einem Strudel schlugen Wellen über ihr zusammen.

»Dale, was machst du mit mir?«, wisperte sie so schwach, dass es kaum zu hören war. »Was machst du nur mit mir?«

# 32

Als Kelly das nächste Mal erwachte, lag Dale neben ihr. Es war ein gutes Gefühl, nicht allein aufzuwachen, und Kelly lächelte.

Sie betrachtete Dale, die entspannt schlief, den Kopf in die Armbeuge gelegt. Gerade wollte sie ihr einen Kuss auf die Nase hauchen, da klingelte das Telefon. Dale schoss blitzartig hoch und hätte Kelly fast KO geschlagen.

»Langsam«, sagte Kelly leicht verwirrt. »Ich will noch etwas leben.«

Dale hatte das Telefon schon in der Hand und schaute Kelly entschuldigend an, als sie sich meldete.

»Claire?« Dale runzelte die Stirn.

»Hat Kelly dich gefunden?«, fragte Claire. »Sie ist heute Morgen nicht zur Arbeit erschienen. Ich mache mir etwas Sorgen. Gestern hat sie dich gesucht, aber danach habe ich nichts mehr von ihr gehört. Und auf ihrem Handy meldet sich immer nur die Mailbox.«

»Ähm, ja, sie hat mich gefunden«, erwiderte Dale.

»Und offenbar geht es dir gut«, stellte Claire fest. »Mir fällt ein Stein vom Herzen.«

Dale lächelte leicht. »Ja, es geht mir gut«, sagte sie.

»Weißt du zufällig, wo Kelly ist? Hat sie gestern etwas zu dir gesagt? Wo sie hinwollte? Es sieht ihr gar nicht ähnlich, nicht zur Arbeit zu kommen, ohne sich abzumelden.«

»Äh ...« Dale zögerte. »Sie ist hier«, sagte sie dann.

Eine Sekunde herrschte Stille. »Oh«, kam es danach etwas schwach aus der Leitung.

»Willst du sie sprechen?«, fragte Dale.

»Nein, schon gut, ich will nicht stören«, sagte Claire schnell. »Jetzt weiß ich ja, dass ihr nichts passiert ist. Ich rufe eigentlich auch wegen etwas anderem an.«

»Weswegen?« Dales Augenbrauen wanderten fragend nach oben.

»Bill McGyver war heute Morgen bei mir.«

Dales Gesichtsausdruck verdüsterte sich. »Hat er dich angewiesen, mich endgültig zu entlassen?«

»Ganz im Gegenteil«, sagte Claire, »aber das würde ich lieber persönlich mit dir besprechen. Nicht hier im Haus und nicht am Telefon.«

»Im Gegenteil?« Dale fragte verwundert nach.

»Persönlich«, wiederholte Claire sehr bestimmt. »Am besten an einem öffentlichen Ort.«

Dale schüttelte den Kopf. »Warum tust du so geheimnisvoll?«

»Ich habe meine Gründe«, sagte Claire. »Ich würde vorschlagen, wir treffen uns mitten in der Stadt. Je lauter und belebter, desto besser.«

»Wenn du meinst«, entgegnete Dale etwas verständnislos. »Ich weiß, wo es einen guten Brunch gibt.«

»Brunch?« Claire schien erstaunt. »Jetzt?«

»Ja ... äh ... wir hatten noch nichts heute.« Dale wirkte fast etwas verloren.

»Ach so.« Claires Grinsen war durchs Telefon zu hören. »Na dann. Sag mir, wo ich hinkommen soll.«

Als Dale auflegte, schaute Kelly sie fragend an. »Du hast Claire gesagt, dass ich hier bin?«

»Ja«, sagte Dale. »Und wir gehen jetzt mit ihr zusammen brunchen. Sie will mir unbedingt etwas sagen, aber nicht am Telefon.«

»Dann geht doch ihr beide. Sie hat sich bestimmt gewundert, dass ich heute nicht zur Arbeit gekommen bin, oder? Da muss ich jetzt unbedingt hin.« Kelly fühlte sich auf einmal sehr schuldig. Sie hatte nicht einmal eine Zehntelsekunde daran gedacht, Claire anzurufen. Aber wann auch?

»Davon hat sie nichts gesagt«, erwiderte Dale. »Und ich glaube, du könntest durchaus etwas zu essen vertragen.« Sie glitt mit ihren Blicken über Kellys nackten Körper.

Kelly wurde sofort wieder warm. »Schau mich nicht so an«, sagte sie, »sonst wird das nichts mit dem Brunch.«

Dale lachte leicht. »Das dachte ich auch gerade. Also ...«, sie schwang die Beine aus dem Bett, »werden wir beide jetzt ganz brav sein und uns anziehen.«

»Darf ich vorher noch duschen?«, fragte Kelly.

Als sie in Dales Wagen unterwegs zu dem Restaurant waren, in dem sie sich mit Claire treffen wollten, scharrte Kelly etwas verlegen mit den Füßen. »Also ... eigentlich ... es ist schon schlimm genug, dass Claire jetzt Bescheid weiß.« Ihre Augen warfen einen flehentlichen Blick zu Dale. »Kannst du dich nicht allein mit ihr treffen? Ich finde schon irgendein Sandwich.«

»Die haben einen tollen Brunch«, sagte Dale. »Du verpasst was.«

Kelly seufzte auf. »Was ich wirklich gern verpassen würde, sind Claires Blicke. Ich glaube, ich versinke vor Peinlichkeit im Boden.«

»Sie ist deine direkte Vorgesetzte«, sagte Dale. »Wie lange willst du ihr denn aus dem Weg gehen? Eure Büros liegen nebeneinander.«

Kelly atmete tief durch und seufzte erneut. »Ja, leider«, sagte sie. »Das kann ja heiter werden.«

Dale schaute sie kurz an. »Du kennst doch Claire. Sie ist der netteste Mensch, den es gibt. Sie wird dir schon nicht den Kopf abreißen. Und mir hoffentlich auch nicht«, fügte sie mit komisch verzogenem Gesicht hinzu.

»Du hast dein Wort nicht gebrochen«, sagte Kelly sanft. Sie legte eine Hand auf Dales Bein. Dale zuckte zusammen. »Oder hat sie etwa heute Morgen irgendetwas gesagt, als du ihr mitgeteilt hast, dass ich bei dir bin?«

»Nimm deine Hand da weg«, sagte Dale mühsam.

Kelly zog schnell ihre Hand zurück. Ein verlegener Schauer rann durch ihren Körper. Dales und ihre eigene Vorstellung von Nähe waren wohl sehr unterschiedlich. »Entschuldige. Ich wollte dich nicht belästigen.«

»Das ist es nicht«, sagte Dale. »Ich wollte nur nicht an der nächsten Palme landen.«

Kelly lächelte. »Ach so«, sagte sie. »Dann muss ich mich entschuldigen. Ich habe nicht daran gedacht.«

»Du kannst gern fahren«, sagte Dale, »und dann mache ich dasselbe bei dir.«

»Nein, danke.« Kelly lachte leicht. »Ich glaube dir schon. Tut mir wirklich leid.« Sie betrachtete Dales Gesicht von der Seite. Es war ein wenig angespannt. »Was hat Claire nun wirklich gesagt?«, fragte Kelly. »Ich habe irgendetwas von Entlassung gehört.«

Dale schüttelte zweifelnd den Kopf. »Ich weiß nicht genau«, sagte sie. »Claire meinte: im Gegenteil. Aber ich kann mir nicht erklären, was das bedeuten soll. Das wollte sie mir am Telefon auch nicht sagen.«

»Im Gegenteil?«, wiederholte Kelly. »Das heißt, sie wollen dich befördern?«

»Das kann ich mir kaum vorstellen.« Dale stieß unwillig die Luft aus. »Wirklich nicht. Hollingsby würde alle Hebel in Bewegung setzen, um das zu verhindern.«

»Und er würde sich auch durchsetzen?«

»Aber sicher.« Dale nickte. »Der Aufsichtsratsvorsitzende liebt seine Tochter heiß und innig, wie man so hört. Er kann ihr keinen Wunsch abschlagen. Und sie hat Hollingsby geheiratet. Also kann Hollingsby seinen Schwiegervater über Mrs. Hollingsby ganz sicher bis zu einem gewissen Grad manipulieren. Davon kann man wohl ausgehen.«

»Und trotzdem hat er es nicht geschafft, dich loszuwerden«, sagte Kelly.

Dale hob die Augenbrauen. »Mich wird man nicht so leicht los. Da muss er schon früher aufstehen. Und wie man ebenfalls so hört, ist der Schwiegervater von seinem Schwiegersohn durchaus nicht begeistert. Das heißt, ganz so einfach ist es nicht.«

»Bin ich froh, dass ich mich mit so etwas nicht herumschlagen muss«, sagte Kelly. »Das ist ja grauenhaft.«

»Nur weil ein Krieg nicht offiziell erklärt wurde, heißt das noch lange nicht, dass es ihn nicht gibt«, sagte Dale. Sie bog in den Parkplatz des Restaurants ein.

Sofort sprang ein Mitarbeiter in einer Art Pagenuniform auf den Wagen zu, hielt Kelly die Tür auf und ließ sich von Dale den Schlüssel geben, um den Wagen zu parken.

»Ich glaube, das ist das erste Mal, dass ich in einem Restaurant bin, wo man seinen Wagen nicht selbst parken muss«, sagte Kelly.

»Ach ja?« Dale schien abwesend.

Kelly beobachtete ihr Gesicht und merkte, dass die Anspannung gestiegen war. Dales Wangenknochen traten scharf hervor, als wären sie aus Stein gemeißelt. »Mach dir keine Sorgen«, sagte Kelly. »Alles wird gut.« Lieber noch hätte sie Dale in die Arme genommen, aber dazu war das hier der falsche Ort.

Dale blieb abrupt stehen. »Was hast du gesagt?«

*Anscheinend das Falsche,* dachte Kelly. »Ich wollte nur ... Es sah so aus, als würdest du dir Sorgen machen. Und ich denke, das musst du nicht. Du findest immer wieder einen Job.« Sie blickte Dale verunsichert an.

Dale musterte Kelly, als wäre sie ihr plötzlich völlig fremd geworden, als hätte sie sie noch nie gesehen. »Darüber mache ich mir keine Sorgen.«

»Dann ... entschuldige.« Kelly hatte das Gefühl, gerade von einem eisigen Lufthauch getroffen worden zu sein. »Ich wollte mich nicht in deine Angelegenheiten einmischen.«

Dale sagte nichts mehr, sondern ging einfach weiter.

*Mist! In was für ein Fettnäpfchen bin ich denn da wieder getreten?,* dachte Kelly. *Wenn ich sie doch nur besser kennen würde. Ich weiß nie, wie sie reagiert.*

Sie ging stumm neben Dale her, bis sie den Eingang des Restaurants erreicht hatten, wo eine Frau in einem dunklen Anzug hinter einer Art Pult stand. Sie blickte ihnen mit einem geschäftsmäßig freundlichen Lächeln entgegen. »Zwei Personen?«

»Nein.« Dale blickte in das Restaurant hinein. »Wir sind hier mit jemand verabredet.« An einem der Tische hob sich eine Hand und winkte. »Sie ist schon da.« Dale nickte der Frau hinter dem Pult zu und ging ins Restaurant hinein.

Als Kelly ihr folgte, hatte sie das Gefühl, Dale hätte es noch nicht einmal bemerkt, wenn sie sich plötzlich in Luft aufgelöst hätte. Sie seufzte innerlich. Es war nicht einfach.

Claire lächelte sie an, als sie sich ihrem Tisch näherten. »Ich dachte schon, ihr kommt nicht mehr.«

»Es dauert eine Weile von meiner Wohnung hierher.« Dale warf einen Blick auf Kelly.

Erst als dieser Blick sie nicht mehr losließ, bemerkte Kelly, dass Dale darauf wartete, dass Kelly sich setzen würde, damit sie sich selbst setzen konnte. *Oh Mann,* dachte sie. *Ein Offizier und Gentleman. Daran muss ich mich wirklich gewöhnen.* Sie setzte sich schnell auf den Platz neben Claire.

Dale setzte sich Claire gegenüber. »Tut mir leid. Es ging wirklich nicht schneller.«

»Ich weiß. Unter anderen Umständen hätte ich euch auch gar nicht gestört.« Claire lächelte Kelly an.

Kelly versuchte, nicht rot anzulaufen. Sie senkte den Blick. Claires Augen sahen freundlich aus, aber auch – wissend.

»Und was gibt es jetzt so Dringendes?«, fragte Dale.

»Esst erst mal«, erwiderte Claire. »Wir warten noch auf jemanden.«

Dales Augenbrauen zogen sich zusammen. »Auf wen?«

»Das siehst du dann«, sagte Claire. »»Ich habe jedenfalls jetzt Hunger.« Sie winkte dem Kellner.

Dale schien nicht zufrieden, aber sie bestellten.

Als sie mit dem Essen schon fast fertig waren, lenkte irgendetwas Claires Blick auf den Eingang. Da Dale mit dem Rücken zum Eingang saß, konnte sie nicht sehen, was es war.

Claire lächelte wie zuvor bei ihrem Eintreffen und winkte.

Kurz darauf sagte eine männliche Stimme: »Guten Tag, Dale.«

Dales Blick zuckte hoch. »Bill«, erwiderte sie ohne hörbare Emotion in der Stimme.

»Ich hatte dir doch schon am Telefon gesagt, dass Bill heute Morgen bei mir war«, warf Claire schnell ein. »Mehr konnte ich dir am Telefon nicht sagen, deshalb habe ich Bill zu unserem Treffen hier eingeladen.«

Dales Blick wurde nicht unbedingt freundlicher.

»Ja, ohne dich zu fragen, entschuldige«, sagte Claire etwas genervt. »Aber am Telefon wollte ich das wirklich nicht.«

»Du hättest jetzt etwas sagen können«, bemerkte Dale kühl. »Wir sind schon eine Weile hier.«

»Bitte setzen Sie sich, Bill«, sagte Claire zu Bill McGyver. »Ich glaube, es wäre gut, wenn Sie die Sache persönlich aufklären.«

»Gern«, sagte Bill und warf einen Blick auf Dale. »Darf ich?«

Dale atmete etwas unwillig durch. »Wenn Sie wollen.«

Bill setzte sich und schaute Dale erneut an. »Ich weiß, Sie sind wütend auf mich, enttäuscht von meiner Reaktion in der Sitzung, aber genau deshalb bin ich hier.«

Dale verzog spöttisch die Mundwinkel. »Wollen Sie sich entschuldigen?«

»In gewisser Weise«, sagte Bill. »Aber nicht deswegen, was Sie wahrscheinlich meinen. Ich habe Sie nie für schuldig gehalten.«

»Ach?« Dale zog die Augenbrauen hoch. »Das haben Sie in der Sitzung deutlich gezeigt. Danke.«

»Ich musste Sie suspendieren, Dale«, sagte McGyver. »Es gab keine andere Möglichkeit. Wenn ich mich gegen den Aufsichtsratsvorsitzenden gestellt hätte, gäbe es jetzt keine Chance, wie ich Ihnen helfen könnte.«

»Helfen?« Dale wirkte sehr skeptisch. »Sie haben selbst zugestimmt, dass die Beweise auf mich deuten.«

»Das tun sie ja auch«, sagte McGyver. »Da gibt es keinen Zweifel.«

Dale lachte trocken auf. »Was wollen Sie dann noch hier?«

»Ich bin Jurist«, sagte McGyver. »Zumindest war ich das mal, bevor die bessere Bezahlung mich in die Industrie gelockt hat. Und als Jurist kenne ich sehr genau den Unterschied zwischen einem Indizienbeweis und einem tatsächlichen Beweis.« Er musterte Dales abweisendes Gesicht. »Alles, was gegen Sie angeführt wurde, sind Indizien.«

»Ja«, sagte Dale, »und sie sind falsch. Aber es hat gereicht, um mir den Boden unter den Füßen wegzuziehen.«

»Noch nicht ganz, Colonel.« Bill McGyver lächelte. »Oder haben Sie im Gefecht auch gleich nach dem ersten Rückschlag aufgegeben?«

»Ich kannte meine Gegner, und ich wusste, wie ich sie besiegen konnte«, erwiderte Dale hart. »Das kann ich im Moment nicht behaupten.« Sie musterte Bill McGyver misstrauisch.

»Dale ...« Bill legte eine Hand auf ihre Schulter. »Wir kennen uns doch nun schon ein paar Jahre. Habe ich Sie je im Stich gelassen?«

Dales Gesicht wirkte maskenhaft. »Nein«, entgegnete sie. »Bis gestern nicht.«

»Und gestern auch nicht«, sagte Bill. »Es war einfach nötig, dass der Eindruck entstand, ich wäre auf Hollingsbys Seite –

oder eher auf der seines Schwiegervaters.« Er verzog einen Mundwinkel. »Sie kennen ihn nicht. Er könnte uns alle mit einem Schlag wegfegen, und es würde ihm nicht das geringste ausmachen.«

»Er ist ein alter Mann«, sagte Dale.

»Aber mit viel Macht«, gab Bill zu bedenken. »Mehr als Sie sich vorstellen können.«

»Und das soll mich jetzt beruhigen?«, fragte Dale ironisch.

»Es sollte Sie nur davon überzeugen, dass hier eine kluge Strategie angebracht ist«, sagte Bill. »Und darin waren Sie doch immer Expertin. Während Ihres Dienstes zumindest. Das habe ich gehört.«

»Eine Armee zu führen ist wesentlich einfacher als das hier«, sagte Dale. Sie holte tief Luft und stieß sie wieder aus.

»Wenn Sie es sagen ...«, bemerkte Bill lächelnd. »Aber dennoch glaube ich, dass Ihre strategische Ausbildung überall von Nutzen sein kann, auch im Zivilleben.«

»Um eine erfolgversprechende Strategie zu entwickeln, braucht man Informationen«, sagte Dale. »Im Moment komme ich mir vor, als müsste ich ohne Nachtsichtgerät durch pechschwarze Dunkelheit kriechen.«

»Das ist sicherlich auch so beabsichtigt.« Bill nickte.

»Apropos pechschwarz«, warf Claire ein. Sie winkte dem Kellner und bestellte für alle Kaffee. »Sie haben die Beweise doch geprüft«, fuhr sie dann an Bill gewandt fort. »Gibt es denn da nichts, wo man einhaken kann?«

»Schwierig.« Bill wiegte den Kopf. »Die Kopien ... die Sache mit dem Badge ...«

»Könnten die Eintrittsdaten manipuliert worden sein?«, fragte Dale. »Im Computersystem? Nachträglich?«

»Unser System ist dafür zu komplex«, sagte Bill. »Sie wissen es ja selbst, Sie haben das System schließlich überwacht und auch noch für seine Verbesserung gesorgt, bis es perfekt war.«

»Es ist nicht perfekt«, sagte Dale grimmig. »Sonst hätte das nicht passieren können.«

In diesem Moment brachte der Kellner den Kaffee, und nachdem er eingeschenkt hatte und verschwunden war, schob Kelly ganz automatisch Dale die Zuckerdose hin.

Claire hatte das beobachtet und lächelte leicht.

»Und Sie haben Ihren Badge wirklich nie aus den Augen gelassen?«, fragte Bill. »Sind Sie da ganz sicher?«

»Fragen Sie mich doch gleich, ob ich den Einbrecher nicht auch noch reingelassen habe«, knirschte Dale, »wie Hollingsby es behauptet hat.«

»Immer mit der Ruhe«, sagte Bill. »Das behauptet hier keiner. Aber es muss eine Erklärung geben. Gerade weil wir alle hier davon ausgehen, dass es nicht so gewesen sein kann, wie Hollingsby es beschrieben hat.«

»Warum hat er die Pläne mit nach Hause genommen?«, fragte Dale mehr sich selbst als die Runde.

»Ja«, sagte Claire. »Das habe ich mich auch schon gefragt. Er ist nun wirklich nicht der vorbildliche Mitarbeiter, dem etwas am Unternehmen liegt. Er hat die Tochter des Aufsichtsratsvorsitzenden nur geheiratet, um sich ein schönes Leben machen zu können. Mit ihrem Geld. Ich hätte ihn nie eingestellt. Und sicherlich auch kein anderer Personalchef.«

Bill dachte nach. »Die Kopien«, sagte er dann nachdenklich. »Die könnte er gemacht haben, als er die Pläne mitgenommen hat.«

»Ja.« Dale nickte. »Das wäre möglich.« Sie atmete tief durch. »Aber das ist schon ziemlich gefährlich. Das alles nur, um mich aus der Firma zu kicken?«

»Vielleicht hat er noch einen anderen Grund«, sagte Kelly plötzlich.

Drei erstaunte Augenpaare richteten sich auf sie.

»Entschuldigung«, sagte Kelly. Sie fühlte sich wie unter einem Mikroskop. »War nur so ein Gedanke. Ich wollte mich nicht einmischen.«

Dale runzelte die Stirn. »Nein, nein«, sagte sie. »Ist schon richtig. Wir haben das Ganze bisher vielleicht immer zu eng gesehen, zu sehr auf mich bezogen. Möglicherweise bin ich gar nicht das Ziel, sondern nur –«, sie verzog das Gesicht, »ein Kollateralschaden.«

»Er hasst dich«, sagte Claire. »Seit dem ersten Tag.«

»Ja.« Dale nickte. »Deshalb hat er mich als Sündenbock ausgewählt. Aber das heißt nicht, dass sich die ganze Sache um mich dreht. Er ist vielleicht verrückt, aber so verrückt auch wieder nicht.«

»Da bin ich nicht so sicher«, sagte Claire. »Was er dir schon alles für Knüppel zwischen die Beine geworfen hat ...«

»Damit komme ich klar«, sagte Dale. »Das waren alles nur Geplänkel. Aber jetzt, das ist kein Geplänkel mehr. Mich abzuschieben war sicherlich ein netter Nebeneffekt für ihn, aber war es auch der Hauptgrund für die ganze Attacke?«

»Das ist ein interessanter Gedanke«, sagte Bill nachdenklich. »Auf jeden Fall werde ich versuchen, mehr über diese Kopien herauszufinden. Bei uns im Haus kann man die nicht machen, dazu sind sie zu groß, dazu muss er – wenn er es denn war – irgendjemand gehabt haben, der in diesem Format Kopien anfertigen kann.«

»Ein Copyshop«, sagte Claire. »Es gibt welche, die bieten auch diese großen Formate an.«

»Ich werde mich erkundigen«, sagte Bill und stand auf. Verabschiedend legte er Dale noch einmal seine Hand auf die Schulter. »Verzeihen Sie mir?«, fragte er. »Ich konnte es Ihnen wirklich nicht sagen. Das hätte jemand mitkriegen können, und dann wäre die ganze Sache geplatzt.«

Dale schaute ihn an. »Danke, Bill. Ihre strategischen Fähigkeiten sind auch nicht gerade von schlechten Eltern. Daran hätte ich denken sollen.«

Bill lachte freundlich. »Ich glaube, Sie waren mit etwas anderem beschäftigt. Das ist nur zu verständlich.« Er presste die Zähne aufeinander. »Ich hoffe, auf diese Art bin ich diesen Hollingsby dann endlich los. Der hat mich ganz schön Nerven gekostet in den letzten Jahren.«

»Nicht nur Sie«, sagte Claire.

Dale nickte. »Uns alle wohl. Aber solange er mit der Tochter des obersten Bosses verheiratet ist –« Sie schüttelte den Kopf. »Es gibt schon komische Sachen. Was findet sie nur an ihm?«

Bill grinste. »Er ist ein ganz hübscher Junge, oder? Und sie ist mindestens dreißig Jahre älter.« Er winkte allen zu und verschwand.

»Beruhigt?« Claire lächelte Dale an. »Ich war auch ganz erschlagen, als er heute Morgen zu mir ins Büro kam. Mit so etwas hatte ich überhaupt nicht gerechnet. Nach der Sitzung hatte ich genauso wie du angenommen, dass er umgefallen wäre.«

»Ja, nach einer Hilfsaktion sah das wirklich nicht aus«, nickte Dale. »Aber selbst mit seiner Unterstützung wird es nicht so einfach sein.«

»Willst du dir die Daten selbst einmal ansehen?«, fragte Claire. »Ich meine, die Sache mit dem Badge? Dass du zweimal reingekommen sein sollst.«

»Sie werden mich wohl kaum mehr an irgendetwas heranlassen.« Dale kaute auf ihrer Unterlippe herum.

»Bill kann dir bestimmt Ausdrucke besorgen«, sagte Claire. »Wenn du so sicher bist, dass du deinen Badge nie aus den Augen gelassen hast, muss es eine Erklärung geben.«

»Ja, ich bin ...«, Dale zögerte auf einmal mitten im Satz, »sicher«, sagte sie dann. »Ich habe ihn immer ... bei mir.« Sie schien geistesabwesend.

»Ist dir irgendetwas eingefallen?«, fragte Kelly. »Hast du deinen Badge mal verliehen oder so?«

»Ich bin doch nicht wahnsinnig«, sagte Dale, aber sie schien nur automatisch zu antworten. Hinter ihrer Stirn mussten sich andere Gedanken bewegen als die, die sie Kelly und Claire mitteilte.

»Du warst zu Hause, hast du gesagt«, führte Claire weiter aus. »Und du bist sicher, dass dich da niemand gesehen hat? Der Portier, Nachbarn, der Pizzabote?«

»Ich bin durch die Tiefgarage gekommen«, sagte Dale. »Da sieht mich der Portier nicht. Obwohl er natürlich gerade auf seinen Bildschirm geschaut haben könnte, als ich kam. Aber es gibt auch tote Ecken. So könnte ich das Haus wieder verlassen haben. Habe ich aber nicht. Nicht bis der Anruf kam.«

»Und als der kam, warst du auch allein«, schloss Claire aus dem, was sie bisher erfahren hatte.

»N-nein.« Dales Blick kehrte zu Claire zurück, vermied aber den von Kelly. »Ich war nicht allein.«

»Warst du nicht?« Claire sah geradezu entgeistert aus. »Ja, warum hast du das denn nicht gesagt?« Sie warf einen Blick auf Kelly. »Dann hast du doch eine Zeugin.«

»Ich war es nicht.« Kelly schluckte. »Ich war gestern zum ersten Mal in Dales Wohnung.« Ihre Gedanken überschlugen sich. Megan. Ganz sicher war Megan bei Dale gewesen. Und Dale wollte sie schützen. Was für einen Grund konnte es dafür geben, außer dass Dale und Megan – dass Megan eben nicht Vergangenheit war, wie Kelly angenommen hatte.

Nun ja, ehrlich gesagt hatte sie nicht darüber nachgedacht. Nicht als sie nach Dale suchte, nicht als sie Dales Wohnung betrat, nicht als sie mit Dale im Bett war, nicht als sie neben ihr aufwachte. Es war viel zu schön gewesen, um über irgendetwas anderes nachzudenken. Sie hatte es einfach nur genossen.

Aber jetzt saß sie hier, sah Dales verschlossenes Gesicht, sah, dass Dale ihrem Blick auswich. Sie wollte Kelly die Wahrheit nicht in ihren Augen lesen lassen. Dass es nur Sex gewesen war. Dass Kelly nur eine von vielen war. Ein Mädel in jedem Hafen. Kelly lachte innerlich sarkastisch auf. Warum sollten es nicht auch mal zwei Mädels im selben Hafen sein? Oder mehr?

Sie stand auf. Es brach ihr das Herz, dass Dale sie auch jetzt nicht ansah. Als ob sie schon gewusst hätte, dass das geschehen würde. Als ob sie darauf hingearbeitet hätte. Als ob es ihr gerade recht wäre. »Ich muss gehen«, sagte Kelly. Sie warf einen kurzen Blick auf Claire. »Es ist viel Arbeit liegengeblieben, weil ich –« Sie brach ab. »Weil ich nicht da war«, fuhr sie dann so gefasst wie möglich fort. »Es ist wohl besser, wenn ich einiges davon heute noch erledige.«

Bevor Claire überhaupt etwas sagen konnte, war Kelly aus dem Restaurant verschwunden.

»Du hättest ja wenigstens mal den Mund aufmachen können.« Claire schaute Dale strafend an.

»Hm? Was?« Dale wirkte, als wäre sie gerade aus einem Traum erwacht.

»Kelly ist gegangen«, sagte Claire.

Dales Blick betrachtete Kellys leeren Stuhl, auf dem sie eben noch gesessen hatte. »So schnell?«, fragte sie.

»Na, du bist gut.« Claire ließ ihre Hand auf den Tisch fallen. »Was hast du denn erwartet?«

Dale runzelte die Stirn. »Ich war nicht ganz da«, sagte sie. »Hat sie irgendetwas gesagt?«

»Das musste sie nicht.« Claire seufzte. »Ich habe es ihr angesehen.« Sie schüttelte den Kopf. »Du hast dich wirklich nicht geändert.«

Das Runzeln auf Dales Stirn vertiefte sich. »In welcher Beziehung?«

»In der Beziehung, die für Frauen wie Kelly als einziges zählt«, sagte Claire. »Nach einer Nacht mit der Frau, die man liebt.«

»Woher weißt du –?«

Claire unterbrach sie. »*Das* habe ich ihr auch angesehen.« Sie legte den Kopf schief. »Sie hat es dir gesagt?«

Dale verzog die Mundwinkel. »Ja.«

»Und du?«

»Ich ... Claire ... du weißt ...« Dale hob hilflos die Hände.

»Ich weiß«, sagte Claire betont, »dass meine stellvertretende Personalchefin eine wunderbare junge Frau ist, die so eine Behandlung nicht verdient hat.«

Dales Gesichtsausdruck wurde noch schuldbewusster. »Ich werde mich bei ihr entschuldigen«, sagte sie. »Ich war eben wirklich nicht ganz da. Ich habe das gar nicht richtig mitgekriegt. Aber ... aber was das andere betrifft: Sie wollte es. Ich habe sie zu nichts gezwungen. Und es war –«, sie räusperte sich, »Spaß für uns beide.«

»Das sicher«, sagte Claire. »Ich weiß, dass du eine gute Liebhaberin bist. Daran kann ich mich noch gut erinnern.« Sie lächelte leicht. »Aber für mich und für dich ging es damals wirklich nur um das. Für Kelly nicht.«

»So gut kennst du sie auch nicht«, wehrte Dale ab.

»Ich kenne sie besser als du. Ich arbeite jeden Tag mit ihr.« Claire beugte sich vor. »Und ich weiß ganz genau, dass sie schon eine ganze Weile in dich verliebt ist.«

Dales Augenbrauen zogen sich abwehrend zusammen. »Ihr habt darüber gesprochen?«

»Nein«, sagte Claire, »aber ich habe Augen im Kopf. Im Gegensatz zu dir offensichtlich.«

»Ich ... Claire ...« Dale wirkte hin- und hergerissen. »Ich kann ihr nicht das geben, was sie braucht. Das habe ich ihr auch gesagt.«

»Klar. Und damit ist für dich die Sache erledigt.« Claire

schüttelte den Kopf. »Musstest du unbedingt mit ihr schlafen? Das war keine gute Idee.«

»Das weiß ich auch.« Dale presste die Lippen aufeinander. »Aber ich war ... na ja, nach dem Tag gestern –«

»Du hast sie nur dazu benutzt, dein angeschlagenes Ego wieder aufzubauen?« Claire blitzte sie mit empörten Augen an.

»Nein.« Dales Augen wirkten erschrocken. »Nein, wirklich nicht. Das musst du mir glauben, Claire.«

»Ich glaube dir.« Claire lächelte erneut. »Du magst sie sehr. Du magst sie viel mehr, als du zugeben willst.«

»Claire ...« Dale fuhr sich mit beiden Händen müde und verzweifelt über das Gesicht. »Das hat doch keinen Sinn. Das weißt du. Ich könnte sie nie –«

»Lieben?«, beendete Claire den Satz, als Dale es nicht tat. »Weil sie nicht Kathy ist? Weil du dein ganzes Leben lang deine Liebe nur für eine Frau reservieren willst? Eine Frau, die tot ist?«

Dale zuckte schwer zusammen.

»Tut mir leid.« Claire legte eine Hand auf Dales Arm, und ihre Stimme klang weich. »Aber ich musste es sagen. Du nimmst doch Kathy nichts weg, wenn du es zulässt, Kelly zu lieben.«

»Ich ... nein ...« Dale schüttelte den Kopf. »Es wäre unfair Kelly gegenüber. Ja, ich gebe zu, ich mag sie. Ich habe gern mit ihr geschlafen, und sie ... sie ist eine wunderbare Frau.« Sie lächelte plötzlich. »Sie sieht sehr gut aus in meinem Bademantel.«

»Und ohne bestimmt noch besser.« Claire seufzte tief auf. »Du gehst nicht davon ab. Du tust so, als wären alle deine Gefühle für sie nur auf das Körperliche beschränkt.« Sie fixierte Dale mit eindringlichem Blick. »Aber das sind sie nicht.«

Dale schloss die Augen. »Darüber kann ich jetzt nicht nachdenken«, sagte sie, als sie sie wieder öffnete. »Ich habe Wichtigeres zu tun.« Sie stand auf und ging.

Claire schaute ihr kopfschüttelnd hinterher. »Und was jetzt?«, sagte sie zu sich selbst. »Zahle ich die Rechnung?« Sie gab einen resignierten Seufzer von sich. »Ja, das tue ich wohl.«

Und sie winkte dem Kellner.

# 33

Moira? Haben Sie Ms. O'Reillys Nummer gespeichert?«

»Ms. Richards?« Moira schien bass erstaunt. »Sind Sie das?«

»Wer sollte ich sonst sein?«, erwiderte Dale etwas barsch.

»Ja, natürlich«, sagte Moira. »Ich erkenne den Tonfall. Und andere Leute melden sich auch erst ordnungsgemäß mit ihrem Namen am Telefon.«

»Oh bitte, Moira, jetzt keine Benimmlektionen«, sagte Dale. »Haben Sie die Nummer oder nicht?«

»Haben Sie sie denn nicht?«

»Nein«, sagte Dale. »Ich habe Ms. O'Reilly nie angerufen.«

»Ich persönlich habe sie nicht«, sagte Moira, »aber das System hat sie. Ich kann nachschauen.«

»Bitte, tun Sie das.« Dale atmete tief durch. »So schnell wie möglich.«

Moira räusperte sich. »Sie haben Ihr Büro ausgeräumt.«

Dale zögerte kurz, bevor sie antwortete: »Das war zu erwarten.«

»Ja, aber so schnell?«, sagte Moira. »Soweit ich weiß, sind Sie noch nicht einmal offiziell gekündigt.«

»Ich wette, Lewis Hollingsby wollte nicht so lange warten«, sagte Dale mit zusammengebissenen Zähnen. »Hat er die Räumungsanweisung unterschrieben?«

»Ja«, sagte Moira.

»Dacht' ich's mir doch.« Dales Wut auf Lewis Hollingsby wuchs. Im Hintergrund hörte sie Moira auf der Tastatur klappern. »Haben Sie die Nummer?«, fragte Dale.

»Gleich.« Noch einmal klapperte die Tastatur. Dann gab Moira ihr die Nummer durch.

»Danke«, sagte Dale. »Und übrigens ...« Sie räusperte sich. »Ich habe gehört, dass Sie es nicht geglaubt haben. Das war nett von Ihnen.«

»Wenn ich das von Ihnen glauben würde, würde ich nicht für Sie arbeiten«, sagte Moira. »Ich habe auch meine Prinzipien.«

»He, Soldat«, sagte Megan, und ihre Stimme am Telefon klang erfreut. »Damit habe ich ja jetzt gar nicht gerechnet. Vom Kriegspfad zurück?«

»Ich war nie auf dem Kriegspfad«, sagte Dale. »Ich will dich sehen.«

»Ups.« Megan schien überrascht. »Auf einmal? Und du rufst mich an? Was ist passiert? Sonst musste ich dich doch immer zum Essen einladen.«

»Ich will dich nicht zum Essen einladen«, sagte Dale.

Für den Bruchteil einer Sekunde schien die Leitung tot zu sein. »Zu was dann?« Megans Stimme kehrte mit einem koketten Tonfall zurück.

»Was denkst du?«, fragte Dale.

Megan lachte leise. »Hat sie dich sitzenlassen? Leidest du unter Entzugserscheinungen?«

Dale sagte nichts.

»Na gut«, sagte Megan. »Wo soll ich hinkommen?«

»Nirgendwohin«, sagte Dale. »Ich komme zu dir.«

»Komm rein«, säuselte Megan eine halbe Stunde später mit einem verführerischen Lächeln auf den Lippen und hielt Dale die Wohnungstür auf.

Als Dale eintrat, wunderte sie sich nicht besonders, dass die Wohnung teuer und exklusiv eingerichtet war. Sie passte zu Megans Garderobe, die Dale schon kannte.

»So.« Megan hatte die Tür hinter Dale geschlossen und trat auf Dale zu. Sie lächelte, falls das überhaupt möglich war, noch verführerischer. »Was kann ich für dich tun?« Ihre Augen blitzten in einer Weise, als ob sie die Antwort schon wüsste.

»Du kannst mir ein paar Antworten geben«, sagte Dale.

»Oh?« Megans Augenbrauen hoben sich überrascht. Doch innerhalb einer Sekunde lächelte sie wieder. »Aber selbstverständlich.« Sie deutete auf die Couch. »Sollen wir es uns zuerst vielleicht etwas bequemer machen?« Sie entfernte sich einen Schritt von Dale und drehte sich dann mit fragendem Blick um. »Was möchtest du trinken?«

Dale musterte sie kurz. »Was immer du hast.«

Megan lachte leicht. »Ich habe alles.« Ihre Lippen verzogen

sich verheißungsvoll. »Bei mir bleiben keine Wünsche offen. Das ist mein Geschäftsprinzip.« Sie ging zur Bar auf der anderen Seite des Raumes hinüber. Während sie eine Karaffe in die Hand nahm, warf sie erneut einen Blick zu Dale zurück. »Darf es auch Alkohol sein? Du siehst so angespannt aus. Das macht dich vielleicht etwas lockerer.« Sie lachte erneut. »Jedenfalls soweit ich mich erinnere.«

»Mix mir irgendwas. Ist egal.« Dale ging zur Couch hinüber und setzte sich.

Megan goss etwas vom Inhalt der Karaffe in zwei Gläser, fügte Soda und Eis hinzu und drehte sich mit den Gläsern in der Hand zu Dale um. Ihr Blick wurde für einen Moment scharf beobachtend, doch dann verwandelte er sich wieder in ihr übliches verführerisches Lächeln. Sie kam auf Dale zu, reichte ihr ein Glas und setzte sich neben sie auf die Couch. Sie nahm einen Schluck von ihrem Whisky und setzte das Glas dann auf dem Couchtisch ab. »Nun?« Sie drehte sich zu Dale und legte eine Hand auf ihr Knie. Ihr Lächeln hatte sich nicht verändert. »Was willst du mich fragen?« Gleichzeitig beugte sie sich zu Dale und versuchte sie zu küssen.

Dale wandte den Kopf ab. »Nicht so schnell, Megan«, sagte sie.

»Wie du willst.« Megan drehte sich zurück und nahm ihr Glas vom Tisch. »Ich dachte, deshalb wärst du gekommen.« Sie nahm einen Schluck und beobachtete Dale aufmerksam.

»Nicht direkt«, sagte Dale.

Megan schüttelte den Kopf. »Komisch. Damals konntest du nicht schnell genug –« Sie lächelte wieder. »Was auch immer dich abhält, jetzt bist du hier, und wir können daran arbeiten.« Sie beugte sich erneut zu Dale vor und ließ ihre Lippen über Dales Wange streichen. »Wenn du willst, auch ganz langsam.«

Dale wich zur Seite aus und stellte ihr Glas auf den Tisch. »Als wir uns wiedergetroffen haben, damals im Supermarkt, war das Zufall?«, fragte sie, als sie sich in die Couch zurücklehnte.

»Äh, was?« Megan starrte sie an, als hätte Dale sie total auf dem falschen Fuß erwischt.

»Es war kein Zufall, oder?«, stellte Dale fest.

»Wie …«, Megan räusperte sich, und diesmal wich sie Dales Blick aus, »wie kommst du darauf?«

»Spätestens jetzt weiß ich, dass es stimmt«, sagte Dale. »Wer hat dich auf mich angesetzt?«

»Angesetzt?« Megan stand schnell auf und entfernte sich von ihr. »Ich weiß überhaupt nicht, wovon du sprichst.«

»Das weißt du sehr gut.« Dale bemühte sich nicht, Megan zu folgen. Sie beobachtete sie von der Couch aus.

»Nein.« Megan schien sich wieder gefangen zu haben. »Ich habe keine Ahnung.«

»Das Spiel können wir eine Weile spielen«, sagte Dale, »aber glaub mir, ich habe mehr Erfahrung darin als du. Zum Schluss bekomme ich immer eine Antwort.«

Megan stieß abschätzig die Luft aus. »Was willst du tun? Mich schlagen?«

Dale schüttelte den Kopf. »Das brauche ich gar nicht.«

»Dann lassen wir es doch«, sagte Megan und lächelte wieder. »Wenden wir uns angenehmeren Dingen zu.« Sie trat einen Schritt auf die Couch zu. »Ich finde große, starke Frauen ungeheuer anziehend.« Ihre Stimme klang rau. »Deshalb habe ich dich im Supermarkt angesprochen.«

»Es könnte sein, dass darin ein bisschen Wahrheit steckt«, sagte Dale, »dass du gern Geschäft und Vergnügen verbindest. Das kann ich mir gut vorstellen.« Sie stand auf. »Aber du warst nicht zufällig in diesem Supermarkt, davon bin ich überzeugt.«

Megan blickte zu ihr hoch. »Ich verstehe es nicht«, sagte sie. »Du könntest alles von mir haben. Warum machst du es uns so schwer?« Sie hob ihre Hand, um Dales Gesicht zu berühren, aber Dale hielt ihr Handgelenk fest.

»Diese Ablenkungstaktik wirkt nicht bei mir«, sagte sie. »Es geht um wichtigere Dinge.« Sie durchbohrte Megan fast mit ihrem Blick. Ihre Augen schimmerten wie blanker Stahl. »Ich kämpfe immer offen, und Schüsse aus dem Hinterhalt mag ich gar nicht.«

»Hinterhalt? Was für ein Hinterhalt?« Megan tat vollkommen unschuldig.

»Du hast den Kontakt mit mir gesucht, um etwas zu erreichen, das nichts mit meiner …«, Dale verzog die Mundwinkel,

»Anziehungskraft zu tun hat. Und garantiert hast du das nicht umsonst getan.« Sie ließ ihren Blick durch das Apartment streifen. »Wenn ich mir das hier so anschaue, tust du überhaupt nichts umsonst.« Sie hielt Megans Handgelenk noch etwas fester. »Wer hat dich bezahlt?«

»Hör auf.« Megans Augenbrauen zogen sich zusammen. »Was soll das? Ich verkaufe Häuser. Damit verdiene ich mein Geld.«

Dale ließ ihr Handgelenk los. »Okay«, sagte sie. »Ich habe Zeit. Ich kann tagelang hierbleiben – oder Wochen, wenn es sein muss.«

Megans Augen öffneten sich weit. »Das ist doch nicht dein Ernst«, stieß sie hervor. »So wichtig kann es wirklich nicht sein.«

»Wenn es nicht so wichtig ist, kannst du es mir ja auch sagen.« Dale drehte sich um und ließ sich wieder auf der Couch nieder. Sie legte die Arme seitlich weggestreckt auf die Rückenlehne.

Megan bewegte sich langsam auf die Tür zu, während Dale sie beobachtete. »Versuch das nicht«, warnte sie gelassen. »Ich bin schneller als du.«

Megan ging weiter, und mit einem elastischen Raubtiersprung war Dale bei ihr. »Warum glaubst du mir nicht?«, fragte sie auf gefährliche Art sanft.

»Dale ...« Megan versuchte es erneut mit Schmeichelei. »Du willst mir nichts tun, das weiß ich.« Sie lehnte sich an Dale. »Du kannst mir keine Angst machen, du ...«, sie lächelte vielversprechend, »du regst damit nur meine Fantasie an. Wollen wir uns nicht lieber damit beschäftigen? Im Bett?«

»Du denkst immer noch, niemand könnte deinen Reizen widerstehen, hm?«, fragte Dale fast etwas amüsiert. »Wenn du es nur lange genug versuchst.«

»Na ja«, entgegnete Megan weiterhin kokettierend. »Ehrlich gesagt erschreckt mich die Aussicht, dich tage- oder wochenlang hier zu haben, in keiner Weise. Im Gegenteil.«

»So sahst du eben aber nicht aus«, sagte Dale.

»Im ersten Moment ...«, Megan begann Dale zu streicheln, »war ich vielleicht ein wenig überrascht«, gab sie zu. »Das kannst du mir nicht verdenken.« Sie lachte. »Bisher warst du nicht gerade wild darauf, deine Zeit mit mir zu verbringen.«

»Das bin ich jetzt auch nicht.« Dale schob sie weg. »Ich will nur eine Antwort von dir.«

»Die ich dir nicht geben kann.« Megan zog einen Schmollmund. »Warum siehst du das nicht ein?«

»Weil ich weiß, wenn ich einen Lügner vor mir habe«, sagte Dale. »Ich habe bessere gesehen als dich.«

»Niemand hat mich bezahlt«, sagte Megan. Sie lächelte erneut. »Das brauche ich nicht, um mich für eine Frau wie dich zu interessieren.«

»Das kannst du dem Finanzamt erzählen, aber nicht mir.« Dales Blicke durchbohrten Megan, die bei dem Wort *Finanzamt* leicht zusammengezuckt war. Obwohl sie versuchte, diese Reaktion zu verbergen, hatte Dale sie doch wahrgenommen. Sie ließ Megans Handgelenk los und betrachtete sie diesmal fast mitfühlend. »Als brave Bürgerin dieses Landes weißt du ja, dass man alle seine Einkünfte versteuern muss. *Alle* Einkünfte.«

Megan wurde nervös, dennoch versuchte sie es mit Unschuld. »Und das tue ich auch. Mit dem Finanzamt kannst du mir nicht drohen. Ich ...«

»Auf Steuerhinterziehung stehen einige Jahre Knast.« Dale hatte sich etwas abgewandt und ließ diese Bemerkung wie beiläufig fallen. »Und da wäre noch ein Privatdetektiv, der mir einen Gefallen schuldet ...«

»Dale ... wirklich ... das war doch alles ganz harmlos«, sagte Megan. Sie verzog das Gesicht. »Ich hätte nie gedacht, dass das so eine Bedeutung für dich haben könnte.«

»Was?«, fragte Dale.

»Na ja ...« Megan rang unentschlossen die Hände. »Diese ganze Geschichte.«

»Ich höre?« Dale versperrte ihr immer noch den Weg zur Tür.

Megan zuckte die Schultern. »Meine Güte, so ein kleiner Nebenverdienst.«

»Wer war es?«, fragte Dale.

Megan runzelte die Stirn. »Ich glaube, er ist so etwas wie ... dein Boss?« Sie schaute Dale fragend an.

»Name?«, fragte Dale.

Megan seufzte. »Hollingsby. Ich traf ihn und seine Frau bei einer Hausbesichtigung. Der unverkäuflichste von meinen weißen Elefanten, ein riesiger hässlicher Klotz, aber sie wollte ihn unbedingt haben. Kein Geschmack, die Frau.«

Dem konnte Dale nur zustimmen, wenn sie sich Mrs. Hollingsbys Ehemann betrachtete. »Und er wusste, dass du mich kennst ... irgendwie?«, fragte sie. Das erschien ihr doch sehr unwahrscheinlich.

Megan schüttelte den Kopf. »Sie kennen Nancy Grand. Sie war eine der Referenzen, warum sie sich an mich gewandt haben. Wir sprachen über Nancys berühmte Partys. Irgendwie fiel dein Name. Da hat er mich darauf angesprochen, ob ich etwas für ihn tun könnte im Zusammenhang mit dir.«

»Und du hast natürlich mit Freuden zugestimmt.«

»Es war sehr viel Geld für praktisch keine Arbeit – und dazu dachte ich, das wenige an Arbeit macht auch noch Spaß.« Megan grinste etwas schief.

Dale musterte sie. »Und was sollte die Arbeit sein?«

»Sei doch nicht so sauer.« Megan versuchte erneut, sie zu berühren. »Es war nichts als ein Scherz. Er sagte, du wärst so stolz darauf, dass niemand dir in Sicherheitsfragen etwas vormachen könnte, und er wollte dir ...«, sie zuckte die Achseln, »einen Streich spielen, um dir zu beweisen, dass Sicherheit nie hundertprozentig garantiert werden kann. So wie diese Hacker, die immer in irgendwelche Firmennetzwerke einbrechen, um zu zeigen, dass die Firmen mehr für die Sicherheit tun müssen.« Megan wirkte nicht besonders schuldbewusst. »Da ist doch nichts dabei. Es sollte die Sicherheit in eurer Firma verbessern. Das müsste doch in deinem Sinne sein.«

»Hast du dich nicht gewundert, warum er für diesen ... Streich so viel Geld zahlen wollte?«

Megan lachte. »Er sagte, du wärst eine harte Nuss.« Sie legte kokett den Kopf schief. »Und das stimmt ja auch. Die Bezahlung war nur angemessen.«

Dale hob die Augenbrauen. »Das heißt, er hat dich dafür bezahlt, mit mir ins Bett zu gehen?«

Megan verzog angelegentlich die Lippen. »Das war meine

Idee. Er hat mir da freie Hand gelassen. Er wollte nur deine Codekarte.« Sie strich mit einem Finger von Dales Kragen hinunter in ihr Dekolleté. »Aber ich habe mich daran erinnert, wie es damals war, und dachte, das wäre der einfachste und ...«, sie spitzte die Lippen, »genussvollste Weg.«

Dale trat einen Schritt zurück. Megan sah enttäuscht aus. »Ich habe dir meine Codekarte nie gegeben«, sagte Dale. »Die lasse ich nie aus den Augen.«

»So würde ich das nicht sagen.« Megan grinste erneut. »Wenn du genug abgelenkt bist und nicht damit rechnest, kann man sie dir einfach aus der Tasche ziehen.«

Dale erstarrte. Das hieß, sie selbst war das Sicherheitsleck, das sie gesucht hatte. »Das würde ich merken«, erwiderte sie mit zusammengebissenen Zähnen.

»Ich bitte dich, Dale ...« Megan lächelte selbstbewusst. »Trau mir doch ein bisschen was zu. Du hast deinen Badge nicht jede Sekunde festgehalten, du warst viel zu sehr damit beschäftigt, mich abzuwehren.« Sie verzog das Gesicht. »Was ich sehr bedauerlich fand. Aber ein Mädchen muss ja dann auch mal auf die Toilette, und da kann man so einen Badge sehr schnell kopieren, wenn man das richtige Equipment dafür hat.«

»Und das hat Hollingsby dir gegeben«, vermutete Dale.

»Ja«, bestätigte Megan. »Und jetzt, nachdem du das weißt, kannst du Maßnahmen ergreifen, damit das Kopieren nicht mehr so einfach ist.«

»Wem hast du die Kopie gegeben?«, fragte Dale.

Megan hob erstaunt die Brauen. »Hollingsby natürlich, wem sonst?«

»Und er hat ihn dann dem Einbrecher gegeben«, führte Dale den Gedanken weiter.

»Das weiß ich nicht. Damit hatte ich nichts zu tun«, bemerkte Megan.

»Aber an dem Abend, als der Einbruch stattfand, hast du mich nicht ohne Grund zu Hause festgehalten, oder?« Dale blickte auf sie hinunter.

»Na ja, sie hatten wohl gehofft, dass du nicht ganz so pflichtbewusst bist«, erwiderte Megan grinsend. Sie verzog schmollend die Lippen. »Und ich auch.«

»Du bist mein Alibi«, sagte Dale. »Würdest du das auch vor Gericht bestätigen? Oder war es gerade die Absicht, dass du die einzige wärst, die mein Alibi bestätigen könnte – und es dann nicht tust? Behauptest, wir wären gar nicht zusammen gewesen?«

»Ich sollte nur dafür sorgen, dass du nicht woanders bist«, sagte Megan schulterzuckend. »Da ist doch nichts dabei.«

»Nein, gar nichts«, sagte Dale. »Aber nach dem Einbruch ...« Sie runzelte die Stirn. »Du hattest ihnen doch längst die Kopie meines Badges geliefert. Aber du hast mich immer noch angerufen. Versucht dich mit mir zu verabreden und –« Sie brach ab.

Megan grinste erneut. »Er hat noch was draufgelegt und mir gesagt, ich sollte so viel wie möglich aus deinem Privatleben herausfinden.« Sie kicherte fast. »Du hättest doch bestimmt auch ein paar Leichen im Keller. So hat er sich ausgedrückt.«

Dales Gesicht versteinerte.

»Und außerdem ...«, Megan plauderte ganz gelassen vor sich hin, »außerdem war es dann auch eine persönliche Angelegenheit. An dem einen Abend waren wir zwar fast soweit, aber ansonsten – Du hast dich auf nichts eingelassen, egal was ich versucht habe. So was ist mir noch nie passiert. Als ob ich gar nicht da wäre. Da musste ich schon aus dem Grund weitermachen.«

»Das hat an deiner Berufsehre gekratzt?« Dale lachte sarkastisch auf.

»Ich bin Maklerin«, erwiderte Megan verschnupft.

»Na ja, so wie du dich manchmal verhältst, könnte man das auch nur für einen Nebenjob halten«, sagte Dale.

## 34

Muss das wirklich sein?« Megan zog ein Gesicht.

»Wer A sagt, muss auch B sagen«, erwiderte Dale trocken und stieg aus. »Komm, bringen wir's hinter uns.«

Sie gingen durch die Tiefgarage von *Matrix International* zum

Fahrstuhl. Er hielt nicht, bis sie in der Chefetage angekommen waren. Ein langer Gang erstreckte sich vor Ihnen, als sie den Fahrstuhl verließen.

»Wie der Weg zum Schafott«, grummelte Megan.

»So schlimm wird es schon nicht sein.« Dale schaute kurz zur Seite. »Du hast in gutem Glauben gehandelt, das alles wäre nur ein Scherz. Es war zwar nicht nett, was du getan hast, aber strafrechtlich relevant ist vieles davon nicht wirklich. Du wirst schon mit einem blauen Auge davonkommen.«

Als Megan zögerte, griff Dale nach ihrem Arm. »Nun komm schon. Ich habe nicht ewig Zeit.«

Megan schmollte und ließ sich nur widerwillig mitziehen.

Eine Tür auf der rechten Seite des Ganges öffnete sich.

Automatisch schaute Dale in die Richtung. Abrupt blieb sie stehen.

»He, was soll das?« Megan protestierte. »Erst kannst du nicht schnell genug da hinkommen, und jetzt –« In diesem Moment erkannte auch sie die Person, die aus dem Büro auf der rechten Seite getreten war. »Ach so«, grinste sie.

Kelly warf nur einen kurzen Blick auf Megan, vermied den Blick von Dale und verschwand dann sofort in einem Büro auf der linken Seite.

Dale blickte ihr kurz nach, dann ging sie mit großen Schritten los.

»He, ich bin kleiner als du!« Megan protestierte erneut. »Kannst du die Sieben-Meilen-Stiefel mal ausziehen?«

»'Tschuldige.« Dale mäßigte ihr Tempo.

Megan grinste. »Hatte ich also recht. Sie spricht nicht mehr mit dir.«

»Das geht dich nichts an.« Dales Augen sprühten wilde Funken, und Megan ergab sich für den Moment in ihr Schicksal und folgte ihr.

Kurz darauf betraten sie Bill McGyvers Vorzimmer.

»Bitte sagen Sie Mr. McGyver, dass ich hier bin«, warf Dale der Sekretärin im Vorbeigehen hin, aber sie hielt sich nicht damit auf, auf ihre Antwort zu warten. Megans Oberarm mit festem Griff umfassend stieß sie die Tür zu Bills Büro auf. »Hallo Bill.« Sie zog Megan mit sich bis zu Bills Schreibtisch. »Ich habe hier etwas Interessantes für Sie.«

McGyver blickte erstaunt auf.

»Meine Zeugin für den Abend des Einbruchs«, fuhr Dale fort. »Und noch etwas mehr.« Sie warf einen etwas misstrauischen Blick auf Megan. »Und damit sie keinen Rückzieher macht, hier schon einmal ihre Aussage.« Sie warf Bill ein Band auf den Tisch. »Ich denke, was Sie da hören, wird interessant für Sie sein.«

Megan starrte sie entgeistert an. »Du warst verkabelt?«

»Nicht direkt.« Dale zuckte die Schultern. »Mein Diktiergerät. Aber das reicht. Es ist alles gut zu verstehen.« Sie nickte McGyver zu. »Ich habe Jim Patterson angerufen. Er wird gleich hier sein. Ich habe jetzt noch etwas zu erledigen. Sie kommen ja sicher allein klar, Bill«, verabschiedete sie sich schnell.

Als sie in der Personalabteilung ankam, wollte sie an Claires Büro vorbeigehen, aber Claires Stimme hielt sie auf. »Dale?«

Dale blieb stehen und wartete, bis Claire aus ihrem Büro herauskam.

»Du bist nach dem Lunch so schnell verschwunden«, sagte Claire. »Was war denn los?«

»Ich habe gerade Megan bei Bill McGyver abgeliefert«, erwiderte Dale etwas kurz angebunden.

»Megan?« Claire runzelte die Stirn. »Wer ist Megan?«

»Mein Alibi für die Einbruchsnacht. Ich sagte doch, ich war nicht allein.« Dale schien nervös und ungeduldig.

»Ah.« Claires Stirn entrunzelte sich wieder. »Weiß Kelly von ihr?«

»Es ist nicht so, wie du denkst«, entgegnete Dale brüsk.

»Ich denke«, sagte Claire, »dass ich jetzt zumindest weiß, warum Kelly beim Lunch so schnell weggelaufen ist.«

*Und warum sie auf dem Gang kein Wort mit mir gesprochen hat,* dachte Dale. Nicht mal einen Gruß. Darüber hatte Dale sich gewundert.

»Ich sehe, dir dämmert's auch langsam«, bemerkte Claire etwas amüsiert. »Du bist wirklich nicht besonders gut in solchen Dingen.«

»Ich kann doch nicht Gedanken lesen«, wehrte Dale sich.

»Vielleicht solltest du es mal lernen.« Claire seufzte. »Und ich dachte, Männer wären schwierig.«

Dale räusperte sich. »Ich –« Sie warf einen Blick in das nächste Büro. »Ist Kelly nicht da?«

»Ich habe sie nicht gesehen, seit ich zurückgekommen bin«, sagte Claire. »Sie ist irgendwo im Haus, Abklärungen wegen des Trainingscenters treffen.«

Dale schien unschlüssig.

»Was hat Bill zu deinem Alibi gesagt?«, fragte Claire.

»Noch gar nichts.« Dale schaute sie an. »Ich habe nur Megan bei ihm abgeliefert.« Sie hob die Augenbrauen. »Sie ist übrigens nicht zufällig mein Alibi. Hollingsby hat sie engagiert, um mich in der Nacht von der Firma fernzuhalten.«

»Wow.« Claire machte ein überraschtes Gesicht. »Das hat sie zugegeben?«

»Sie hatte keine andere Wahl«, sagte Dale. »Und nicht nur dafür hat er sie engagiert. Sie hat auch meinen Badge kopiert, so dass der Einbrecher das Haus ohne Alarm auszulösen betreten konnte.«

»Das sind ja tolle Neuigkeiten«, sagte Claire. »Dann bist du ja jetzt vollkommen entlastet.«

»Noch nicht«, sagte Dale. »Das muss alles erst hieb- und stichfest sein. Jim Patterson muss ihre Aussage noch offiziell aufnehmen. Und die Sache mit den Kopien –«

»Na, das liegt ja wohl auf der Hand«, unterbrach Claire sie. »Das kann doch auch nur Hollingsby gewesen sein.«

»Wahrscheinlich«, sagte Dale. »Aber er könnte auch einen Komplizen gehabt haben.«

»Das wird Jim sicherlich herausfinden«, stellte Claire zuversichtlich fest. »Aber warum hat Hollingsby das alles getan? Nur weil er dich hasst?«

»Megan gegenüber hat er behauptet, es wäre nur ein Test für die Sicherheitsvorkehrungen. Um zu zeigen, dass sie nicht ausreichend sind«, sagte Dale.

»Hm«, machte Claire skeptisch.

»Ja, das dachte ich auch«, bestätigte Dale. »Sicherlich hätte es ihm Freude gemacht, mich vorzuführen, meine Reputation als Sicherheitschefin zu zerstören, aber das allein reicht als Grund nicht aus. Und die Sicherheitslage in der Firma interessiert ihn nicht die Bohne. Die ganze Firma interessiert ihn nicht.«

Claires Mundwinkel verzogen sich plötzlich zu einem Lächeln. »Ich erkläre unsere Besprechung jetzt mal für beendet«, sagte sie. »Du hast noch einen wichtigeren Termin.« Sie hob die Hand. »Kelly?«

Dale drehte sich ruckartig um.

Kelly war ein paar Meter entfernt stehengeblieben, aber als Claire sie nun rief, kam sie zögernd auf sie zu.

»Ich glaube, Dale hat dir etwas zu sagen«, sagte Claire, drehte sich um und verschwand schmunzelnd in ihrem Büro.

»Wo ist Megan?«, fragte Kelly kühl. »Wartet sie wieder in deinem Büro auf dich?«

»Das ist alles überhaupt nicht so, wie du denkst«, sagte Dale.

»Das habe ich doch schon mal gehört«, erwiderte Kelly, ging an Dale vorbei und weiter in ihr Büro.

Dale folgte ihr. »Richtig betrachtet, war das Ganze eher geschäftlich«, sagte sie.

Kelly lachte trocken auf. »Sie hat halbnackt auf deinem Schoß gesessen. Führst du so Geschäftsbesprechungen?«

»Natürlich nicht. Sie hatte sich Rotwein auf die Bluse –«

»Und da musstest du sie ihr gleich ausziehen?« Von der üblichen Wärme in Kellys Blick war nichts mehr zu erkennen.

»Sie hat sich selbst ausgezogen.« Dale seufzte. »Ich hatte nichts damit zu tun.«

Kelly verschränkte die Arme. »Ja, richtig, das habe ich gesehen.«

»Darf ich mich setzen?«, fragte Dale.

»Weshalb bist du überhaupt hier?« Kelly ging zu ihrem Schreibtisch. »Du hättest nicht extra vorbeikommen müssen, um mich abzuservieren. Das habe ich schon verstanden.«

»Abzuservieren?« Dale wirkte höchst überrascht.

»Ich weiß, diese Nacht war ein Fehler.« Kelly seufzte. »Ich weiß das und du weißt das.« Sie warf einen freudlosen Blick auf Dale. »Ich denke, du wusstest es schon vorher. Du wusstest, dass es nicht mehr als diese Nacht geben würde. Ich bin etwas langsam auf dem Gebiet.« Sie atmete tief durch. »Du hast da sicher auch sehr viel mehr Erfahrung.«

»Kelly –«

Kelly hob die Hand. »Du musst nichts sagen. Und falls du mir vorschlagen wolltest, trotzdem weiterzumachen, als eine deiner vielen – was auch immer, muss ich dir leider sagen, dass ich dafür nicht zur Verfügung stehe. Ich bin nicht Megan.«

Dale lächelte leicht. »Ganz sicher nicht.«

»Warum lässt du sie so lange warten?«, fuhr Kelly fort. »Es ist alles gesagt. Es gibt keinen Grund für dich, noch länger hierzubleiben.«

»Doch«, sagte Dale. Sie trat auf Kelly zu. »Ich muss dir eine ganze Menge erklären. Aber nicht wegen Megan.«

»Du brauchst mir nichts zu erklären«, sagte Kelly. »Du hast jetzt Wichtigeres zu tun. Oder ist jetzt alles erledigt, nachdem Megan dir ein Alibi gegeben hat?«

Dale runzelte die Stirn. »Woher weißt du das?«

»Ich habe es vermutet«, sagte Kelly. »Obwohl natürlich auch eine andere Frau bei dir gewesen sein könnte. Du hast sicher die Wahl.«

»Nein, es war Megan«, sagte Dale. »Aber auch das war«, sie verzog entschuldigend das Gesicht, »nicht so, wie du denkst.«

»Dale, wirklich ...« Kelly verschränkte unbehaglich ihre Finger, als ob sie ihre Hände mit Gewalt zur Ruhe zwingen müsste. »Ich möchte nicht mehr darüber reden. Lass uns letzte Nacht vergessen. Ich werde dich nie mehr daran erinnern. Lass uns einfach so tun, als ob nichts gewesen wäre.«

»Es war aber etwas«, sagte Dale ruhig.

»Es war nur eine Nacht«, entgegnete Kelly und wandte sich ab. »Das bedeutet gar nichts.«

»Manchmal ist das so«, sagte Dale und dachte an ihre Nacht mit Candy. »Manchmal aber auch nicht.« Sie trat hinter Kelly. »Es war eine wundervolle Nacht, Kelly, und ich werde sie ganz sicher nicht vergessen.«

»Bitte, Dale ...« Kellys Stimme klang erstickt. »Tu das nicht.«

»Was?« Dale legte ihre Hände auf Kellys Schultern und drehte sie zu sich herum. »Das?« Sie küsste Kelly.

»Das ist unfair, Dale.« Kelly schien nicht sehr beeindruckt, als ihre Lippen sich trennten. »Ich habe dir gesagt, dass ich dich liebe, und du nutzt das aus.«

Dale ließ sie los. »Das ist das letzte, was ich will: dich ausnutzen«, sagte sie. »Ich wollte dir nur zeigen, dass –«

Kellys Augenbrauen hoben sich erwartungsvoll.

»Dass du dich irrst«, fuhr Dale mühsam fort. »Diese Nacht hat mir etwas bedeutet.«

Kellys Gesichtsausdruck versuchte ihre Enttäuschung zu verbergen, aber es gelang ihr nicht ganz.

»Ich weiß«, sagte Dale. Sie schaute Kelly ernst an. »Aber ich ... ich ...« Sie drehte sich um und ging zur Tür. »Es gibt da eine ganze Menge, das du von mir nicht weißt, und ich glaube, es ist wirklich unfair, von dir zu verlangen –«, sie drehte sich zu Kelly um, »von dir zu verlangen, auf etwas zu warten, das ich dir nicht geben kann.«

Im nächsten Moment war sie auf dem Gang verschwunden.

## 35

Hallo Kelly.«

»Oh, hallo Jim.« Kelly blieb stehen, als Jim Patterson sie ansprach.

»Hast du gehört?«, fragte Jim. »Dale ist entlastet.«

»Hm.« Kelly nickte.

»Freut dich das gar nicht?«, fragte Jim.

»Doch, natürlich.« Kelly vermied es ihn anzusehen.

»Was ist los, Kelly?« Jim blickte freundlich auf sie. »Was ist los zwischen dir und Dale?«

»Zwischen mir und Dale?« Kelly verzog schief die Lippen »Gar nichts.«

»Komm«, sagte Jim. »Ich lade dich zu einem Kaffee ein.«

Kelly runzelte die Stirn. »Jim, ich habe dir schon das letzte Mal gesagt –«

»Habe ich alles verstanden.« Jim hob eine Hand und unterbrach sie. »Aber diesmal geht es um dich, nicht um mich.«

»Also?«, fuhr er fort, als sie kurz darauf beide mit einem

Pappbecher in der Hand draußen vor der Firma auf dem kleinen Mäuerchen saßen, dass eine Anpflanzung umschloss.

»Immer noch nichts«, sagte Kelly. »Habe ich dir doch gesagt.«

»*Nichts* sieht anders aus«, sagte Jim und nippte an seinem Kaffee. »Und zwar sowohl bei dir als auch bei Dale.« Er legte den Kopf schief. »Irgendetwas ist passiert, seit wir uns das letzte Mal getroffen haben.«

Kelly verzog das Gesicht. »Dale ist eine attraktive Frau, und ich bin nicht immun dagegen«, sagte sie. »Das ist passiert. Mehr nicht.«

»Aha.« Jim schaute der nicht enden wollenden Schlange von Autos hinterher, die die Straße vor dem Gebäude bevölkerten. »Ihr habt miteinander geschlafen.«

»Ja«, bestätigte Kelly in einem Tonfall, der nüchtern klingen sollte, es aber nicht tat. »Eine Nacht, die ...«, sie schluckte, »die sich nicht wiederholen wird.«

»Wer hat das beschlossen?«, fragte Jim. »Dale?«

»Wir beide.« Kelly schluckte erneut. »Und mehr ist dazu nicht zu sagen.« Sie stand auf. »Danke für den Kaffee.«

»Du liebst sie, hm?« Jim blickte zu ihr auf. »Und ich glaube, sie liebt dich auch.«

Kelly starrte ihn an. »Nein«, sagte sie nach einer kurzen Weile, die wie eine lange Ewigkeit erschien. »Ich habe es ihr gesagt, und sie – Nein, bestimmt nicht.«

»Setz dich wieder«, sagte Jim. »Ich glaube, ich muss dir was erzählen.«

## 36

Ms. Bennett ist hier für Sie, Ms. Richards«, sprach der Portier von Dales Apartmenthaus durch das Interkom. »Soll ich sie raufschicken?«

Dale zögerte. Doch dann drückte sie auf den Knopf, um zu antworten. »Ja«, sagte sie.

Kurz darauf klingelte es an ihrer Tür.

»Kelly.« Dale öffnete und schaute Kelly an, trat aber nicht zur Seite, um sie hereinzulassen.

»Ich glaube, ich habe was im Schlafzimmer vergessen«, sagte Kelly. »Darf ich ...?« Sie deutete hinter Dale in die Wohnung.

»Ja. Ja, natürlich.« Dale ließ die Tür los und ging weit ins Wohnzimmer hinein, als wollte sie Kelly genug Raum geben, sich frei bewegen zu können, ohne Dale berühren zu müssen.

Kelly betrat die Wohnung und schloss die Tür hinter sich, ging aber nicht weiter.

»Du weißt ja, wo das Schlafzimmer ist«, sagte Dale nach einer Weile irritiert.

»Ja, das weiß ich.« Kelly ging auf Dale zu und dann an ihr vorbei zu einem kleinen Schränkchen. »Das ist sie, nicht wahr?«, fragte sie, während sie das Bild darauf betrachtete. »Das ist Kathy.«

Dale kam schnell zu ihr und nahm das Bild an sich. »Ja.«

»Entschuldige«, sagte Kelly. Sie schaute Dale an. »Sie sieht sehr nett aus.«

»Sah.« Dale schluckte. »Sie ist tot.«

»Ich weiß.« Kelly betrachtete Dale mit warmem Blick. »Und du hast sie sehr geliebt.«

»Das ... Kelly ...« Dale behielt das Bild in der Hand und ging zur Couch. »Wer hat dir das erzählt?«

»Jim Patterson«, sagte Kelly.

»Jimbo?« Dale schien erstaunt.

»Wir sind mal zusammen ausgegangen«, sagte Kelly. »Ich finde, er ist ein sehr netter Kerl.«

Dale schien wie erstarrt. »Ja. Ja, das ist er«, sagte sie dann. »Du magst ihn?«

»Sehr«, sagte Kelly.

»Hm hm.« Dale nickte. Sie ging den letzten Schritt zur Couch und setzte sich. »Er hat lange nach einer Frau gesucht. Freut mich für ihn.« Ihre Stimme klang tonlos.

»Was?«, fragte Kelly. »Dass er so lange gesucht hat?« Sie kam zu Dale und schaute auf sie hinunter.

»Nein, dass ...«, Dale starrte blicklos vor sich hin, »dass er endlich eine gefunden hat.«

»Davon weiß ich nichts«, sagte Kelly.

Dales Blick hob sich irritiert zu ihr. »Aber du sagtest doch gerade –«

»Dass ich mit ihm ausgegangen bin«, nickte Kelly. »Ja, das habe ich gesagt. Und wir haben uns wirklich gut verstanden. Aber wir haben mehr über dich und eure gemeinsame Zeit in der Army gesprochen als über irgendetwas anderes.«

»Und da hat er es dir erzählt?«, fragte Dale immer noch tonlos.

»Nein.« Kelly schüttelte den Kopf. »Heute.« Sie setzte sich neben Dale auf die Couch. »Weil es einen Anlass dafür gab.«

Dale verzog das Gesicht. »Was für einen Anlass?«

»Jim sagte, Kathy hätte es gewusst.«

»Kathy?« Dale fuhr auf. »Lass Kat aus dem Spiel. Und er hätte das auch tun sollen. Er hat keine Ahnung –«

»Wie sehr du sie geliebt hast?« Kelly schaute sie zärtlich an. »Doch, ich glaube, das wissen alle. Alle, die euch beide gekannt haben.«

Dale schloss kurz die Augen, dann schaute sie Kelly an. »Dann weißt du ja jetzt, dass ... warum – Es geht einfach nicht.«

»Du denkst, du kannst nie wieder lieben? Sie hat deine Liebe mitgenommen? Mit in den Tod?«

Dale zuckte trotz Kellys warmer, mitfühlender Stimme zusammen. »Ja«, sagte sie.

»Nach allem, was Jim mir erzählt hat, glaube ich nicht, dass Kathy gewollt hätte, dass du den Rest deines Lebens ohne Liebe verbringst. Nur weil sie nicht mehr da ist.« Kelly hob die Hand, um Dale zu berühren, ließ es dann aber. »Dennoch verstehe ich«, sie schluckte, »ich verstehe, dass du meine Liebe nicht erwidern kannst. Das ändert aber nichts daran, dass ich dich liebe. Dagegen kann ich einfach nichts machen. Das wollte ich dir nur sagen. Ich hoffe, du bist mir nicht böse deswegen.«

Sie stand auf. »Ich weiß, dass einseitige Liebe keine gute Grundlage für eine Beziehung ist. Sie kann sogar sehr schmerzhaft sein. Das musste ich leider schon einmal erfahren, aber –«

»Du hast auch schon mal jemand verloren?« Dales Stimme klang immer noch dumpf.

Kelly lachte trocken auf. »So würde ich das nicht sagen. Er hat behauptet, er liebt mich –«

»Er?« Dale blickte auf.

Kelly atmete tief durch und seufzte dann. »Erinnerst du dich an die Sache mit dem Auto, wegen der du mich fast nicht durch die Sicherheitsprüfung gelassen hättest?«

»Das stimmt nicht«, sagte Dale. »Das hatte ich nie im Sinn.«

»Sah aber so aus«, sagte Kelly. »Er hat dieses Auto gestohlen und es dann mir in die Schuhe geschoben.«

»Warum hast du das nicht einfach gesagt?« Dale wirkte von ihren eigenen Sorgen abgelenkt und wieder interessiert am Leben.

Erneut atmete Kelly tief durch. »Weil mir niemand geglaubt hätte. Er war der Sohn des Collegedirektors, ich war ein Kind aus dem Waisenhaus, das froh zu sein hatte, ein Stipendium fürs College bekommen zu haben. Nachdem er mir diese Sache in die Schuhe geschoben hatte, hatte ich es dann natürlich nicht mehr.«

»Aber ...« Dale stand auf. »Hast du dich denn nicht gewehrt?«

»Gewehrt?« Kellys Augen verschleierten sich ein wenig. »Das hat auch nichts genützt, als er mich auf dem Rücksitz des gestohlenen Autos –« Sie schluckte. »Das war seine Vorstellung von Liebe«, fuhr sie nüchtern fort. »Und er sagte mir, dass ich froh sein könnte, wenn er mir nur den Diebstahl in die Schuhe schiebt. Schließlich könnte er auch noch jedem erzählen, was wir da in dem Auto gemacht hätten ... und wie sehr es mir gefallen hat ... und dass ich auch noch mit allen anderen Jungs vom College –« Plötzlich brach sie auf dem Sofa zusammen.

Dale saß sofort neben ihr und legte ihre Arme um Kelly. »Oh Gott«, sagte sie. »Und da hast du lieber den Diebstahl auf dich genommen.« Ihre Kiefer pressten sich zusammen. »Diesen Kerl bringe ich um!«

»Zu spät«, sagte Kelly. »Er hat sich bereits totgefahren. Ist mit Höchstgeschwindigkeit um eine Kurve gerast und an einem Baum gelandet.«

»Geschieht ihm recht«, sagte Dale, immer noch wütend. »Aber ich hätte ihn gern in die Finger gekriegt. Schade.«

Kelly hob das Gesicht und wischte die Tränenspuren auf ihren Wangen weg. »Hätte ich damals nur eine Freundin wie dich gehabt«, sagte sie mit einem gequälten Lächeln. »Dann hätte er nicht gewagt, mir etwas zu tun.«

»Er hätte es zumindest schwer bereut«, sagte Dale.

Kellys Lächeln verlor den gequälten Ausdruck. »Warum, Dale?«, fragte sie. »Warum hättest du das für mich getan?«

»Warum?« Dale starrte sie an. »Aber das ist doch –« Sie brach ab.

»Hättest du es nur aus Prinzip getan?«, fragte Kelly. »Weil man die bösen Jungs bestrafen muss? Oder ...« Sie ließ die Alternative offen.

»Kelly ...« Dale sagte Kellys Namen, aber sie starrte auf Kathys Bild in ihrer Hand.

Kelly schluckte. »Jim sagte mir, du ... du wolltest auch Kathy retten. Aber es war zu spät. Das tut mir furchtbar leid.« Sie betrachtete ebenfalls das Bild. »Sie sieht so strahlend aus, so lebenslustig. Sie war bestimmt eine wunderbare Frau.« Sie sprach leise und schaute wieder Dale an.

»Ja.« Dale blickte von Kathys Bild wieder zu Kelly. »Und ihr seht euch überhaupt nicht ähnlich.«

Kelly lachte leicht. »Sollten wir das?«

Dale musterte Kellys Gesicht, wieder und wieder. »Ja, das solltet ihr«, sagte sie dann sehr leise. »Es ist, als ob –« Sie brach ab und stand auf. »Aber ... aber ich bin noch nicht soweit. Ich kann dir das nicht antun.«

Kelly stand ebenfalls auf. »Ich kann warten«, sagte sie. »Meine Liebe reicht vielleicht nicht für uns beide, aber für mich allein reicht sie auf alle Fälle. Sie reicht, um dir die Zeit zu geben, die du brauchst.«

»Die Zeit, die ich brauche ...« Dale ging zu dem Schränkchen zurück und stellte Kathys Bild wieder an seinen Platz, betrachtete es nachdenklich. »Ich weiß nicht, wie lange das sein wird. Ich bin schuld an ihrem Tod, ich –«

»Niemand ist schuld an ihrem Tod.« Kelly kam zu ihr. »Es war Krieg.«

»Ich habe sie auf Patrouille geschickt«, sagte Dale. »Ich. Niemand anderer.«

»Sie war Soldatin wie du«, sagte Kelly. »Wie oft hat dich irgendein kommandierender Offizier auf Patrouille geschickt?«

»Ich bin aber nicht gestorben«, sagte Dale. »Ich bin verwundet worden, aber nie gestorben. Obwohl ich –«

Kelly legte eine Hand auf ihren Arm. »Ja, ich habe von deinen Kamikaze-Einsätzen nach Kathys Tod gehört. Das hat Jim auch erzählt.«

Dale verzog schief die Mundwinkel. »Es hat alles nichts gebracht. Nur eine Menge Orden habe ich dafür bekommen.«

»Und bestimmt zu Recht«, sagte Kelly. »Aber der Krieg ist vorbei. Schon lange. Ich habe alles hinter mir gelassen, als ich aus Maine weggezogen bin. Solltest du das nicht auch?«

»Du konntest das alles vergessen?« Dale blickte sie ungläubig an.

»Nein«, sagte Kelly. »Vermutlich werde ich das nie. Aber ich gebe mir nicht mehr die Schuld daran.«

»Das hast du getan?« Dale wirkte noch ungläubiger.

Kelly zuckte die Schultern. »Er hat es mir gesagt. Alle haben es mir gesagt. Wenn ein Mann einer Frau so etwas antut, ist immer die Frau schuld. Sie hat den Mann provoziert. Das habe ich schon in der Nonnenschule gelernt. So eine Erziehung prägt.«

»Was für ein Unsinn!« Dale wirkte erbost.

»Natürlich«, sagte Kelly. »Eigentlich wusste ich das schon immer. Aber trotzdem habe ich mir die Schuld gegeben. Ich konnte einfach nicht damit aufhören. Es war wie ein Brandmal.«

»Wie ein Brandmal.« Dale wiederholte es langsam. »Ja, so fühlt es sich an.«

»Ein Brandmal verschwindet nie«, sagte Kelly, »aber nach einiger Zeit tut es nicht mehr weh. Sollte es jedenfalls nicht.«

»Sollte es nicht.« Dale schaute sie an. »Und wenn es das doch tut?«

Kelly lächelte leicht. »Dann muss man es vielleicht mit der richtigen Salbe behandeln.«

»Du versprichst viel«, sagte Dale und schaute tief in Kellys Augen.

Kelly schluckte. »Wenn du mich so anschaust, würde ich dir alles versprechen«, sagte sie.

»Aber es liegt an mir, ob du das Versprechen halten kannst«, sagte Dale, »nicht an dir. Das kann ich nicht von dir verlangen. Das kann ich dir nicht zumuten.«

»Du wiederholst dich«, sagte Kelly. »Das hast du alles schon mal gesagt.« Sie lächelte sehr zärtlich. »Ich denke, du musst dein Vokabular mal ein bisschen erweitern.« Sie legte ihre Arme um Dales Nacken. »Wir haben alle Zeit der Welt«, flüsterte sie, während sie tief in ihren Augen versank. »Alle Zeit der Welt.«

ENDE

## Weitere Titel der édition el!es

### Ruth Gogoll: Nachts, wenn du schläfst

Liebesroman

Braungebrannt auf einem Segelschiff – Jachtunternehmerin Val scheint die Personifizierung ihres Berufes zu sein. Als Kira die große, dunkle Frau in einer Bar kennenlernt, fühlt sie sich sofort von ihr angezogen. Kiras Liebe ist jedoch für eine andere Frau reserviert.

Als Kira bei Val einzieht, stellt sie fest, dass Val nachts oft abwesend ist. Warum, bleibt ihr Geheimnis. Schließlich sind sie beide ja kein Liebespaar ... Statt dessen gehen sie getrennte Wege – Kira versucht ihre Jugendliebe Melanie zurückzuerobern, Val scheint hundert Geliebte zu haben.

Aber sind es wirklich nur andere Frauen, die Val nachts so oft von Kira fernhalten? Und ist Liebe zwischen Kira und Val tatsächlich kein Thema?

### Jenny Green: Milchkaffee in New York

Liebesroman

Von Liebeskummer geplagt erhält Sophia die Chance, ein Praktikum in New York zu absolvieren. Begeistert stürzt sie sich ins Abenteuer: als Co-Trainerin einer aufstrebenden Frauenfußballmannschaft. Doch das Chaos läßt nicht lange auf sich warten. Fußballerin Nina verliebt sich in Sophia, während Sophia Gefühle für Flo entwickelt ... Wird Nina tatenlos zusehen, wie die Beziehung zwischen Sophia und Flo immer leidenschaftlicher wird?

### Heike Fremmer: Herz verschenkt

Liebesroman

Verliebt in eine verheiratete Frau – aber Sarahs Hoffnung, Isabel würde Doris für sie verlassen, erfüllt sich nicht. Ein paar Liebesnächte, dann beendet Isabel die Affäre. Mit gebrochenem Herzen bleibt Sarah am Boden zerstört zurück. Doch eines Tages erreicht sie ein Anruf aus dem Krankenhaus, Isabel ist etwas Furchtbares zugestoßen. Sarah ist sofort zur Stelle, um Isabel zu pflegen und zu hoffen, daß ihre Gefühle diesmal erwidert werden – aber wird Isabel jemals *Ich liebe dich* zu Sarah sagen?

## Julia Schöning: Lass es Liebe sein

Erotischer Liebesroman

Um ihrem Leben nach einer Trennung eine neue Richtung zu geben, beschließt die Versicherungskauffrau Sarah sich von ihren langen Haaren zu trennen, nicht ahnend, dass der Friseurbesuch ihr Leben gehörig durcheinanderbringen wird. Denn die rationale und konservative Sarah verliebt sich in ihre völlig gegensätzliche Friseurin, die unkonventionelle, impulsive und freiheitsliebende Katja. Einige Zufälle führen dazu, dass die beiden eine leidenschaftliche Nacht miteinander verbringen, doch danach wird deutlich, dass Katja nicht an einer Beziehung interessiert ist. Sarah ist verzweifelt, denn sie wünscht sich, dass es auch bei Katja Liebe sein möge ...

## Julia Arden: Die Frau im Rückspiegel

Erotischer Liebesroman

Mit dem unerwarteten Angebot, als Chauffeurin für die Reedereibesitzerin Rebecca zu arbeiten, kommen völlig neue Herausforderungen auf Christiane zu. Die distanzierte und wortkarge Chefin mit höflich-zurückhaltendem Respekt durch die Stadt zu chauffieren, will Christiane nie so recht gelingen. Rebecca erträgt Christianes forsche Art nur widerwillig. Das Eis bricht, als sich Christiane als Pflegerin anbietet, um Rebeccas Hausangestellte nach einem Unfall zu betreuen. Rebecca und Christiane kommen sich näher, doch wirklich öffnen kann sich die Chefin nicht, so daß für Christiane die Frage bleibt: Wer verbirgt sich hinter der Frau, die sie täglich im Rückspiegel sieht?

## Ruth Gogoll: Ein paar Tage Zärtlichkeit

Erotischer Liebesroman

Gina und Teri sind kein Liebespaar. Sagt Gina zumindest. Nur der Zufall hat sie zusammengeführt, über den Wolken, als sie nebeneinander im Flugzeug saßen. Obwohl Teri nicht auf kurzzeitige Affären aus ist, gibt es einen besonderen Grund, warum sie an Weihnachten nicht allein sein will. Deshalb läßt sie sich auf die Affäre mit Gina ein.
Sie verleben eine berauschende Weihnachtszeit miteinander, danach gehen sie wieder getrennte Wege. Doch Teri hat sich verliebt, während Gina mühelos in die üblichen Affären zurückzugleiten scheint.
Waren »ein paar Tage Zärtlichkeit« wirklich alles, was Teri erwarten konnte?

## Juliette Bensch: Last Minute Liebe

Liebesroman

Die Trennung von Anne hat Teresa noch nicht so recht überwunden, da gelangt sie durch einen Zufall an ein Flugticket nach London. Teresa ergreift die Chance und stürzt sich in die Londoner Frauenszene. Bei der Schauspielstudentin Raphaela funkt es, leidenschaftliche Nächte folgen ... aber zurück in Deutschland macht sich Ernüchterung breit. War das nur ein Urlaubsflirt? Das erneute Auftauchen Annes und deren Versuche, Teresa zurückzugewinnen, festigen nur die Gewißheit: Teresa kann nur mit Raphaela glücklich werden.

## Corina Ehnert: Eine WG zum Verlieben (Band 3: »Danie«)

Liebesroman

Daniela Breuer zieht in die Lesben-WG, um ihr Liebesleben endlich in Gang zu bringen. Mit tatkräftiger Unterstützung der alterfahrenen Mädels bahnt sich recht schnell eine Beziehung zu Mitstudentin Rebecca an. Doch damit gehen die Probleme erst richtig los: Danies Mutter kommt zu Besuch und soll eine heile Heterowelt vorgespielt bekommen, während sich die WG um den Preis »Verrückteste Wohngemeinschaft« bewirbt, Franzi und Paula Gefühle füreinander entwickeln und Sanny eifersüchtig wird ...

## Julia Schöning: Diagnose: Liebe

Erotischer Liebesroman

Recherchen führen die Journalistin Sophie in die Krankenhaus-Notaufnahme zur Internistin Dr. Hannah Rehfeld. Es funkt zwar zwischen den beiden, aber Sophie will ihrer Fernbeziehung Alina nicht untreu werden, obwohl es schon länger kriselt. Ein unerwartetes Wiedersehen endet dann doch im Bett, da steht plötzlich Alina vor der Tür – Hannah flieht, und Sophie muß sich entscheiden ...

## Ruth Gogoll: In der Hitze der Nacht

Erotischer Liebesroman

Ein heißes Abenteuer im Rhein in einer schwülen Sommernacht ... mehr sollte es gar nicht sein. Doch als Tina eine Anwältin braucht, fällt ihr niemand außer Mar ein. Dabei kommen unerwartet auch noch andere Gefühle ins Spiel als nur die für die Suche nach den richtigen Paragraphen.
Tina will davon jedoch nichts wissen, denn noch immer steht *»Es war nur Sex, keine Liebe«* wie eine Wand zwischen ihnen. Können sie diese Mauer irgendwann niederreißen?

## Catherine Fox: Der Liebe auf der Spur

Erotischer Liebesroman

Während eines Praktikums im Morddezernat lernt die Studentin Karen die Kommissarin Diane kennen. Beide verstehen sich auf Anhieb. Die Aufklärung des Mordanschlages auf einen Stadtratsabgeordneten bringt sie auch privat näher. Doch Karens manchmal äußerst merkwürdiges Verhalten bringt Diane immer wieder durcheinander, bis Karen eines Tages spurlos verschwindet. Die Kommissarin beginnt fieberhaft zu ermitteln ...

## Verena Schall: Scherben bringen Liebesglück

Liebesroman

Nelly wird jäh aus ihrem idyllischen Leben gerissen, als ein Schuß sie nur knapp verfehlt. Ihre Retterin Sascha bietet sich als Leibwächterin an, denn Nellys treusorgender Vater hat krumme Geschäfte gemacht und damit ihr Leben in Gefahr gebracht. Die Nähe zu Sascha entfacht in Nelly ganz neue Gefühle. Immer stärker fühlt sie sich von Sascha angezogen, und als sie sich endlich ihren Gefühlen stellt, kommt Sascha in Schwierigkeiten: Das Rätsel um den Mordanschlag auf Nelly ist noch immer ungeklärt, und wie ist Sascha eigentlich in die ganze Sache verwickelt?

## Catherine Fox: Zu wissen, es ist für immer

Liebesroman

Das Liebesleben von Staranwältin Evelyn verläuft genauso nach Plan wie ihre Karriere. Doch eines Tages stürzt sie bei einem Ausritt vom Pferd und wird von einer jungen Frau gerettet. Andie ist das Gegenteil von Evelyn, respektlos, planlos, bar jeder Manieren. Trotzdem nimmt Evelyn Andie bei sich auf, denn sie hat sich in sie verliebt. Doch die Unfälle häufen sich – und immer ist Andie in der Nähe. War die Rettung gar kein Zufall? Hatte Andie den Unfall geplant? Evelyn will das nicht glauben, doch Zweifel beginnen an ihr zu nagen ... Sie muß das Geheimnis um Andie auf jeden Fall lüften.

## Toni Lucas: Paar für ein Jahr

Die Pierrots tanzen weiter

Leas Glück scheint perfekt. Lilia hat sich tatsächlich für sie entschieden und ist bei ihr eingezogen. Doch wie kann sie mit einer Frau zusammenleben, die gerade erst dabei ist, sich selbst zu finden und die so ganz eigene Vorstellungen von einer Beziehung hat?
Ihr bleibt nur ein Jahr, um das herauszufinden ...

## Tala Storm: Das neue Leben

Erotischer Amazonen-Liebesroman

Alles könnte so schön sein: Kallisto und Cay-La leben gemeinsam unter einem Dach im Amazonenreich und genießen den Frieden, ihr Beisammensein in lustvollen Stunden. Doch dann geschieht etwas Schreckliches: Cay-La wird von Leandra, einer Sklavenhändlerin, entführt. Leandra ist für ihre Brutalität bekannt und dafür, dass sie sich nimmt, was sie möchte. Wieder vereint, ist Cay-La nicht mehr die Gleiche. Nicht nur äußerlich hat sie tiefe Wunden davongetragen. Kallisto ist verzweifelt. Wird es ihr gelingen, ihre junge Kriegerin wieder zum Lachen zu bringen?

## Maren Frank: Irischer Liebessommer

Erotischer Liebesroman

Als Zeugin eines Verbrechens wird Stefanie Gardner ins Zeugenschutzprogramm aufgenommen. Zusammen mit ihrer Leibwächterin Gundula, genannt Gun, wird Steffi für einige Zeit in Irland versteckt. Die Leichtigkeit des irischen Sommers läßt Gefühle entstehen, gegen die sich beide nicht lange wehren können ... die Tage vergehen voller erotischer Abenteuer. Da trifft die Nachricht ein, daß die Täter gefaßt seien und Steffi wieder gefahrlos nach Deutschland zurückkehren könne. Wird sie ihre Leibwächterin nun tatsächlich nicht mehr brauchen?

## Sal Mathews: Stan und Lea

Erotischer Liebesroman

Die Malerin Stan verliebt sich Hals über Kopf in die attraktive Goldschmiedin Lea und bittet sie, ihr für ein Bild Modell zu sitzen. Dabei kommen die beiden sich näher, aber Lea ist immer noch hetero. Oder wird sich das auf ihrer gemeinsamen Reise nach Schottland ändern? Denn Lea spürt zwar die Anziehungskraft, die Stans Liebe auf sie ausübt, aber sie war noch nie mit einer Frau zusammen und will Stan keine Versprechungen machen, die sie vielleicht nicht halten kann ...

## Alison Barnard: Spaziergang im Regen

Erotischer Liebesroman

Es ist eine eine einmalige Chance für ihre Karriere: Schauspielerin Shara Quinn soll in einem Film die faszinierende, offen lesbisch lebende Dirigentin Jessa Hanson verkörpern. Während der Vorbereitungen auf die Rolle kommen sich Shara und Jessa unerwartet nah, aber eine Liebesbeziehung zwischen ihnen würde allem widersprechen, was die Welt von ihnen erwartet. Zudem ist Shara doch zweifellos hetero ... oder vielleicht doch nicht?

## Toni Lucas: Zeit der Versuchung

Erotischer Liebesroman

Der Australienexpertin Sarah Jansen werden zwar die Fördergelder für ihr neuestes Projekt nicht bewilligt, doch sie erhält unerwartet die Chance, sich gemeinsam mit der attraktiven, aber seltsam distanzierten Fotografin Florentine auf eine Reise quer durch den australischen Kontinent zu begeben. Beide kommen sich näher und scheinen durchaus füreinander geschaffen, wenn da nicht noch Carmen, Sarahs langjährige Partnerin, und Marisol, Florentines tote Geliebte, wären. Es beginnt eine Zeit der Versuchung, in der sich jede der Frauen darüber klarwerden muss, was wirklich für sie wichtig ist.

## Annette Schniter: Mach mal halblang, Babe

Erotischer Liebesroman

Celines Vorgesetzte ist ungemein attraktiv, aber offensichtlich hetero. Dennoch spielen Celines Hormone bei jeder Begegnung verrückt. Gleichzeitig ist da noch eine Chatbekanntschaft, die Celine auf eine andere Art in ihren Bann zieht. Als die Zeit gekommen ist, endlich die virtuelle Welt zu verlassen, wissen beide, daß nun ganz neue Schwierigkeiten auf sie zukommen werden. Mit den tatsächlich eintretenden Problemen hat jedoch keine gerechnet ...

## Tina Grasses: Das Geheimnis der Nebelinsel

Lesbischer Fantasy-Roman

Die Sensei Iliska begegnet der Schwertkämpferin Shiree. Die beiden kommen sich näher, doch dann verschwindet Iliskas Freundin Beth unter dramatischen Umständen. Zur gleichen Zeit folgt Karimah einer geheimnisvollen Vision und findet in Beth ihre große Liebe. Doch ihr Glück wird überschattet von einer uralten Gefahr. Die vier Kriegerinnen nehmen den Kampf auf, doch wird es für Karimah und Beth eine gemeinsame Zukunft geben?

## Maren Frank: Liebe in Schottland

Liebesroman

Wie ein Blitz trifft es die junge Archäologiestudentin Nathalie, als sie auf einer Party die schöne Eileen kennenlernt. Zwar ist die Begegnung kurz, doch geht die attraktive Frau mit den smaragdgrünen Augen Nathalie nicht mehr aus dem Kopf. Und nicht nur die Liebe bereitet Nathalie Sorgen. Nachdem sie ihren Job verloren hat, braucht sie schleunigst einen neuen. Tatsächlich ergibt sich schon bald etwas, doch Nathalie ahnt nicht, was dabei alles auf sie zukommt ...

## Julia Arden: Mein Geheimnis bist du

Liebesroman

Mareike Holländer schnappt Andrea einen wichtigen Posten vor der Nase weg – ausreichend Grund, auf die neue Kollegin wütend zu sein. Dennoch schleichen sich zärtliche Gefühle in das kühle Verhältnis. Aber Mareike ist liiert. Während Andrea noch versucht herauszufinden, wie ernst diese Liaison ist, taucht Laura auf, Mareikes große Liebe. In der Vergangenheit hatte Laura zwar Mareike mehr als einmal sitzengelassen, dennoch ist Mareike ihr immer wieder aufs neue verfallen ... also bleibt Andrea nichts weiter übrig, als ihre Gefühle vor Mareike zu verbergen ...

## Victoria Pearl: Aller Anfang geht daneben

Erotischer Liebesroman

Als Simone sich in die umwerfend attraktive Autorin Bettina verliebt, ahnt sie nicht, was noch auf sie zukommen wird. Sie und Bettina verleben eine wundervolle, berauschende Zeit, die jedoch durch das plötzliche Auftauchen von Bettinas Exfreundin Linda jäh gestört wird. Linda lässt sich bei Bettina häuslich nieder. Braucht sie nach einer schweren Zeit wirklich nur etwas freundschaftliche Unterstützung von ihrer Exfreundin, oder verfolgt sie andere Ziele?

## Corina Ehnert: Eine WG zum Verlieben (Band 2: »Katrin«)

Liebesroman

Die Polizistin Katrin Brant ist nach einer gescheiterten Beziehung mit Paula wieder Single und fest integriert in den Freundeskreis rund um die WG aus der Pfeiffstraße. Sie ist glücklich mit ihrem Leben und hält sich für eine gestandene Frau. Als Alex (mit der sie im ersten Band eine Affäre hatte) mit ihrer Freundin Nico in eine gemeinsame Wohnung zieht, sucht die WG eine neue Mitbewohnerin. Eine der Bewerberinnen ist die Journalistin Hanna Reuters, von der Katrin sofort fasziniert ist. Aber schnell stellt sich heraus, daß es nicht so einfach ist, diese Faszination zu leben ...

## Brenda L. Miller: Mein Herz bewacht dich

Liebesroman

Grace, pubertierender Teenager, wird für sechs Monate in ein Boot Camp geschickt. Dort lernt sie zu gehorchen, wird aber auch von der strengen Ausbilderin Carey ermuntert, ihre Nase in Bücher zu stecken und zu lernen. Denn Grace ist nicht unbegabt. Nach einiger Zeit jedoch wird das Verhältnis zwischen Grace und Carey immer freundschaftlicher – und liebevoller ...

## Erotische Adventsgeschichten

Mit Geschichten von Catherine Fox, Maren Frank, Heike Fremmer, Ruth Gogoll, Julia Schöning u.a.

Erzählungen um alte Freundinnen, die sich wiedersehen, und neue Freundinnen, die sich finden, um die Suche nach der Liebe unterm Weihnachtsbaum, die trotz aller Schwierigkeiten immer gut endet, und um die Hoffnung, daß eines der Geschenke die Frau sein möge, nach der man sich schon so lange sehnt . . .

## Julia Schöning: Verirrte Herzen

Erotischer Liebesroman

Anne, ihre vierjährige Tochter Lilly und Caro sind eine glückliche Familie. Doch als Lilly in den Kindergarten kommt und Anne beschließt, wieder halbtags zu arbeiten, bekommt die Beziehung Risse. Die erfolgreiche Anwältin Caro schafft es nicht, Anne im Haushalt zu unterstützen. Als Anne dann auch noch die geheimnisvolle Nora kennenlernt, die mit ihrer faszinierenden Ausstrahlung Verwirrung stiftet, scheint das Glück der kleinen Familie ernsthaft bedroht.
Können Caro und Anne ihre Gefühle füreinander bewahren und wieder zueinanderfinden?

## Shari J. Berman: Herz ist Trumpf

Erotischer Liebesroman

Die junge Journalistin Rachel lernt auf einem Lesbenpokerabend die verführerische, etwas ältere Eden kennen – ein erotisches Abenteuer beginnt, das schnell zu Liebe wird. Obwohl zunächst alles perfekt scheint, bleibt die Vertreibung aus dem Paradies nicht aus und stellt die Beziehung auf eine harte Zerreißprobe.
Sind die Bande zwischen Rachel und Eden stark genug, die dramatischen Ereignisse zu überstehen?

## Julia Arden: Liebe unerwünscht

Liebesroman

Jennifer Feiler ist knallharte Geschäftsfrau und bekannt für ihre Affären. Auch der Flirt mit der attraktiven Ärztin Caroline stellt keine Ausnahme dar, doch Caroline weist Jennifer ab. Caroline fühlt sich zwar mehr zu Jennifer hingezogen, als ihr lieb ist, aber Jennifer ist nicht die Frau, der man sein Herz schenken sollte – für tiefere Gefühle hat sie keine Verwendung: Liebe ist ihr unerwünscht.

## Victoria Pearl: Das zwischen uns

Erotischer Liebesroman

Jasmin hat es sich recht gemütlich im Junggesellinnendasein eingerichtet, als eine atemberaubende Schönheit ihre Buchhandlung betritt. Sie verlieren sich aus den Augen, sie sehen sich wieder – und es beginnt etwas, das Jasmin »Beziehung« nennt. Ihre Geliebte hält sich jedoch einiges offen. Ständig lernen sie neue Frauen kennen, von denen Jasmin nie weiß, wie nahe sie und ihre Geliebte sich kommen. Geduldig erträgt sie die Spielchen, doch kann eine solche Beziehung wirklich ewig dauern?

## Corina Ehnert: Eine WG zum Verlieben (Band 1: »Alex«)

Liebesroman

Eine Lesben-WG, in der es drunter und drüber geht: Alex kann sich nicht zwischen Katrin und Nico entscheiden, obwohl Nico eigentlich Paulas Blind Date ist; Casanova Franzi wandelt plötzlich auf monogamen Pfaden, und Thea kriegt irgendwie nie eine Frau ab. Verwicklungen und Verzwicklungen bleiben spannend bis zum Schluß – an dem sich die Fäden entwirren. ... oder?

## Catherine Fox: Achterbahn der Gefühle

Liebesroman

Jessica will heiraten und hält sich für glücklich, als sie von ihren Freundinnen eine Junggesellinnenreise geschenkt bekommt. Auf einem Reiterhof soll sie ihrem Hobby frönen und die letzten Tage Freiheit genießen. Doch mit der Entspannung ist es bald vorbei, denn sie trifft Kim, die ihren Gefühlshaushalt gehörig durcheinanderbringt. Sie gerät in einen Strudel leidenschaftlicher Gefühle, erfährt eine Zärtlichkeit, die sie nicht kannte. Sie verliebt sich in Kim, aber was wird bleiben, wenn sie wieder zu Hause im alten Trott versinkt?

## Ruth Gogoll: Zwei Welten

Erotischer Liebesroman

Wer sich etwas wünscht, sollte vorsichtig sein bei der Formulierung. Nico jedenfalls war es nicht und landet inmitten einer schrecklich netten Familie im Herzen der Heterosexualität: Häuschen in der Vorstadt, Ehegatte geht morgens brav zur Arbeit, die Kinder quengeln, die Nachbarinnen tratschen ... Da taucht in dieser Heterohölle ein ganz normales (lesbisches) Paar auf, und Nico verliebt sich. Wie kann sie aber in ihre eigene Welt zurückkehren und gleichzeitig diese Liebe aus der anderen Welt bewahren?

## Anthologie »Lesbisches Jugendbuch«

Kurzgeschichten

In dieser Anthologie werden die Geschichten der Gewinnerinnen aus unserem Schreibwettbewerb »Lesbisches Jugendbuch« veröffentlicht. Geschichten von Jugendlichen für Jugendliche – ausgewählt vom Literaturteam des Jugendzentrums *anyway* in Köln.

## Hanna Berghoff: Du bist die Welt für mich

Liebesroman

Ein Bauernhof inmitten Deutschlands: Die Fehde zwischen den Schwestern Veronika und Franziska Perner vertieft sich, als die neue Tierärztin Dr. Jutta Adler mit frischen Ideen und Behandlungsmethoden gehörig Staub aufwirbelt. Aus Liebe (zu den Tieren und zur Tierärztin) beginnt Veronika in München Veterinärmedizin zu studieren, doch Franziska läßt nichts unversucht, um dem Liebesglück ein jähes Ende zu bereiten. Als dann noch die Zukunft des Hofes auf dem Spiel steht, muß Veronika eine schwere Entscheidung fällen ...

## Toni Lucas: Vom Tanz der Pierrots

Liebesroman

Nach einem nicht ganz freiwilligen One-night-stand wird Lea aus ihrer bequemen, langjährigen Beziehung herauskatapultiert. Sie zieht in eine Kleinstadt, die trostloser nicht sein kann. Nur ihre verheiratete Kollegin Lilia bringt Farbe in den Alltag, und nach einiger Zeit mangelt es auch an Erotik nicht. Allerdings scheinen die beiden zunächst doch nicht füreinander geschaffen – oder müssen sie erst einmal auseinandergehen, um schließlich zueinander zu finden?

## Heike Fremmer: Hotel Prinzess

Liebesroman

Sofie managt ein Hotel in Hamburg, das an einen Amerikaner verkauft werden soll. Die von ihm entsendete Frau fürs Grobe ist Erica, die sich inkognito im Hotel aufhält. Sofie und Erica kommen sich näher, doch Erica verschweigt den wahren Grund ihres Aufenthaltes. Kein gutes Fundament für eine Beziehung, doch Erica hat Angst, Sofie zu verlieren, wenn die Wahrheit ans Licht kommt . . .

## Julia Arden: ... und wenn du auch die Wahrheit sprichst

Liebesroman

Michaela Dietz läßt sich engagieren, um die Tochter eines Hotelbesitzers zu überreden, das Familienunternehmen weiterzuführen. Sehr zur Freude des schlechten Gewissens blüht Tanja Kanter in Michaelas Nähe auf und – natürlich, verliebt sich in sie. Doch was passiert, wenn Tanja Michaelas wahre Gründe für die unerwartete Zuneigung erfährt? Und was sagt Michaelas langjährige Freundin Vanessa eigentlich dazu?

## Ruth Gogoll: L wie Liebe

Liebesroman

Bunt und unterhaltsam: Großstadtlesben und ihre (Liebes-)Abenteuer. Da ist das ungleiche Paar Marlene und Anita, das gehörig Nachhilfe in Sachen Romantik benötigt; Carolin und Ina schweben (noch) im siebten Himmel; Chris und Sabrina stecken in einer verstaubten Beziehung fest, und schließlich können sich Rick, Thea und Melly noch nicht so recht entscheiden. Verwicklungen folgen, und schon sehr bald ist nichts mehr so, wie es anfänglich war ...

## Julia Arden: Vertrau mir

Roman

Anna Ravensburg lebt ruhig und zurückgezogen auf ihrem Tierhof. Mit der Idylle ist es vorbei, als Kommissarin Maike Roloff auftaucht: Zwei Pharma-Manager sind entführt worden, und Annas Vergangenheit als radikale Tierschützerin könnte bei der Aufklärung helfen. Zunächst widerstrebt es Anna, die Polizei zu unterstützen, doch bald muß Anna sich eingestehen, daß sie sich zu Maike hingezogen fühlt. Maike hingegen scheint sich nur für eines zu interessieren: Die Lösung ihres Falles.

## Ruth Gogoll: Eine Insel für zwei

Erotischer Liebesroman

Neunzehn Jahre alt und auf der Suche nach der großen Liebe: Das ist Andy, als sie Danielle kennenlernt, Besitzerin einer Werbeagentur. Danielle hält Liebe für eine Illusion. Sie lädt Andy zu einer Reise durch die Ägäis ein, doch fordert dafür einen hohen Preis.
Andy läßt sich darauf ein, weil sie Danielle liebt und hofft, daß Danielle auch lernen wird zu lieben. Fast scheint es, als hätte Andys Liebe eine Chance, doch da geschieht etwas Unvorhergesehenes . . .

## Victoria Pearl: Endlich gefunden

Liebesroman

Krankenschwester Hanna hat sich gerade aus der unheilvollen Beziehung zu Birte gelöst, als ihr eine Fremde für einen kurzen Moment den Kopf verdreht. Zurück im Arbeitsalltag nimmt Hanna erst nach langer Zeit wieder via Internet Kontakt zu anderen Frauen auf. Die Überraschung folgt auf dem Fuß, doch ist die Traumfrau tatsächlich endlich gefunden?

## Alexandra Liebert: Träume aus der Ferne

Liebesgeschichten

Geschichten rund um das Verlieben: »Viele Wege führen nach Rom, aber keiner führt an den Geschichten von Alexandra Liebert vorbei – wenn frau romantische Liebesgeschichten schätzt. In ihrer ganz eigenen, feinfühligen Art beschreibt die Autorin das Suchen und schließlich auch das Finden der Liebe, die verschiedene Gesichter haben kann und darum auch auf unterschiedlichen Wegen erkämpft, erwartet oder erkannt werden will.« (Victoria Pearl)

## Ruth Gogoll: Ostereier

Erotischer Liebesroman

Eine Geschichte um Ostereier? Nein, eine Liebesgeschichte. Die Begegnung in einem Supermarkt kurz vor Ostern – ist sie Zufall oder Schicksal? Befördert der Einkauf von Obst und Gemüse die Liebe – oder hindert er sie an ihrer Erfüllung? Und was ist mit der geheimnisvollen Bemerkung, mit der alles begann?
Das alles sind Fragen, denen sich die beiden Protagonistinnen stellen müssen.
Werden sie eine Lösung finden?

## Ruth Gogoll: Wie ein Stern, der vom Himmel fällt

Erotischer Liebesroman

Weihnachtliches Plätzchenbacken gehört eigentlich in glückliche Familien. Wenn jedoch die unfreundliche Nachbarin nur für sich allein backt, dann ist das verdächtig. Und wenn diese Nachbarin zwar spröde, aber ungemein attraktiv ist und mit ihren schönen Augen lockt, dann erwacht der lesbische Jagdtrieb: Wenn schon Plätzchenbacken, dann bitte nur zu zweit ...

## Anna Peters: Herzköniginnen

Liebesroman

Susanne gibt eine Zeitungsanzeige auf und lernt die um einiges ältere Anna kennen. Sie beginnen eine rege Brieffreundschaft, verlieben sich, treffen sich schließlich – und werden in einer leidenschaftlichen, intensiven Beziehung glücklich.

## Ruth Gogoll: Verbotene Leidenschaft

Erotischer Liebesroman

Sich in die eigene Chefin zu verlieben, wenn diese hetero ist, gehört in jedem Fall zu den Dingen, die eine Lesbe nicht tun sollte. Doch eine erwachte Leidenschaft läßt sich nicht einfach abschalten, und so gilt es, die Chefin zu bekehren – auch, wenn das mit reichlich Widrigkeiten einhergeht.

## Tala Storm: Der lange Weg

Liebesfantasy in drei Teilen

Cay-La erwacht eines Morgens ohne Erinnerung. Sie schließt sich zunächst der schönen Kallisto an, doch als die eine Kriegerin töten will, wechselt Cay-La die Seiten. Zusammen mit der Kriegerin und ihrer Gefährtin versucht sie ihre Vergangenheit zu erfahren, die Erinnerung an sich selbst wiederzufinden. Eine nicht ungefährliche Reise ins Reich der Amazonen beginnt, denn der Zorn Kallistos begleitet sie ...

## Victoria Pearl: Sag's mit Rosen

Erotischer Liebesroman

Blümchen heißt das alte Wohnmobil, mit dem Jessie herumfährt und geradeheraus Frauen anbaggert. Leonie ist von dieser Masche nicht begeistert, doch sie kann sich Jessies Charme nicht entziehen. Eine gemeinsame Reise in dem engen Gefährt bleibt nicht ohne Folgen, aber Leonie befürchtet die baldige Trennung; wie wird Jessie sich entscheiden?

## Julia Arden: Unter Verdacht

Liebesroman

Als Professorin eher distanziert, geraten Sylvias Gefühle immer mehr außer Kontrolle, während die Zusammenarbeit mit der Architektin Karen enger wird. Das Tüpfelchen auf dem i: Karen ist lesbisch. Sollte Sylvia tatsächlich etwas für Karen empfinden? Doch die Idylle wird jäh zerstört, als Karen wegen Kreditbetrugs verhaftet wird. Mit Sylvias Hilfe aus dem Gefängnis entlassen, machen sich beide auf die Suche nach dem wahren Täter und kommen sich dabei immer näher.